ネオ・ゼロ

鳴海　章

集英社文庫

ネオ・ゼロ

Neo Zero

プロローグ

一九八七年十月、東京・六本木《ろっぽんぎ》、防衛庁西舎。

西に面した窓から強烈な夕陽《ゆうひ》が差し、コの字に並んだテーブルを囲んでいる男たちの顔をオレンジ色に染めていた。彼らは『新零戦計画《ニュー・ゼロ・ファイター・プロジェクト》』のメンバーである。

「それは最終決定なのですか？」ふやけた顔をした男が訊《き》いた。髪が乱れ、妙に脂ぎって見える。電子戦装置開発担当の技術者、楠海裕基《くすみゆうき》。

「何も開発そのものを中止しろ、ということではないのです」内閣調査室の主任調査官、田代鋭二《たしろえいじ》が答えた。現在は、防衛庁に出向し、次期支援戦闘機開発グループ付きとなっている。

「でも、日米で共同開発ということになれば、我々は一体今まで何のために苦労してきたのですか」楠海がいう。

「防衛庁としては」鼻の下に噴き出した汗を感じながら、田代はなぜ自分がこんな説明をしなければならないのだ、と思った。ちらりとテーブルの奥に目をやる。航空自衛隊の制服を着た男が腕組みをしている。田代は言葉を継いだ。「『国内開発』という方針から、『開発』に切り換えただけのことで、一部はアメリカとの共同開発になるとしても、ここで取り組んできた内容が雲散霧消してしまうわけではないんです」

「話になりませんね、田代さん」機体設計を担当する佐木伸三《さきしんぞう》が口をはさんだ。太い眉の下で大きな目が光を放つ。「私たちは国産戦闘機を飛ばすためにこうして集まっているんですよ。それを何もアメリカに持っていかれることはない」

残暑の季節でもなかろうに――田代はズボンの尻ポケットから引っ張り出したハンカチで汗を拭いながら、また、奥の男にちらりと視線を送った。

その男は目を閉じ、眉一つ動かさない。

左胸に桜の紋章を抱いて両翼を広げた鷲《わし》、ウィングマークが光っている。六十を超えた年齢ながら、贅肉《ぜいにく》の一片すらない。顔は深い皺《しわ》に覆われ、短く刈った髪が半ば白くなっていたが、今でも現役のパイロットとして戦闘機の操縦桿《そうじゅうかん》を握っている。襟に金色、五弁の桜が二つ、棒章はない。航空自衛隊幕僚部空将補、川崎三郎《かわさきさぶろう》。FSX開発グループの責任者だった。

「それにエンジンはいずれにしても国産化は無理だという結論に達したはずです」田代は川崎から視線を外し、声をはげました。

その途端、まともに西日を浴びていたエンジン担当技術者、鈴木徹《すずききとおる》がオレンジ色の空気の中でもはっきりとわかるほど赤面して、うつむいた。

「待って下さいよ」主翼構造を設計した岡本武志《おかもとたけし》が助け船を出す。「セラミック・タービンを使った新型エンジンの開発を進めているじゃありませんか。世界の先端を行くものだし、その技術力こそ、これからの日本の航空宇宙産業になくてはならないものだ」

鈴木が勤務する会社はジェットエンジン開発に長い歴史がある。太平洋戦争末期、日本初のジェット爆撃機に搭載されたエンジンを開発。当時、十二分間の飛行に成功した。だが、第二次世界大戦後の航空禁止令により、日本の航空界は飛ぶことだけでなく、航空機そのものの開発まで禁止されてしまった。ジェットエンジンは、基本的に構造が同じガス・タービンエンジンの研究を継続できたが、いくら構造の研究を進めても、肝心の金属材料を供給する産業基盤が弱体化しており、結果的にジェットエンジン開発の足を引っ張った。防衛庁が国産戦闘機開発にあたりエンジンの自国開発を断念したのは、こうした背景によって日本が世界的レベルから見て、著しくたち遅れていたからだった。

「自主開発が不可能だといわれるのなら、それも仕方ないかも知れない。しかし、共同開発ということになれば、我々が開発した独自のアビオニクス技術がアメリカ側に流出することも考えられるわけですよね。憲法第九条を持ち出すまでもなく――」楠海が食い下がった。

「一言、よろしいですか?」通産省から出向している技官、窪田忠宏《くぼたただひろ》が強引に口をはさむ。頭頂部の髪の毛が少なくなっている分、鼻の下に立派な髭《ひげ》をたくわえていた。「国産化とはそもそも何でしょうか？　皆さん方には釈迦《しゃか》に説法になりかねないが、あえていわせてもらうなら、先端兵器産業は日米技術力に相互依存しているのが現状だということです。今も昔も変わりません。かつて零戦《ゼロせん》はアメリカの工作機械を使用しないと作れないといわれましたが、現在ではアメリカの戦闘機の大半は日本製の半導体なしには生産不可能な状態にあります」

「何をおっしゃりたいんですか？」岡本がメタルフレームの眼鏡《めがね》の奥から鋭い視線を送った。

「つまり、エンジンは国産化できない、しかも現状の我が国の航空産業がアメリカからの技術導入を前提にしている中で、国産機など存在しないのではないか、ということですよ」窪田はまっすぐ岡本を見返しながらいう。「逆にいえば、アメリカの戦闘機をベースに共同開発をしても、主要部品のほとんどを日本の技術力で改造していくことができれば、それは立派な国産機と呼んでもいいのではないか、ということです」

「違う」佐木が吐き出すようにいった。「窪田さん、それは違うよ。確かに我々の技術は米国産を基盤にしていますが、我々が自分の手で開発するのと、アメリカの顔色をうかがいながら開発するのではまるで意味が違います」

「ほう」窪田は椅子に背をあずけ、口許《くちもと》をゆがめて佐木を見た。

佐木は動じることなく、窪田を見返す。やがて窪田が口を切った。

「佐木さん、それに皆さんも私のいい分に不承知であることは認めます。しかし、これは昨年十二月二十六日に開かれた日米安全保障会議で防衛庁長官が外国との共同開発を表明した時からの既定路線として決まっていたことなんです。あなたたちもそれを知らないわけじゃない」

沈黙。

一九八〇年代に入ってからアメリカでは、CIAやペンタゴンが日本の戦闘機独自開発に対するさまざまな警告を流していた。一方、日本側の事情にも微妙な変化が表れる。中曽根《なかそね》政権下、八三年には対米武器技術供与協定を締結、八五年にはアメリカの戦略防衛構想『SDI』への研究参加を検討しはじめている。日本のハイテクノロジーをアメリカが求めたところから、日米安保の性格がアメリカの庇護《ひご》から日米共同防衛へと変化した。その中で、次期支援戦闘機FSX開発計画も見直しを要求されるようになった。

通産省は八六年、航空機工業振興法の目的を『国産化』から『国際共同開発促進』へと切り換えた。本来は民間航空機のための法規だったが、FSX開発においても通産省の行動基盤となっている。

「皆さん」川崎がゆっくりと眼を開いた。「ご意向は承りました」

川崎は眼を転じていった。楠海、佐木、岡本、そして各メーカーから派遣されている技術者たち。窪田は横を向き、窓の外を見ている。田代はうつむいていた。九名のエンジニアは、まっすぐに川崎の口許を見つめていた。誰もが三十歳から四十歳までの若い人間ばかりだった。

「FSXは日米で共同開発することになりました」川崎の声が低く、会議室の中に響いた。「これは政治的な決定でもあり、我々がどうかできるものではありません。多分、F－16ファイティングファルコンをベースにすることになるでしょう。ただ、共同開発に向けての最終決定までには、あと一、二年あると思います。この間に今までの研究成果を、形あるものにしてみませんか？」

会議室の空気が一変した。窪田の顔色が変わる。

「川崎空将補、あなたは自分のいっていることがわかっているのですか？」

「ああ」川崎はニヤリと笑った。「我々は実際に戦闘機を試作するといっているのさ」

「そんなことが許されるとでも？」赤黒く変色した顔を強張《こわば》らせ、窪田が絶句する。

「心配ご無用だよ、通産省さん」川崎の顔が引き締まった。「実際に組み立てはしない。ただ、八八年度の開発予算でふり当てられる分を試作品製作に回そうといっているだけだ。実際に日米共同開発ともなれば、いつも我々がアメリカの後塵《こうじん》を拝するというわけにもいかないんでね。まあ、いってみれば相手様に失礼のないようにせいぜい腕を磨いておこうと、そういうわけさ。満足かな？」

川崎は通産省の技官を正面から見つめた。それだけだった。口を開きかけた窪田が不承不承うなずく。エンジニアたちの顔に精気が戻り、川崎の表情が再び柔和になった。

「開発期限は、最長三年。とりあえず一九九〇年の試作完成を目指して、ＦＳＸ－90と呼ぶことにしましょう。どなたか、ご意見はありますか？」川崎は出席者の顔を一人ひとり見ていった。誰も声を発しない。川崎は満足そうにうなずくと会議をしめくくった。

「それでは、皆さんの健闘を祈ります」

三年後、一九九〇年か。

川崎は偶然のいたずらに苦笑した。

一九八九年七月、アメリカ合衆国、ワシントンDC。

液晶マルチビジョンの一〇〇インチスクリーンには、モノクロームの衛星写真が大写しにされていた。説明を受けなければ筋肉の断面写真とも思えそうだった。山岳部は黒く、道路や川は白く映っていて、それが筋肉の中を走る脂肪層に見える。

「ここが実験用原子炉です」暗い室内に太いバリトンが響く。ブルーの制服を着た、大柄な黒人が白い棒で衛星写真の中央部、やや上側を指した。斑点《はんてん》が点在している辺りに目をこらすと四角い建物に囲まれた円形の建造物が見える。「そしてここが中央原子炉」白い棒が写真の上をすべる。中央部に白く、かなり大きな建造物が映っている。白い棒がさらに下がり、横に長い長方形の建物で止まった。「ここが核燃料再処理施設。いずれも平和利用、つまり原子力発電所だと説明されています」

「それが発電所ではない、と君はいうのかね、将軍」暗がりの中から声がかかる。

ホワイトハウスのイーストウィング三一一号会議室、通称緊急対策室には十名足らずの男たちが詰めていた。声をかけたのは、ホワイトハウスの主だった。

「原子力発電所なら、当然あるべき施設がないのです」将軍が答えた。

「送電線かね？」質問を発したのは大統領特別補佐官だった。

「そうです」将軍が答えた。

「地下ケーブルということも考えられる」ややカン高い声は国家安全保障局・ＮＳＡの長官だ。

「次の写真を」将軍はＮＳＡ長官の発言にとりあわず、部屋の隅でコンピューターのキイボードを前にしている職員に声をかけた。マルチビジョンに投影される画像は、国防総省のホスト・コンピューターに蓄積されているもので、その会議室にあるＩＢＭの小型機で引き出すようになっていた。キイボードを打ち込む音が響き、部屋の中が一瞬真っ暗になる。次の衛星写真が映し出された。前の写真とほとんど変わりがなかった。

「一年前、同じ場所を撮影したものです。もちろん、偵察衛星は同じ、高度も撮影時の気象条件もほとんど変わりありません。次を」

暗転。そして、写真。将軍のバリトンが響く。

「一年半前……二年前……二年半前」

目をこらすとわずかながら道路上の斑点が識別できる。将軍が建築資材を運ぶトラック群だと説明する。写真はわずかな間に次々に入れ換えられた。半年ごとの写真が十数枚映し出される間、誰一人として口を開こうとする者はない。右側の山岳と左側の畑が徐々に接近して来る。最後の一枚。山と畑。白く見える道路も細々と通じているに過ぎない。田園風景。

「この間、一度として地下ケーブルを通すために地面を掘り起こすこともなければ、地上ケーブルをつなぐ工事もなかった。つまり、この施設は原子力発電所であるはずがないのです」フランクリン・F・バーンズ米空軍准将は立ち上がっていった。

「すでに原子炉は稼働中かね？」大統領が訊《き》いた。

「はい、閣下」バーンズが答える。「基礎実験用の設備は稼働中です。南にある主原子炉は一九九四年に稼働を開始する見通しです」

「最初の写真をもう一度見たいな」大統領はシガリロをくわえ、ライターで火を点《つ》ける。有権者が一度も目にしたことがない姿だった。

「はい、閣下」バーンズはコンピューターについている職員に向かってうなずいた。

　再びスクリーンに最初の衛星写真が映し出される。

「場所は？」と大統領。

「首都から北へ約九〇キロほど上ったところにあります」バーンズがすらすらと答えた。

「実験用の原子炉はすでに稼働中だといったね」

「はい、閣下。我々の推定によりますと実験用原子炉が完成したのは八七年のことです。

原子炉としては小型のものですが、それでも年間七キロのプルトニウムを生成する能力があります」

　会議室の中で一斉に溜《た》め息《いき》が漏れた。七キロのプルトニウムがあれば、ナガサキ級にほぼ匹敵する原子爆弾を製造することができる。

「現在建設中の原子炉が完成した場合のプルトニウム生成能力は？」大統領の声にシガリロの煙がからんだ。

「約一八キロから五〇キロ。朝鮮民主主義人民共和国が核クラブの仲間入りをすることは、ほぼ確実といえるでしょう」民主主義と人民を強調したバーンズのアクセントは、やや皮肉に響いた。

「かの国も国際原子力機関に加盟したのではなかったか。それに昨年は査察官を受け入れてるはずだ」特別補佐官が口をはさんだ。

「確かに」バーンズは落ち着き払って答えた。「受け入れられた査察官は、たったの一人で、立ち入りが許可されたのは日没後でした。しかも、到着した直後に、偶発事故が起きています」

「事故だって？」特別補佐官が訊き返す。

「停電です。国際原子力機関の査察官は真っ暗闇に三十分立っていましたよ。彼は自分の手すら見ることができなかった」

「フランキー」大統領は右手に持ったシガリロを宙に止め、背筋を伸ばして立っている将軍に向かって微笑《ほほえ》んで見せた。口調がぐっとくだける。「なぜ今になって、この衛星写真を緊急対策会議で見せる気になったのかね」

「それは――」バーンズは言葉を切ると、さきほどから一度も発言していないCIA長官に目をやった。

CIA長官は空軍准将の視線を受け、頬骨がはっきりと見えるほど口許《くちもと》を引き締めた。黒人の空軍准将を睨《にら》み返す。並みの政治力でここまで登って来られるものではない。ジョーカーを他人に引かせる潮時を心得ているのだ。CIA長官は口を切った。

「それは私からご説明いたしましょう。バーンズ将軍がいいたいのは、その国の代表がかなりの高齢であることに関係していると思います。引退もそう遠いことではありませんん」

バーンズは満足そうに大きくうなずいた。

「ところが、その息子は外交の経験をまったく持たない、いわば国際政治社会においては未知数の人物です」CIA長官は早口でまくしたてた。「しかも軍部の人気がない。代表は息子への権限委譲を進めていますが、軍部と外交、それに半島統一問題に関しては、がっちり自分の手で握ったまま、まるで放そうとしません」

「そんなことはわかってるよ」大統領はうんざりしたように鼻を鳴らし、クリスタルの灰皿でシガリロを潰した。

CIA長官はバーンズに視線を据えたまま、さらに言葉を継いだ。「最近、代表の孫にあたる人物が統合参謀本部長に就任しました。問題はここから生じます」

「孫が？」大統領の視線が鋭くなった。「いくつだね？」

「十五歳」CIA長官の声はほとんど聞き取れないほど、か細くなった。

大統領は天を仰ぎ、大袈裟《おおげさ》に息を吐いた。「我々は十五歳の子供に翻弄されようとしているのか？」

「いいえ、大統領閣下」バーンズが割って入った。「その国の指導者が亡き後、強大な権力を手中にしようと軍部がクーデターを画策し、その頂点に問題の孫をいただこうとしていても、急を要する案件とはなりません。問題は覇権を完全に手にしようとしている息子が実験用原子炉で得られたプルトニウムとソ連製のスカッドミサイル改良型を組み合わせ、いち早く核ミサイルを手に入れようとしている点にあるのです」

「スカッドでどこを攻撃するのかね。君たち軍人の考えていることは万国共通だな。より威力のある兵器を手にして、それから攻撃目標を捜す。一体、何を攻撃しようというんだ」大統領が首を振った拍子に、縁のない眼鏡《めがね》にマルチビジョンの淡い光が反射した。

「どこも攻撃はしません、大統領」バーンズは表情一つ変えずにいった。「肝心なのは、一番攻撃力のある兵器を誰が握っているか、ということです。世界中を相手にブラフをかけることができる。その中には自国の軍部も含まれます」

「息子が後を継ぐと、その危険性が高まる。そういいたいんだね」大統領はＣＩＡ長官に目をやった。「君なら、どうする？」

「現時点で指導者親子の排除は、どちらも不可能であります、サー」ＣＩＡ長官は胃がキリキリ痛むのを感じた。

「それならＫＧＢにでも頼んでみるか？」大統領は天井に向かってつぶやいた。

「ＫＧＢの暗殺チームになら、不可能ではないかも知れません」ＣＩＡ長官がややほっとしながら答えた。

　ＣＩＡ長官の言葉が終わらないうちに大統領が怒鳴った。

「国内の民族問題を抱えて、書記長自身が日々暗殺の恐怖の中にある国に、我々が他国の指導者を排除してくれと頼むのか？」

「あるいは原子炉を叩《たた》くか、であります」バーンズは平然といった。

　緊急対策室の誰もが動きを止めた。メンバーの誰の脳裏にも同じ記憶が去来する。一九八三年、イスラエル空軍がイラクのオシラク原子炉を爆撃、核武装を望んだ独裁者、サダム・フセインの野望を挫《くじ》いたことだ。ダークイエローとブラウンの砂漠戦用迷彩塗装をほどこした四機のＦ－15イーグルと九機のＦ－16ファイティングファルコンがイラク国境を越え、原爆用のプルトニウムを生成する施設――イラクはあくまでも平和利用の発電所であることを強調したが――を徹底的に破壊したのだった。

「将軍、空軍自慢のステルス爆撃機を使うつもりかね。確かペンタゴンの報告によれば、本来必要ではないはずの低空性能を付与するようにメーカーに命じたはずじゃないのか？　レーダーに映らないから悠々と高空から侵入できるはずの爆撃機に、低空性能だと？　レーダーに映るんだろう、あの金食いムシの、役立たずは？」

「我々が作戦を実行するわけにはいきません。空軍でも、海軍でもダメです」バーンズはコンピューターの前にいる職員に再び合図を送った。部屋の照明のスイッチが入れられ、蛍光灯の白けた光に部屋にいる全員が顔をしかめた。

「ソ連に頼むわけにはいかないぞ、将軍。中国は天安門《てんあんもん》以来、まったく信用が置けなくなった。そして、たとえ核兵器の可能性を排除するためとはいえ、韓国軍が手を出すのは論外だ」大統領はその時になってはじめて、バーンズ准将が顔面いっぱいに玉の汗を浮かべ、極度に緊張していることを知った。「いいたまえ、将軍。君の胸のうちに抱えている作戦とやらを。北朝鮮の原子炉を爆撃できる国の名前を」

「日本」バーンズは短く答えた。

大統領はぽかんと口を開け、空軍准将を見つめた。

一九八九年九月、朝鮮民主主義人民共和国、平壌《ピョンヤン》。

強い日差しが日に焼けた額に光る汗をきらめかせていた。眉部にベッコウを盛った眼鏡の厚いレンズが、頬に光を集めていた。腫れぼったい瞼《まぶた》の下にある瞳は中空の一点にすえられ、微動だにしない。横に広がった鼻の頭にも点々と汗が噴き出していたが、分厚い唇は一文字に引き結ばれ、九月だというのに異様に高い気温をまるで感じていないかのようだった。

白い布で覆われた演壇。林立する大きなマイクロフォン。そこから発する声は、ラウドスピーカーを通じて、遠い雷鳴のようにしか聞こえない。それはどうでも良かった。演壇の向こう側、すり鉢状の競技場には十五万人の観衆が詰めかけ、その男が言葉を発するのを待っていた。観衆にとって、この国の人民のすべてにとって、彼の言葉が意味するところより、彼の肉声そのものが何より大事だったからだ。

今、彼は緊張した面持ちで、ソ連書記長から届いた祝福のメッセージに耳をかたむけていた。駐在ソ連大使が代読している。

二年前の第四十回創建記念日に寄せられた祝電は、深刻な衝撃を彼に与えた。利益のバランス、新思考――祝電の中にはっきりと伝えられた二つのメッセージは、ソ連指導部が韓国の利益をも視野に入れたことを表していた。その二週間後、ソ連代表は韓国との経済関係を修復し、北西太平洋での軍事的な多国間協議に加えることを明言した。

一九八〇年代後半から、ソ連は、衛星諸国への原油輸出量を削減しはじめただけでなく、一部輸入を開始した。ソ連経済の破綻は時間の問題だった。そこにペレストロイカとグラスノスチが登場する。思想より国益を重視する危険思想。ソ連も結局は金、金、金なのだ——半ば以上白くなりかけた男の眉がほんのわずか震える。

ソ連は韓国が提案する経済施策を受け入れようとしていた。その次は、日本。アジアで唯一金にまみれ、汚れきった国、祖国の歴史において最も憎むべき日帝と手を組もうとしている。

ソ連大使による、同国書記長のメッセージ代読が終わり、十五万人の拍手に大気が歪《ゆが》む。その男も立ち上がり、両手を熱心に叩き合わせた。唇の両端を持ち上げた表情には、誰の目にも満足げな微笑が浮かんでいるとしか見えなかった。しかし、奥歯はぎりぎりと噛《か》みしめられている。

あと三年——男は演壇に近寄りながら思い浮かべる。欧州共同体《EC》が市場統合される一九九二年こそ、祖国にとっても大きな意味がある。自身が八十回目、息子が五十回目の誕生日を迎える年にソ連が模索するアジア・デタントを吹っ飛ばし、朝鮮半島を中心とする新秩序をもたらすのだ。そのためには——男は演壇のマイクロフォンの前で勢いよく右手を突き上げた。口を開きかける直前、ほんの一瞬、男はすぐ横にいる側近たちに視線を飛ばした。息子が背を伸ばすのがわかった。彼が見たのは、その隣で焦げ茶色の制服に身をつつみ、制帽を膝にのせた孫だった。肩章はすでに大将を表している。男は正面に向き直るとゆっくりと張りのある声で話しはじめた。

父が振り返ったその瞬間、心臓がおかしな拍動をした。背中からどっと噴き出した汗が脇腹を伝って下りていくのを不快に感じる。まるで胸のうちを見透かされたような気がした。息子は表情を変えないように気をつけながら、溜め息と一緒に胸にたまったしこりを吐き出した。

半年前、息子は、国家政治保衛部の報告によって、父が屈辱的にも南の認知をした上で半島統一をはかり、その上、日本を含めたアジア圏の共存共栄を求めていることを知った。一部の不穏分子が国家に不満を抱いていることは知っていたが、父が打ち立てた主体思想がしっかりしている以上、不安を抱くことはないと自分にいい聞かせてきた。それが根底から崩れようとしている。

強き者よ、強くあれ——父の声に耳をかたむけながら、胸のうちでつぶやいた。

父の周辺にいる党幹部の中に腐ったリンゴが混じり、そこから這《は》い出したウジ虫が神聖な父を不敬にも侵そうとしている。すでに保衛部幹部の手によって、粛清リストは完成していた。創建記念日を祝した後は、血の嵐を呼び起こすだけのことだ。祖国のため、あえて嵐を呼ぶ竜にならなければならない——悲愴《ひそう》な決意をこめて父親の背を見つめていた。党幹部の粛清が終了する今年の終わりには、もう一つ、贈り物をすることができる。

祖国初の核兵器。

弾頭部の製作に必要なプルトニウムは、あと二カ月ほどで生成を終える。推進装置となるスカッドミサイルの改造も順調に進んでいた。南を力でねじ伏せる切り札を間もなく掌中におさめられる。強き者が再び強くなるのだ。


朝鮮民主主義人民共和国、寧辺《ニョンビョン》。

「ただいま」散歩を終えて帰って来た男は家の中に声をかけた。

舗装された通りを右に折れ、それから未舗装の狭い路地を五〇メートルほど歩いて、もう一度右に曲がると十軒長屋がある。奥から二番目の一軒が男の住まいだった。

「あなた」台所の隣の部屋にいた、妻が顔を見せた。

痩せている。頰骨の上に直接青白い皮膚を貼りつけているような顔だといった方が近いな、と男は思った。栄養失調から来る肝臓病に喘息《ぜんそく》を患っている妻はほとんど寝たきりだった。妻の表情を見て、男は顔が強張るのを感じたが、無理に笑みを浮かべていった。

「寝てなきゃ、ダメじゃないか」

妻も弱々しく微笑み返した。満足に家具らしい家具もない部屋。やたらに立派なのは、玄関に近い方の部屋にあるラウドスピーカーとピカピカに磨き上げられた指導者の肖像だけだった。男は肖像に一瞥《いちべつ》をくれると部屋に上がりこんだ。写真を飾るのは、窓のない場所か、家の出入り口に限られている。毎日、肖像の入っている額のガラスを磨く保衛事業を行うことが義務づけられていた。抜き打ちで検査に回ってくる検閲班の目にホコリまみれの肖像がとまり、一家離散、強制労働へ追いやられた人々は少なくない。

「あのね」病弱の妻はゆっくりと話す。「実は――」

男は笑みを浮かべて、妻の話を聞こうとした。その時、ふいに扉が開き、焦げ茶色の制服に身を固めた姿が目に入った。男は冷たい手で心臓をつかまれたような気がした。

政治保衛部。

朝鮮民主主義人民共和国では、朝鮮労働党、警察機構に当たる社会安全部、そして一九七三年に創設された政治保衛部の三つの組織が住民の監視を行っていた。政治保衛部は、各市町村に人口対比一割に相当する本部要員を配し、その下に七十名から八十名の区部要員を配置している。一名の保衛部員が三十名以上の密告者を従えており、全土にわたって完璧な体制を敷いていた。

市民は、誰が密告者か知るすべはない。

我が家での何げない会話――帝国主義者どもが『大韓民国』と呼ぶ共和国南部のこと、外国にいる親戚の消息、政治や経済に対する不満、職場への批判――ある日、突然保衛部員が訪ねてきて、職場を変えられ、遠くへ追いやられることも珍しくはない。最悪の場合は、処刑。

男は流し台がほとんどの空間を占領している狭い台所で、半ば玄関に身を向けて保衛部員を見返した。

「同志チェ・ペクス、だな」保衛部員はいった。

男はうなずいた。

「四月の件で訊きたいことがある。今すぐ、市の保衛部本部に出頭してもらいたい」保衛部員は静かに話した。

目深にかぶった制帽の下にある目がじっと睨《にら》んでいる。

「すぐ支度をします。ほんの少しお待ち願えませんか？」チェは声を震わせないように努力しながら答えた。

「支度？」保衛部員の唇が歪む。「一体、何の支度だ」

チェはあわてて玄関に脱いだ靴に両足を突っ込んだ。

「すぐにおともします」

四月の件といえば、思い当たることはたった一つだった。朝鮮民主主義人民共和国国民にとって、四月は地獄の季節でもあった。毎年、指導者に誕生日のプレゼントを用意する月であるからだ。生きたヤマメの血を飲むと身体《からだ》に良いということから、専従捕獲班が組織され、まだ氷の厚い川に採りにいく。貴重な献上品とするためだった。チェはヤマメ捕獲班の一人として、今年は一千匹の採取に加わっていた。

ヤマメの他には、山人参《やまにんじん》や麝香鹿《じゃこうじか》を捕獲する。どれも重労働だが、ヤマメはその中では比較的楽な方だった。麝香鹿の捕獲班は銃器の扱いを許される社会安全部の管轄で一般の住民には手が出せなかったし、山人参は、その道の名人といわれる人で年に数本しか採れないところを、素人が山に入ってその数十倍に当たる量を採取してくるように強制される。『山人参が人を殺す』と住民はいいかわしていた。

ヤマメ捕獲班には、別の意味で恩恵もあった。指導者に献上されるのは、生きたヤマメに限られるため、死んだ魚はその場でチリ鍋にして食べることができる。もちろん、監視員に発覚すれば首領不敬罪七号に問われ、処罰される。だが、監視員にもヤマメを贈ることで見逃してもらうこともできた。

それが五カ月経過してから、突然の保衛部員の来訪。密告以外には考えられなかった。

チェは四十六歳。未来はこの時点で絶たれた。

2

一九四五年四月、ラバウル。

「もし、零戦《ゼロせん》の威力がもっと劣ったものだったら、日本はこれほどまでにみじめな思いをしないで済んだかも知れないな」帝国海軍中尉、西河勲《にしかわいさお》は静かにいった。

「それは逆ではないのですか、中尉？」川崎三郎一飛曹が反論する。「零戦が世界でもっとも優れた戦闘機だからこそ、我々海軍は米軍になめられることなく戦闘を繰り広げて来られたのではないですか？」

「問題はまさしくそこにあるんだよ、川崎」西河の口調は優しい。

ラバウルの南東一二キロに位置する周囲五キロにも及ばない小さな島で、独立防衛隊に所属する二人のパイロットは雑草の茎をくわえて座り込んでいた。滑走路——といっても踏みならした草地だが——をはさんで向こう側には隊舎の明かりがチラチラとまたたいている。大気はじっとりと湿っていたが、かすかに吹く風はほんのりとした冷気を帯び、半袖の剝《む》き出しになった腕に心地《ここちよ》好い。川崎は十九歳、西河は二十三歳だった。

背が高く、筋肉質の身体《からだ》つきをした川崎。華奢《きゃしゃ》にさえ見える西河。

「問題って何ですか？」川崎の口振りはまだ不満そうだ。

「昭和十五年、零戦がデビューした時にはその上昇力、航続力、二〇ミリ機関砲の打撃力とどれをとっても世界で並ぶ戦闘機はなかった。それだけに、しなくても良い快進撃をしてしまったんだ」

川崎は、西河が真珠湾《しんじゅわん》攻撃から生き残っている数少ないパイロットの一人であることをチラリと思った。以来四年間、西河の撃墜した米軍機の数は四十八にのぼる。川崎の愛機には桜のマークがまだ二つしかなかった。西河は続けた。

「日本は零戦だけに頼り、たった一つの兵器に一国の運命を託した」

「イギリスにだってまともな戦闘機といえばスピットファイアぐらいしかありません。何も日本だけが無謀な戦争をしているということにはならないでしょう？」

「ジョンブルにはアンクル・サムがついている」西河は溜《た》め息《いき》をついた。「米軍がこのところ太平洋で飛ばしている飛行機を知っているだろう？」

零戦の倍の馬力を出すエンジンを積んだボートF－4UコルセアやグラマンF－6Fヘルキャット。高速で追尾してくるロッキードP－38ライトニング。軽快なノースアメリカンP－51ムスタング。リパブリックP－47サンダーボルトが急降下をはじめると、追いつくことはおろか追尾することすら不可能だった。川崎の脳裏を様々な敵戦闘機が駆け抜けていった。どの機体にも一二・七ミリ機関砲が四門から六門搭載されている。こちらの急旋回がとぎれた時に襲いかかってくる六条の曳光弾《えいこうだん》の束。恐怖。

「零戦では、もう勝てないというのですか？」川崎の言葉は不自然にかすれていた。

「そうはいわないさ」西河は無理に笑った。「オレも帝国海軍パイロットのはしくれだ。しかも旋回したり、上昇したり、太陽の中から襲いかかったりするのが誰よりうまい。自分の腕を十分に活《い》かしてくれる零戦以外に乗る気はないよ。オレはこれでも今の状態が好きなんだ」

「それで大学を辞めたんですか？」

「えっ？」西河はちょっとびっくりして年下の飛行兵の顔を見た。真剣な眼差《まなざ》しが淡い月の光にキラキラとしている。「いいや、勉強に飽きたんだ。それほど優等生でもなかったしな」

　西河は早稲田《わせだ》の法学部を中退して海軍飛行隊に入った変わり種だった。九州の農家の三男に生まれた川崎には、わからなかった。畑は二人の兄貴が分けてしまえば、自分にまでまわってこない。それより海軍に入れば、好きな飛行機を飛ばして腹いっぱいメシを食うことができる。

「わかりませんねぇ」川崎はつぶやくようにいった。「大学まで行った人が勉強嫌いだなんて」

「オレの親父《おやじ》は神田《かんだ》で法律事務所を開いていた。オレにも同じ道を歩かせたがったが、出来の悪い息子は親父の期待を裏切った。少なくとも飛行機乗りは二番目になりたかった。自分の力で生きることだし、後悔してないよ」

「一番なりたかったのは――」

川崎が訊《き》きかけた時に隊舎から通信兵が駆けてきた。大声で西河中尉と呼んでいる。

「何だ」西河は尻についた雑草を手で払いながら立ち上がった。

「ラバウルの本部から通信です」通信兵は、そういって敬礼すると黄色っぽくなった紙を差し出した。古くなった書類の裏側を、通信文を書き取る用紙に使っている。茶色に変色したマル秘の判が見える。機密より節約が優先されるようになってしばらくになる。

「ご苦労」西河は答礼した手を下ろして用紙を受け取った。じっと目を落とす。直立したまま西河の手元をのぞきこんでいる通信兵に声をかけた。「確かに受領した、ありがとう」

通信兵は再び敬礼すると駆け足で隊舎に戻っていった。

「どうやら貴様の悪運もここまでだな、川崎」月光に白い歯がきらめいた。

「何といってきたんでありますか？」川崎も立ち上がりながら訊いた。

西河は、ラバウルから南へ一五〇キロ下ったところにある島に米陸軍航空部隊が集結していることを教えた。口調は淡々としており、気象通報を隊員に知らせる時と変わらなかった。

「ラバウルが落ちるのでありますか？」川崎は何げなく訊いた。

「貴様、いつからラバウルを心配できるほど偉くなった？」西河の表情が厳しく引き締まる。

「はっ？」

「明朝〇六〇〇時に出撃だ。自分のケツに食いついて来るアメ公だけを心配しろ。多分、米陸軍が相手だからメザシが飛んでくるぞ」

心臓がキュンと鳴る。川崎は思わず顔をしかめた。メザシ——二基の強力なエンジンをつけたロッキードP－38ライトニングにつけたアダ名だ。より有利な攻撃ポジションをとるために高空へ昇るのが空中戦の常道だが、零戦の高空性能ではライトニングにまったく太刀《たち》打《う》ちできない。低空での格闘戦に持ち込む以外に活路はなかった。頭の中をP－38が飛びまわる。息を詰める。恐怖は薄らいできた。撃たれれば、死ぬだけだ。死ぬことを恐れてはいない。航空練習生だった頃から仲間が死んでいくのを見てきた。死ぬのが当たり前で、生き残ることはありえない。

「ようやく川崎らしい顔つきになったな」西河が笑っていった。

「お国のために戦って死ぬんですから、両親も喜んで——」

「バカ」西河は乱暴に遮った。「子が死んで喜ぶ親など何処《どこ》にいるか。申し訳ないという気持ちでいっぱいでいろ」

「はい」川崎には西河の叱責が不満だった。偽りのない気持ちを口にしたまでだ。しかし母親の泣き顔がチラリと浮かんだ。

「中尉、一つお訊きしてもよろしいですか？」川崎は直立不動の姿勢をとってわざと堅苦しい言葉づかいをした。

「よし」隊舎に向かいかけた西河が歩を止めて振り返る。

「中尉が一番なりたかったものは何でありますか？」

西河は闇の中でもはっきりとわかるほど大きくニヤリと笑った。

「お前、笑わんと誓うことができるか？」

川崎がうなずく。

「小説家だよ」

怪訝《けげん》そうな顔をして突っ立っている川崎を残したまま、西河は高笑いしながら、隊舎に戻っていった。


翌朝。午前四時に起床した川崎は、輝くばかりの白米で朝食をすませた。最後の食事になるかも知れないのに味はよくわからない。午前五時半には搭乗していた。

この島から出撃するのは、たったの二機だった。周辺に散在する島々から友軍機が何機上がって来るか、川崎は心もとない。消耗戦は末期にさしかかっていた。

「ペラ前異物なし」川崎機の前で整備兵が叫んだ。

操縦席から伸びあがるようにして前を見た川崎は右手を突き出して親指を立てた。シートの左側にある燃料コックを三つとも開き、計器パネル左側、時計の下にある点火スイッチを押し下げる。座席灯がぼんやりと灯《とも》った。さらに前にかがみ、左手を伸ばすと燃料注射ポンプを引きながら怒鳴った。

「回せーっ」

右翼の上に乗った、もう一人の整備兵が大きなクランクを両手で勢いよく回し始める。零戦は排気管から黒い煙の塊を吐き出して身を震わせた。プロペラがゆっくりと回転した。最初は不安定だったエンジンが目覚め、短い時間で調子を上げる。プロペラは一瞬、逆回転をはじめたように見え、それから半透明の円板になった。川崎は計器盤右側に配置されているエンジン回転計が二〇〇〇回転を指しているのを確認してから、左手をのせていたスロットルレバーを後退させ、一二〇〇回転まで絞った。尻の下に敷いている落下傘を叩《たた》いて座りをよくすると、シートについている負い帯を身体の前に持ってきて金具を留めた。上下つなぎ、焦げ茶色の飛行服の上に小さな袋をいっぱいつけた救命胴衣をつけているために汗が噴き出してくる。飛行帽の両端を持ち上げ、頭の上で結んである。二重ガラスの間にゼラチンを入れた飛行眼鏡《めがね》は、額のあたりにハネ上げてあった。

川崎は、左側に並んでいるもう一機の零戦を見た。エンジンをかけた西河がこちらを見ていた。右手の親指を突き出し、異常なしを告げる。無線機は先週の空中戦で被弾したので外した。西河機のはもっと前から調子が悪かったらしく、川崎が外したのを好機に積むのをやめた。どの道、あまり聞こえない。戦争がはじまってから調子のいい無線機にお目にかかったことはなかった。

「じゃ、気をつけて」操縦席を見下ろしている整備兵がいった。面長、一重瞼《ひとえまぶた》、不器用そうな男だった。川崎は心配そうな顔をしている整備兵に笑って見せた。年は、その整備兵の方が五つほど上だったが、パイロットは誰に対しても上位に立つ。整備兵はほっとしたように翼の上から降りていった。川崎は西河機を見た。いっぱいに下げた風防から、西河の胸から上が見える。西河は両手を頭の上で結ぶと力強く両側に開き、車輪止メ外セの合図をする。

発進。

エンジン音を高めた西河機に続いて、川崎もスロットルレバーを前進させた。機体が面倒臭そうにゆるゆると前進する。川崎はスロットルレバーを開いたり、閉じたりしてエンジン音がバラつかないのを確認した。燃料と空気の混合比はもっとも濃くしてある。燃料の消費効率は落ちるが、離陸時に燃料をケチってエンジン停止の目に遭いたくはない。滑走路の南端で西河機がターンした。川崎はブレーキをかけて、西河が離陸するのを待った。いったん、静止した西河機はほどなくエンジンを全開にして滑走路を走りはじめ、あっという間に空中に浮いた。隊舎の正面には、この基地の総勢二十名が帽子を精一杯振っている。

川崎はスロットルを少し開いて機体を前進させ、滑走路端に停《と》めた。尾輪が地面についている間はエンジンの覆いが前方視界を恐ろしく制限する。計器盤の上に二挺《ちょう》並んだ七・七ミリ機銃の間からは抜けるような青い空しか見えない。日本で見るよりも深い青だった。

「よーし」川崎は自分に声をかけた。

飛行眼鏡を下ろして目を覆い、左手をスロットルレバーに、右手を操縦桿《そうじゅうかん》に置く。スロットルレバーを前進させるにつれてエンジンの吼《ほ》え声《ごえ》が高まる。ブレーキをかけられた機体が武者振《ぶる》いをする。ブレーキを放すと機体は弾《はじ》かれたように飛び出した。スロットルをさらに前へ。身体がシートに押し付けられる。

一〇ノット――方向舵《ほうこうだ》や昇降舵が風を嚙《か》み、ケーブルでつながっているラダーペダルと操縦桿に感じる。

二〇ノット――川崎は一気に操縦桿を前へ倒した。滑走路の凹凸を拾っていた尾輪がふわりと浮く。

間髪を入れず中立に戻した操縦桿を今度はじわりと引いた。

主輪が滑走路を蹴る。三回、機体が震えて、浮いた。

高度四〇〇〇メートルで水平飛行に移った途端、西河機が翼を振るのが見えた。イヤな予感。西河をうかがう。開け放した風防から西河が天空を指差してニコニコしているのがわかった。高度をとる機体とは逆に気持ちは急降下した。上空を見る。イヤな予感は的中していた。はるか高空に白い飛行機雲が見える。約一万メートル。B－29の大編隊がラバウルを目指して飛んでいる。川崎と西河が上がっていく方向とB－29の進路が交差する。

川崎はたった一つだけ西河の性癖で好きになれないものがある。それは大型爆撃機の撃墜に異様な執念を燃やすことだった。

西河は華奢で小柄だったが、負けん気だけは人一倍強かった。自分より一尺も背が高い相手でも、喧嘩《けんか》となれば一歩も引かない。

『オレは、人から無理だといわれるとどうしてもやって見せたくなるんだ』

少しばかり常軌を逸していると川崎は思う。川崎は操縦席の右側に備えてある酸素供給装置をチラリと見た。無線機はさっさと取り外した西河だったが、決して重い酸素ボンベだけは下ろさせなかった。零戦にとって高度一万メートルはきつい。乗っているパイロットにとってはもっときつい。酸素が無ければ不可能だった。川崎は思いっきり顔をしかめたが、西河に見えるはずはない。西河は大きくうなずいてニッコリ笑った。操縦桿を引いて上昇しはじめる。こういう時の西河は恐ろしいほど気が早い。川崎はスロットルの内側についている二連装になった過給器のレバーを引いて作動させた。それから酸素マスクを取り出し、ゴム臭いのに閉口しながら飛行帽に固定する。

高度計の針は回転を続け、すでに八〇〇〇メートルを超えたことを告げる。

一万メートル上空までありそうな積乱雲の陰を選んでラセン上昇を続ける。零戦でB－29を攻撃するには、たった一度のチャンスしかない。一万メートル以上の高空から降下し、一撃をかませる。B－29のわきをスリ抜けたあとはそのまま降下を続ける。たとえ通り過ぎたあとで操縦桿を引き、再び巨大な爆撃機を追っても無駄なことだ。零戦のエンジンは、高空では著しく性能が低下する。時折エンジンが息をつく。そのたびに機体はブレーキをかけられたようにつんのめり、負い帯が身体にくいこむ。気温が急速に下がって、潤滑油が凍る。薄い大気。呼吸が苦しい。零戦もパイロットもあえぎながら飛ぶのだ。

一万二〇〇〇メートルでようやく水平飛行にうつった。正面から見て、やや右側にポツンと見える大空の染み。目標。前を行く西河機を見る。西河は左手を突き出して見せるとぴしゃりと風防を閉じた。川崎は溜め息を一つついてから、同じように風防を閉じ、開閉レバーをぐっと上げて固定した。スロットルレバーにかけていた左手を放し、そのすぐ後ろ下にある機外タンクの投下ハンドルにのせた。

間もなく、だ。

マスクの中を流れる呼吸音がやけに耳についた。心臓の鼓動が胸全体を震わせている。胴体下の予備燃料タンクを投下する。余分な重量から解き放たれた零戦は一瞬ふわりと浮き上がる。高々度と過重量にあえいでいた零戦が蘇《よみがえ》った。二機の零戦は腹を上にして雲上に大ループを描く。川崎はスロットルレバーをいっぱいに前進させ、回転計の針がレッドゾーンにかかるのも気にせずにエンジンを回した。面白いように加速する。さきほどまでのあえぎが嘘《うそ》のようだ。

川崎は目を見張った。眼下にB－29の大編隊が広がっている。総数、二十四機。爆撃機の周辺には高速戦闘機のP－38が飛んでいる。ざっと六十機。身震いした。付近に友軍機の姿はない。西河とたった二人で戦争することになる。まだ敵機から発砲はない。気がついていないのだ。彼らの常識からすればラバウルには、この高空まで昇って来られる日本軍機はないし、油断をするなという方が無理だ。その油断が、西河と川崎にとっては唯一のチャンスだった。川崎はふっと息を吐き、スロットルレバーの上部についている二〇ミリ機関砲の発射レバーに人差し指と中指をかける。B－29編隊の一番左端に位置する機に狙いをつけた。

急降下。身体が浮き上がる。胃袋が転げる。心臓は必死になって血液と活力を送り出しているが、緊張感から下腹が冷えてくる。

火蓋を切ったのは先行する西河だった。Ｂ－29の主翼の付け根に砲弾を集中させる。西河の機がＢ－29の左横をかすめる。まばたきする間もない。細かいアルミの破片が陽光にキラキラ輝きながらプロペラ後流のために渦を巻いて落ちていく。霧のように見えるのは燃料だ。

「クソッ」川崎は唇を噛んだ。

零戦が装備している二〇ミリ機関砲ではＢ－29のタンクに火を噴かせることができない。ゴム張りの防火装置のために、砲弾は豆鉄砲ほどの威力しかない。川崎は電影照準装置にぼんやりと浮かぶオレンジ色の環《わ》に意識を集中させた。やがて照準器いっぱいにＢ－29が広がる。左手に力をこめ、機関砲の引き金を絞る。激しい震動に視界はかすみ、小便が漏れた。食いしばった歯の間から獣のような叫び声があふれ出る。五発に一発の割合で混合されている曳光弾がライトグリーンの輝線《きせん》となって両翼と機首から延びていき、さきほど西河が銃弾を撃ち込んだのとほぼ同じ場所に吸い込まれていく。

Ｂ－29胴体上部の回転銃座がオレンジ色の束を吐き出す。飛行している戦闘機を爆撃機の機関銃で撃墜するのはほとんど不可能だといわれるが、実際に射撃されると、そうは楽観できない。川崎はフットバアを踏み、操縦桿を左にちょいと倒して機体をひねった。機銃は発射したままだ。一秒が長い。Ｂ－29の機体に急速に接近する。胴体の数字がはっきりと見える。読んでいるヒマはない。主翼が大写しになる。太陽光線を乱反射しながらB－29の破片が飛ぶ。透明な燃料が白い帯となって流れていく。ついに左翼外側のエンジンが火を噴いた。

だが、そこまでだった。

ハラワタをねじ切られるような思いを噛みしめながら、川崎は操縦桿を素早く入れ換え、機体を滑らせた。B－29の左主翼から、わずか一〇メートルほどのところを高速で駆け抜けていく。西河と川崎が決死の攻撃を敢行したB－29はエンジンをやられて引き返すかも知れない。ただ、それだけのことだ。撃墜にはほど遠い。降下を続けながら川崎は後ろを振り返った。たった今、目の前にあって翼の一部を大空にバラまいていた巨大な爆撃機が、太陽の輝く空間で身動《みじろ》ぎもしない一点となっている。翼からは黒い煙を吐いていた。自動消火装置が作動したのだ。川崎は顔をしかめた。虚《むな》しさだけが胸に去来する。

だが、落ち着いてB－29を眺めていることはできなかった。敵に気付かれることなく上昇し、高空から高速を活かして一撃をくわえられた。幸運もこれまでだった。この後は二人の日本人パイロットが米軍機になぶり殺しの目に遭うのだ。

川崎は暑くるしい酸素マスクを引きちぎるようにして外すとシートの上に座り直した。P－38の編隊がきれいに降下してくる。十機を超えている。二機の零戦を追うのに一個飛行中隊が追尾してくるのだ。川崎は無理にツバを飲み込んだ。口の中がカラカラに渇いている。

「敵さんは楽しむつもりか、クソッ」罵り声を発しながら川崎は操縦桿を乱暴に左へ倒した。右翼が上がり、そのすぐ下を一二・七ミリ弾が通過していく。射撃したP－38は右下方へ逃れた。川崎はすかさずフットバアを蹴るとそのP－38を追ったが、上空から新たな一機が襲いかかってくる。風防越しに『メザシ』と呼ばれるP－38特有の機首が見えた。その先端からオレンジ色の炎がほとばしる。川崎はあわてて操縦桿を腹に引きつけた。零戦が悲鳴を上げながら上昇する。オレンジ色に燃える銃弾が大気を引き裂いた。

「川崎一飛曹、南海の大空に死す、か」川崎はつぶやいた。声が震えていた。

弾丸を避けて左旋回を続けているために腕がジーンとしびれてきた。真っ直《ます》ぐに飛ぶことは速度で優《まさ》るライトニングのパイロットの思うツボだった。小刻みな旋回を続けることだけが活路を見出《みいだ》す唯一の方法だった。エンジン、全開。燃料はあと何分もつだろうか？　見上げると五〇〇メートルも離れた空間から射撃してくるのがいた。多分、今日が初めての戦闘なのだろう。ああいうのばかりなら、気は楽だ。

腹の底を突きあげるような弾着。川崎は歯を食いしばって操縦桿を倒し、ペダルを蹴った。二度横転する。すぐ下を別のP－38が上昇していく。気をとられた隙をつかれたのがくやしかった。

額から流れる汗が目に突きささるように痛い。拭っているひまもない。P－38は編隊を解いて四方八方から襲いかかってくる。

急旋回、降下、上昇。敵機の攻撃を避けるうちにだんだんと高度が下がってくる。操縦桿を左に倒す。右翼が持ち上がる。その下を曳光弾の帯がかすめていく。海と空が風防の向こう側で入れ替わる。水平線がぐるぐる回る。敵機の青と赤のマークばかりが見える。西河機を捜すが、その姿はどこにも見えなかった。何げなく後ろを振り向いて、肝を冷やした。一〇〇メートルほど間隔をおいて二機のP－38が迫ってくる。左右から挟み撃ちにしようというのだ。迷わず操縦桿を倒し、垂直降下に入る。機銃弾が頭上を通り抜けていく。間髪を入れずにフットバアを蹴り、横転してから機体を滑らせ、たった今、攻撃をしかけてきた二機のうち、後方にいた一機を追尾する。腕のしびれが限界に近い。足も他人のをつけているような感じがした。それでも相手を引き裂きたいという思いだけが身体を動かす。もう少し、もう少し。照準器の丸い環の中でP－38が震動している。P－38が右旋回を切った。続く。ほぼ真後ろにつけた。機銃の発射レバーをひいた。砲弾が吐き出される。外した。機体を滑らせた分の補正が十分ではないのだ。砲弾が大きいために初速が遅い二〇ミリ弾は、命中率が低い。川崎の放った砲弾は弧を描いてP－38の左側にそれていった。気を取り直してフットバアを踏み、修正する。再び引き金にかけた指に力をこめた途端激しい震動に襲われた。右翼。ミシンをかけられたようにきれいに弾跡が並んでいて、そこから透明な燃料が漏れていた。声にならないうめきを上げて、さらに二転。パラシュートと身体を結びつけているベルトを外し、操縦席の中で自由に動けるようにした。後方を見やるとまた新手。機銃弾が飛んできた。操縦桿を腹につくまでいっぱいに引いた。宙返り。敵機の後ろにまわりこむ。今度は慎重に後ろを見て、追尾してくる敵機のないことを確認してから、照準器をのぞきこむ。その時には敵機は旋回して左下方へ逃れていた。舌打ちすることもできなかった。今度は左から二機。機体を滑らせて逃げる。スピードブレーキを展開し、空中で停止するように機動するとうまい具合に左から来た敵機の腹が照準環に飛び込んだ。ためらわず二〇ミリ砲を発射する。爆発。P－38が火の玉になった。

ほとんど同時に操縦席のすぐ後ろを吹っ飛ばされ、シート後部の金具が鳴った。油断も隙もあったものじゃない。反射的に操縦桿を倒して降下をしかけ、悲鳴を上げた。目の前はもう海面だった。操縦桿を急激に引き起こし、同時に左のペダルを蹴って、水平に旋回する。翼を下げすぎると海面を叩きそうだった。海面に水柱がたつ。素早くS字ターンを繰り返して、からくも銃撃をさけた。高度、ゼロ。いつの間にこんなに低く降りてきたのだろう。西河を捜した。だが、どこにも見あたらなかった。すでに落とされたのだろうか？　不吉な疑問が胸にわきあがる。右から敵機。僚機を思うこともままならない。何度かのS字ターンの後、川崎はいよいよ最期が来たことを感じた。後方から二機、前からも二機。左右からそれぞれ一機ずつがほぼ同時に襲いかかってきた。それぞれの機首からオレンジ色の炎を閃《ひらめ》かせている。恐怖に目を閉じようとした刹那、西河機を発見した。空中で横転しながら、ゆっくりと川崎の機体を掩護《えんご》するように覆いかぶさってきたのだ。風防を開いていた。見上げた川崎の目に西河の姿が映った。白い絹のマフラーは血を吸って真っ赤に染まっている。川崎と西河の視線が交わった。西河が手を振った。四方八方から発射された無数の一二・七ミリ機銃弾が西河の乗機を引き裂いた。

西河機はさらに横転を続け、海面に突っ込んだ。川崎はまっすぐ全速力で逃げた。

一九八九年九月、東京・六本木、防衛庁。

日が暮れようとしている。大きな窓からは斜めに光が差し込んでいた。西河中尉――忘れかけていた若き海軍中尉の顔を今日はすんなりと思い出すことができた――お迎えが近いということですか。川崎はうっすらと笑い、いつの間にかしっかりと握りしめていた一挺の古ぼけた自動拳銃に目をやった。南部十四年式乙型。油紙に丁寧に包んでデスクの引き出しの奥深くにしまってある。銃も弾丸も五十年前に生産されたものだった。川崎の手に残った、西河の思い出。

ドアがノックされ、川崎は現実に引き戻された。銃をデスクの引き出しにしまう。

「入りたまえ」ドアに向かって声をかける。

黒縁のボストン眼鏡をかけた痩身の男が入ってきた。鼻の下に細い髭《ひげ》。内閣調査室の田代だった。

「閣下、お客様がお見えになりました」

「そうか」川崎はゆっくりと立ち上がった。

田代の案内で大柄な黒人が川崎の執務室に入ってくる。アメリカ空軍准将、フランクリン・F・バーンズだった。

「お久し振りです、ジェネラル・カワサキ」バーンズが分厚い手を差し出した。

「お元気でしたか、ジェネラル・バーンズ」

川崎は口許《くちもと》には笑みを浮かべながら、鋭い視線でバーンズの表情を探っていた。

3

ブラジル、リオデジャネイロ市。午前六時。

左手首に巻いた、薄型のデジタルクロックがかすかなアラーム音をたてた。茶色く日に焼けたシマ模様のカーテン越しに強い光が差し込んでくる。男は右手でアラームを止めるとゆっくりと起き上がった。白いシーツがめくれあがり、隣に寝ていた女が眠そうに目をこする。リンダ――少なくとも昨日の夜はそう名乗った――は、顔をしかめ、欠伸《あくび》をする。不揃《ふぞろ》いな歯がのぞいた。

市の中央部にあるレプブリカ広場のすぐ裏手にあるホテルの一室。リオの夜は午後九時にはじまり、午前七時に終わる。午前六時はまだ夜中ということになる。冷房すらない部屋。開け放った窓からは、汗の匂いのする風が吹き込んでいた。

「もう、帰るの？」リンダは立ち上がった全裸の男に訊《き》いた。

男の背中には一面にピンク色のケロイドがある。火傷《やけど》。彼女はその男が日本人であること以外、何も知らなかった。

リンダは十五歳だった。ブラジルでモッサ——若い娘と呼ばれるには、十八より前でなければならない。プロの売春婦ではない。時々、気のあった男とベッドをともにする。金をとる場合もあるし、とらない場合もある。フィーリングの問題なのだ。ただ、その男は一晩で百五十ドルくれると最初にいった。モッサの稼ぎは二時間程度のショートで二十ドル、オールナイトで五十ドルが相場だった。十八から二十歳までが一番高く売れ、二十五を過ぎると半値になる、とリンダがいうと、日本のクリスマスケーキのバーゲンセールと同じだ、と男は答えた。リンダは笑った。しかし、その話で彼が日本人だと知ったわけではない。

リンダが相手にしているのは、大抵がアメリカ人の観光客で、時々中国人がまじるくらいだった。一晩で百五十ドルくれる、そう聞いた時、すぐに日本人だと思った。

その金は、昨日の夜のうちにリンダのハンドバッグに入っている。ホテル代の二十ドルも男が払った。全部米ドル。男は財布を持たず、無造作にズボンのポケットから金を出したが、札束を見せるほど非常識でもなかった。ポケットに手を突っ込む。手品のように必要な額だけの紙幣が出てきた。

「もう、帰るの？」リンダはシーツを胸元まで引き上げ、もう一度訊いた。

男が振り返る。朝の光の中で、不精髭《ぶしょうひげ》の伸びた顔が白っぽく見える。アジア人特有の平板な顔つき。ただ、眼《め》がいいとリンダは思った。湖水を思わせるような深い光をたたえた、鋭い眼。

「ああ」男は短く答えた。「そろそろでかける時間なんだ」

男の英語にはなまりがあった。スパニッシュ系のRを強調するような巻き舌の英語ではない。中国人のように喋《しゃべ》るが、違うところもあった。男は狭い部屋の隅に放り出してあった黒いダッフルバッグに手を伸ばした。小柄なリンダならすっぽりおさまってしまいそうなほど、大きなバッグ。男は全裸のままでジッパーを開いた。リンダがベッドの上で身体《からだ》を起こし、のぞきこむ。白くて、球形のつやつやしたものが見える。ヘルメット。それにブーツとダークグリーンの洋服のようなもの。

「何、それ？」リンダが訊いた。

「商売道具さ」男が答えた。

バッグの中から新品のトランクス、白いプレーンのTシャツを取り出す。それからグリーンの、やたらにポケットのついたつなぎを出した。ブーツは重そうで、最後にヘルメットを出して、ベッドのサイドテーブルの上に置いた。

「あんた、何してる人？」

「パイロット」

男は下着を着けながら答えた。一晩二十ドルの安ホテル、各部屋ごとにシャワーが付いていることは望めない。共同使用できるバスルームが廊下の突き当たりにあるが、茶色くなった温《ぬる》い水がだらしなく流れてくるだけだ。トイレは、三基あるうちの二基までが汚物で詰まっていて、ホテル中に異臭がただよっている。残りの一基のドアには『故障』の貼り紙がしてある。それだけが使えることをリンダが男に教えた。

　男はソックスをはき、グリーンのつなぎに手を伸ばした。難燃繊維、ポリアミド製のフライトスーツ。まず足を通し、両肩で背負うように持ち上げ、腕を通す。股下に手をやってファスナーを引き上げた。それから男はバッグに手を突っ込み、グリーンのガーターベルト状のものを取り出す。よほど貞操観念の発達した国のものらしく、自分が時々身につける黒いガーターベルトの三十倍は重量がありそうだとリンダは思った。

「何なの、それ?」リンダの瞳が好奇心にキラキラと輝く。

「Gスーツ」男はぶっきらぼうに答え、まだじっと見つめ続けるリンダに苦笑する。

　両腿《りょうもも》とふくらはぎを圧迫する気嚢《きのう》がついていて、ジェット戦闘機が旋回する時に、下半身に流れようとする血液を止める働きをすると説明した。リンダには、さっぱり理解できなかった。男は素早く腰のベルトを締め、かがんでふくらはぎを覆うレガースを固定するファスナーを引き上げた。ブーツをはき、紐《ひも》をていねいに締めていく。

「暑くない?」リンダが心配そうに訊いた。眠気はとうに失《う》せている。男が服を着るのに興奮するのは初めてだった。

「慣れると」男はブーツをはき終えて、立ち上がる。「そうでもない」

再びバッグの上にかがみこみ、中からベストを取り出す。いくつもの筒や四角い箱がついていた。金具が触れ合う度に乾いた音がする。

リンダの視線が執拗《しつよう》にからみつく。

男は一つひとつの装備を指で示して、丹念に教えてくれた。海に落ちた時に印をつけるダイマーカー、発煙筒、小型の電波発信機、三〇メートル長の細いロープ、釣針、そしてコンドーム。

リンダが小さく笑う。

米海軍の標準装備のサバイバルジャケットだった。次に男がバッグから取り出したのはナイロン製のホルスターにおさまった自動拳銃。リンダは息をのんだ。

「お護《まも》りだよ」男はリンダの顔を見て、にっこりと微笑《ほほえ》んだ。

ホルスターから銃を抜く。コルト社製M一九一一A1。四五口径。男は慣れた手つきで弾倉を引き抜き、遊底をわずかに引いて薬室が空であることを確かめた。銃をホルスターに戻し、両腕を通して、銃が左の腋下《わきした》にくるように調整した。

最後にキルティングのジャケットを出して羽織った時、リンダは天を仰いで十字を切った。すでに気温は二五度を超えている。その恰好《かっこう》で外に出るなど、二百ドルもらっても真っ平だと、彼女は思った。

男は涼しい顔つきで、ヘルメットに革製の手袋を突っ込み、昨日の夜、自分が着ていた衣類——Tシャツと色の抜けたジーンズ、ボロボロのスニーカーを放り込み、ヘルメットをゆっくりと中にいれて、バッグの口を閉じた。

「十分と歩けないわよ」リンダが忠告する。

「冷房付きのリムジーンが迎えに来るんだ」男が答えた。

「あんた、名前は？」

男はバッグを肩にかつぎあげ、十五歳の少女を見た。朝の光の中では、昨日の夜、ボアチで会った時よりはるかに幼く見える。縮れた黒い髪が両肩にかかるほど伸び、ふんわりと覆っている。くっきりした眉。大きな瞳は黒。小さな乳房と細い腰、すんなり伸びた足は褐色だった。

男はにっこり笑っただけで答えなかった。

「ねえ、名前だけ教えてよ」

「どうして？」

リンダは男の澄んだ瞳を見返しながら、ちょっと困ったような顔をした。唇をなめ、それから言葉を押し出すようにいった。

「いつか、私に娘ができたら、今日のことを話す。不思議な、東洋の男のこと。だから——」

リンダは肩をすくめ、床に目をやった。

「ジーク」男は一言だけいって、部屋を出ていった。

ジーク。リンダは何度か口の中でその名を転がしてみる。悪くない響きだ。いつか、娘が十五になったら、教えてやろう。お母さんがお前と同じ歳《とし》だった頃、一晩に四回も飛ばしてくれたパイロットがいた。

その名は、ジーク。変な日本人だったよ——。


「用意できたか、ジーク？」向かいの部屋のドアに背中をあずけるようにして、同じ飛行服姿の男が立っていた。

ジークと呼ばれた男——那須野治朗《なすのじろう》が目を上げ、にやりと笑った。

「そっちはどうだった、チャン？」

二人は並んで狭い廊下を歩きはじめた。

「悪くなかった。ボディはブラジル製だが、エンジンはフェラーリだね」チャンと呼ばれた長身の男が答える。

ホテルにエレベーターはない。打ちっ放しのコンクリートの階段を足早に下りていく。少し身体を動かしただけで、汗が全身から噴き出してくる。二人とも昨日の夜はビールを一、二本飲んだだけで、それ以上の酒はとらなかった。フライトの前夜の深酒は自殺行為に近い。

グランドフロアに申し訳程度のフロントがある。向こう側では、堅い木の椅子に座っている男がボロボロのプレイボーイ誌を広げていた。八月号、ただし十年前の。フロントの男は出ていく二人に何の関心も払わなかった。金は昨夜のうちに受け取っている。二人のおかしな服装にも驚かない。レプブリカ広場でホテルマンをやって十二年。他人の服装に驚く心はとっくに失っていた。

ホテルを出た途端、強烈な太陽光線がまともに襲いかかってきた。那須野は不覚にも足元がぐらりとするのを止められなかった。チャンがにやりと笑う。幸い、二人を迎えに来た、ダークブルーのメルセデスはすぐに目についた。那須野が先にドアノブに手をかける。

チャンはジャケットのポケットにさりげなく右手を突っ込んだ。S&Wのリヴォルヴァーを握る。単に習慣の問題だった。食事の前に手を洗う。ドアを開ける時には銃をとる。那須野が撃たれることは考えに入っていない。よけられなければ、運がないだけのことだ。空でも、地上でもそれは同じことだった。

誰も発砲しなかった。那須野がメルセデスの後部座席に乗り込み、チャンがその後に続いてドアを閉めた。瞬時にして顔面の汗が引くほど冷房が利いている。助手席に座っている男が振り返った。白い麻のスーツ。ワイシャツには糊《のり》がきかせてあったが、ネクタイはしていなかった。浅黒い顔だち、鼻の下にたっぷりと髭をたくわえ、白い歯を見せて笑う。その笑顔は少しも楽しそうに見えない。ユダヤ人。

「これは、これは」那須野はかすれた声を出した。「あなたが出てくるとは思ってもみませんでしたよ」

「任務でね。最後まで見届けろというのが本部の命令なんだ」ユダヤ人は肩をすくめてから、運転手に車を出すよう命じた。メルセデスはエンジン音を高めることもなく、すべるように走り出した。運転手はメスチーソらしかった。

「知り合いなのか?」チャンが不審そうな顔をして那須野に訊いた。

「オレたちの雇い主さ」那須野は前を見たまま、答える。

「ハ・モサドの?」チャンが口に出した。

ユダヤ人は露骨に顔をしかめた。

「あまり大声でそれをいって欲しくないですな。それに私は臨時雇いでね、本当はその組織の人間じゃない」

「どういうことだ?」チャンが再び那須野に訊いた。

「彼はイスラエル空軍のパイロットなんだ。ラビン中佐」

「大佐」ラビンが訂正した。「ミスター・チャン。車は揺れますから、ポケットの中の物騒なものから手を放して下さい。私とジークとは十五年以上も昔からの知り合いなんです。安心して下さい」

「失礼」チャンはポケットから手を出した。手のひらに汗の粒が光る。

ラビンはにやりと笑った。その手には全長三〇センチほどの小型自動小銃があった。安全装置をかけて膝の上に置く。ミニ・ウージー。九ミリパラベリウム弾を毎分六〇〇発の割合で発射する。メルセデスのシートなら、ボール紙を撃ち抜くようなものだろう。チャンがリヴォルヴァーを発射する前に、簡単に数十発叩《たた》きこめる。

「とにかく物騒なことにならなくて安心したよ」那須野はラビンが右手をシートの陰から何も持たずに出したのを見て、左手に持っていた小さなナイフをサバイバルジャケットのポケットにしまった。

ラビンの視線が那須野のナイフをとらえる。大袈裟《おおげさ》に溜《た》め息《いき》をついた。

「オレたちが運ぶ飛行機の用意はできているのか？」チャンが憮然《ぶぜん》とした表情のままで訊いた。

那須野がちらりと運転手に目をやる。ラビンは安心しろというようにうなずいた。

「用意は整っています。燃料はタンクにいっぱい、それに翼下、胴体下に大型のフェリータンクを装着しました。航続距離は十分。メキシコまで飛べますよ」

「ペルーに無事到着すればいい」那須野がぼそりといった。

那須野とチャンの二人が運ぶのは、アメリカ・ノースロップ社製の軽戦闘機F－5EタイガーIIだった。米空軍をはじめ、韓国、フィリピン、カナダ、スイスの各国空軍で使用されている人気の高い戦闘機で、特にEタイプは全天候型レーダー、方位測定機を装備している。タイガーIIと呼ばれる戦闘機の最終型で一九九〇年代に入ってからも各国で使用されている。ただ、八〇年代半ばから国際マーケットに強力なライバルが登場して、タイガーIIは二線級の戦闘機に格下げされた。強力なライバルとは、ジェネラルダイナミックス社が開発した、F－16ファイティングファルコン。輸出仕様のF－16プラスは、価格的にはタイガーIIをわずかに上回るだけに過ぎなかったが、性能はまるで比べものにならなかった。その結果、中古戦闘機市場でF－5Eの価格は急低下した。

「モールの最後のビジネスだというのは本当か？」チャンが訊いた。

ラビンが悲しそうな表情をして、うなずく。ユダヤ人の悲しげな表情というのがいかにも板についていて、那須野は妙におかしかった。

「我々がドイツ人と仕事をするのもこれで終わりにしたいですな」ラビンは感想を漏らした。

ハーマン・モールは、ロンドンに本拠を置く世界的な兵器ディーラーの一人だった。一九八六年、イラン・コントラと呼ばれる武器密輸事件の主人公の一人としてアメリカに拘束されていたモールはスキャンダルの中心人物の死去によって米政府の追及を逃れ、ロンドンに舞い戻った。再び兵器ディーラーとして商売をはじめたモールが作成した、セールリストの中にイスラエルの放出品があった。無人標的機十機、売り先インド。T

OW対戦車ミサイル百発、売り先南アフリカ共和国。スティンガーミサイル百発、発射装置二十基はいずれも南米で売りさばく予定だった。

そしてF－5E、二十五機。売り先はブラジルだった。

モールは最初の十五機を三年がかりでブラジルに売りつけることに成功したものの、ブラジル政府の状態ではそれが精一杯だった。残り十機のうち半分は南アフリカ共和国に引き取らせることができた。しかし、後の五機は行き場がなくなった。

「ペルーがタイガーIIを買えるほど金を持っているとは知らなかったな」チャンがぼそりといった。

南米諸国の経済状態が破産状態にあり、二十一世紀いっぱいかかっても返しきれないほどの負債を抱えているのは、周知の事実だった。

ラビンが後ろを振り返り、那須野を鋭い目で睨《にら》む。

「まだ、話していないのか、ジーク？」

那須野は車窓に目をやったまま、ラビンの言葉を聞き流した。

「どういうことだ？」チャンの視線がラビンへ那須野へと交互にふりむけられる。

沈黙。

荒れた路面のギャップを拾うタイヤの音だけが車内を満たしている。那須野はゆっくりとラビンの顔を見て、それからニッコリ微笑んだ。

「いいにくかったからさ。あんたから説明してもらおうと思っていたんだ」

「チャンは、君の相棒だ。私にはそんな役目を負う義務はない」

「誰にも義務なんてないんだよ、ラビン中佐」

「大佐だ、クソッ」ラビンは丸い目を見開いているチャンを見た。「我々がタイガーIIを売るのはペルー政府ではない」

「ペルー政府じゃない？　どこに政府以外でジェット戦闘機を買える金持ちがいるっていうんだ？　サウジアラビアの石油成り金でもなければ無理だぜ」チャンはいいながら、ふと言葉をとぎらせた。「コカイン帝国の奴《やつ》らだな？」

ラビンは大袈裟に鼻を鳴らして前を向いた。

「ジーク」チャンは那須野に覆いかぶさるように顔を近づけた。「お前、コカイン帝国の滑走路にオレを飛ばそうというのか？」

「心配はないよ。ラビン中佐の仲間がちゃんとオレたちを救い出してくれることになっているんだ」

ラビンはもう訂正しようとはしなかった。那須野の頭の中にいるラビンは、ともに第四次中東戦争を戦った、イスラエル空軍第六ウィングの中佐なのだ。

「おりるか？」那須野はチャンの顔を見た。

チャンが黙って見返す。深い色をたたえた、那須野の眼が見返している。チャンが訊いた。

「それで、オレたちはいくら貰《もら》えるんだ？」

「十万ドル」

「十万だって？」

「ああ、一人あたりな」

「二十万、か」チャンは身体の力を抜いて、シートに深く座り直した。「コカイン帝国の連中は気前がいいな」

「君たちのギャランティは我々が支払う」ラビンが前を見たままいった。

「なぜイスラエルがオレたちのようなフェリーパイロットにそんな大金を払うんだ？」

「我々には金がある」

「コカインに汚れた金だぜ」

「金には、国籍も素性もない」ラビンの声には、なぜか哀《かな》しみがまじっているような気がした。

「どうして？」チャンは執拗にせまった。

「サダム・フセインがクウェート侵攻を計画している」

4

東京・六本木、防衛庁。

川崎はバーンズが出ていった後もしばらくドアを見つめていた。窓の外には六本木の夜景がひろがっている。

『北朝鮮の原子力施設を爆撃します。協力を願いたい』

バーンズの言葉が脳裏に蘇《よみがえ》る。作戦は完全な秘密任務で、たとえ爆撃が成功しても、生還できる確率は低かった。生還したとしても、そこに栄光はない。任務を遂行したパイロットは一生そのことを胸にしまいこんで他言してはならない。

バーンズが帰ると川崎はすぐにインターコムで田代を呼び、いくつかの条件を挙げ、それに適合する男を航空自衛隊員の中から選別するように命じた。現役の隊員の中に適任者がいない場合は、死者以外の予備自衛官はすべて対象とするようにとも付け加える。

それから十五分。川崎はデスクの上に広げられたモノクロの衛星写真に目を落としていた。

ドアが再びノックされ、川崎が答える前に開く。それができるのは、すでに五年にわたって川崎の副官として働いている田代だけだった。

「コンピューターが適任者をはじき出しました」田代は川崎のデスクの前に立った。

川崎は田代の差し出したコンピューターの出力用紙を手にした。ほんのわずかな間、川崎の頰を笑みがよぎったが、田代は気づかなかった。

その男は、事件を起こして航空自衛隊を退役し、現役パイロットとしての資格を失っていた。キメの粗い写真があった。F－4EJファントム戦闘機のコクピットに座ったパイロットの横顔をとらえている。ヘルメットのサンバイザーカバーに赤い星が二つ描かれている。そのパイロットは遠くを見つめていた。

「経歴を」川崎はうながした。

「経歴は文句のつけようがありません」田代は背筋を伸ばし、手にしたホルダーを開いた。

田代が読み上げる経歴を聞くうちに、川崎はこの男こそ任務を成功させる唯一の望みであろうと思った。

一九四八年北海道生まれ。父親は平凡なサラリーマン、母親は専業主婦。いずれも物故している。十八歳になるとすぐに航空自衛隊の航空学生の試験を受け、二十三期航学に合格している。

志望動機が変わっていた。飛行機乗りになりたくて予科練に進んだ彼の父が、入隊日を昭和二十年八月十五日とされ、ついに憧れの『ゼロ』に乗ることはできなかった。その夢を果たしたいという。

最初から戦闘機志望だった。もっとも、その男、入学前から戦闘機のパイロットになることを、いや、もの心ついた時には自分は戦闘機のパイロットになるのだと信じて疑わなかったらしい。

一九七二年に三沢《みさわ》の第三航空団に配属され、三菱《みつびし》重工業製の支援戦闘機F－1のパイロットとなる。F－1パイロットとしても優秀で、特に対地、対艦攻撃で彼と伍《ご》した成績を残したパイロットはいなかった。一九七三年、米空軍との交換留学隊員として派遣される。しかし、それからの二年間は、経歴が空白になっていた。一九七五年、第三〇二飛行隊配属、千歳《ちとせ》勤務となる。それから小松《こまつ》、静浜《しずはま》の各基地を転属し、一九八五年、再び第三〇二飛行隊に配属されるが、当時同隊は那覇《なは》基地に展開しており、沖縄勤務に就いた。そして一九八八年十二月、沖縄上空で命令に違反、ソ連偵察機隊に向かって威嚇射撃を行う。

ソ連機を撃った男。

田代はよどみなく書類を読み上げていった。川崎は、候補となったパイロットを知っている。田代の情報の中には、二つだが、決定的なものが欠けていた。空白の経歴。一つ目はイスラエルに軍事顧問の一人としてまぎれこんでおり、シリア空軍機を撃墜していること。二つ目は敵機を深追いして、別の敵戦闘機の空対空ミサイル攻撃を受け、被弾し、撃墜されていること、だ。燃えて落ちる戦闘機の中でひどい火傷《やけど》を負い、その時の傷跡がまだ身体《からだ》に残っているはずだった。

「どうやら、決まったようだな」川崎がいった。

「ですが、空将補」田代はホルダーをデスクの上に放り出し、川崎に向かってぐっと身を乗り出した。「この男の所在は目下不明です」

「捜すんだ」川崎はにべもなくいった。

「誰がですか？」

川崎はじっと田代の顔を見る。田代は泣き出しそうな顔をして、川崎を見返した。川崎の表情はまったく変化しない。田代は唇をゆがめて立ち上がった。川崎は、部屋を出ていく田代の後ろ姿を追わず、デスクの上に放り出されたファイルに目をやった。川崎の選んだ男の名前が記されている。

那須野治朗。

田代は肩とあごの間に受話器をはさんだまま、両手でパーソナル・コンピューターのキイボードを猛烈な勢いで叩《たた》いていた。彼が自分のデスクにのっている端末からアクセスしているのは、外務省のホスト・コンピューターに納められているデータベースだった。内閣調査室員のアクセスコードを使用すれば、過去二十年、海外に渡航した人間の記録を検索できる。

画面に那須野の名前が現れた。口笛。

「どうしたんだ?」電話の相手の声はひどくかすれて聞き取りにくかった。

「外務省の記録によれば、那須野は航空自衛隊を退役した後、すぐに出国しています。戸籍と現住所をチェックした時に日本にいないことはわかっていたんですが――」田代は半ば独り言のようにいった。

電話の相手は、ハンス・ハインリッヒ・ラインダース米空軍大佐。現在はアンドリューズ空軍基地勤務になっている。自衛隊関係者を当たって、那須野が勤務したことのある那覇基地の元司令から彼の名前を聞き出した。

『那須野が中東戦争に行った時、一緒にいたのがラインダースだよ』

定年で退官した元空将補の声を聞いた時、田代は那須野の空白の経歴を知った。過去の空白を埋めていくことで、現在の那須野を追うことになった。米空軍への照会は比較的簡単に済んだ。ラインダースの勤務地もすぐにわかり、電話で連絡をつけることができた。だが、最初ラインダースは田代のいうことをまるで信用せず、事情を説明しているうちにバーンズ准将の名前が出てきて、ようやく話をするようになった。

「それで、どこへ行ったことになってる？」

「イスラエル」田代は舌の先で前歯の裏側をなめた。考え事をする時の癖だった。「奴《やつ》はイスラエルに知り合いでもいるんですか？」

「なぜ？」相手が訊《き》き返した。

「奴のパスポートは半年前に失効している。その後、更新手続きがとられた形跡もないし、少なくとも大使館を通じて外務省に入っている情報による限り、完全に失踪していることになるんです」

「何も情報が入っていないんだな？」

くそっ――田代は腹の底で罵った。相手のいう通りだったが、感情を押し殺し、もう一度同じことを繰り返した。「イスラエルに友人がいるのですか？」

「友人だとは思っちゃいねぇ」ラインダースの声が低くなった。「しかし、共通の知り合いならたった一人だけいる。ラビンだ」

「ラビン？」

「今は何をしているのか知らない。ただ、オレとジークが中東を飛んだ時、第六ウィングの小隊長をしていたのがラビンなんだ。当時は中佐だったな」ラインダースの声がますます沈んでいく。

「彼、そのラビン中佐について、他に知っていることはありますか？」

「ないね」ラインダースの返答はニベもなかった。「なあ、タシロ。ジークに一体どんな用事があるんだ？」

「いえないんだ、申し訳ない。それだけはいえないんです」田代はようやくラインダースより優位に立ったような気がして、にやりと笑った。

「知らないんだな？」ラインダースがいう。

田代は言葉に詰まった。再びラインダースが優位に立つ。実際、田代が命令されたのは那須野の行方を突き止めることだけで、なぜ那須野を求めるのか、川崎から何の説明も受けていなかった。

「まあ、いいさ。ジークに逢《あ》うことがあったら伝えてくれ」ラインダースが言葉を切る。

「何と？」

「死ぬな、と」ラインダースは電話を切った。

田代はセブンスターのパッケージを取り上げた。壁の時計を見上げる。川崎の執務室を出てから二時間が経過していた。川崎は、その後、防衛庁の内線を通じて出掛けるとだけ知らせてきた。

田代は三十三歳、独身。横浜市緑《みどり》区にあるマンションに一人で暮らしている。午後九時。煙草《たばこ》を抜いて、火を点《つ》け、顔をしかめて煙を吐いた。視線は壁の時計に注がれたままだった。イスラエルの空軍将校の動きをどうすれば知ることができるだろうか。そればかり考えている。煙草の灰が長くなった。吸殻が山のようになった灰皿で乱暴に押し潰した。最後の煙を吐き出す。時計の秒針が乾いた音をたてて、時を刻む。

まだ、つかまるだろうか？　田代は疑問に思いながら、かつての同級生に電話を入れた。受話器の底でカリカリという接続音が何度か響いた。呼び出し音。やがて相手が受話器を持ち上げる音が聞こえた。

「はい、警視庁外事一課」相手の声に聞き覚えがあった。

「オレだ、内調の田代だよ」

「おい、どうしたんだ、急に？　転職先でも捜してるのか？」相手が軽口で応じる。

田代はほっとした。電話の相手は警視庁公安部外事課、長池久志《ながいけひさし》。大学時代の同級生だが、公安関係の会議などで挨拶を交わした程度に過ぎない。田代は言葉を続けた。

「実はイスラエルのエージェントについて知りたいと思っているんだ」

言葉をわざとぼかした。ラインダースはイスラエル空軍だといっただけだが、あの国では軍人は大抵兵役に就いた後、ハ・モサドという諜報《ちょうほう》機関に入る。もしそうなら、外事課にわずかでも情報があるかも知れない。

「エージェント？」電話の相手が訊き返した。

「つまり、その、何ていうのか、情報部員というか、諜報員というか」田代は沈黙している相手に苛立《いらだ》って訊き返した。「おたくらじゃ、そんな連中を何て呼んでいるんだ？」

「スパイ」

田代は声を出して笑った。頭を二、三度振る。

「じゃ、そのスパイかも知れないんだが、元イスラエル空軍のラビンという男だ」

「それだけじゃな」

田代は宙に視線を泳がせた。ラインダースの話に出て来た那須野の空白の経歴書をたどる。中東で飛んでいた時期、一九七〇年代。

「第四次中東戦争時代に第六ウィングで小隊長を務めていた。当時の階級は中佐」

「OK、わかった。急いでいるのか？」相手の言葉が濁る。煙草をくわえているようだった。ライターを擦る音が受話器の底から聞こえる。

「かなり」

「いつまでに情報が必要なんだ」

「一時間以内」

相手は何もいわずに受話器を叩きつけた。田代は顔をしかめた。思い出した。無愛想、無礼、人を人とも思わない男、長池。警察官僚になるべくして生まれてきたような男だったが、有能ではあった。田代は煙草に手を伸ばし、ついでに内線で宿泊室の番号を押した。今日も泊まりになる。今月に入って何度目の宿泊だろうと思った。横浜のマンションに帰るのは、週に一、二度くらいだった。隊内総務はすぐに応答した。

「田代だが――」

「ああ、今日もお泊まりですね」

まるでビジネスホテルの応対じゃないか。田代はうんざりして煙草を押し潰した。


東京・築地《つきじ》。

細かい霧が浮かんでいるような湿った裏庭の空気を、鹿威《ししおど》しのカン高い音が貫いた。

長方形の座卓を囲んで、四人の男が座っていた。

「ワシントンにも、こんな場所があればロビー活動がやりやすくなると思いますね」バーンズが感想を述べる。彼は襖《ふすま》を背にして、一番下座を占めていた。

「ここはロビー活動をやるために使われることはありません」川崎が答えた。バーンズの正面で床の間を背負っている。主賓というわけだった。

「こちらは」バーンズは川崎の右側に座っている白人を示していった。「ソ連大使館付きの駐在武官、クルビコフ大佐」

クルビコフが川崎に向かって、わずかに頭を下げた。

「こちらが韓国安全企画部のヤン・ボムホ氏」川崎の左側に座っている東洋人だった。丸顔で、どこといって特徴のない顔つきだった。ヤンは川崎の顔をじっと見つめたまま、身動《みじろ》ぎもしない。一重瞼《ひとえまぶた》の下で、小さな瞳が鋭い視線を送ってくる。その光だけが少し異様さを感じさせた。

「では、今日のメニューをお出ししましょう」バーンズはそういうと、自分のすぐ横に置いてあったアタッシェケースのナンバー錠を開き、中からエイト・バイ・テンのモノクローム写真を四枚取り出した。一枚ずつ配っていく。クルビコフがかすかに眉をしかめた。ヤンの表情は読めなかった。川崎の表情も変わらない。すでにバーンズから見せられている写真だった。

「これは――」クルビコフが顔を上げ、バーンズに訊いた。「衛星写真ですね」

「先月撮影したものです」バーンズが答えた。

「場所は」クルビコフが再び質問する。

「寧辺付近ですな」ヤンが口を開き、クルビコフに向かっていった。「朝鮮民主主義人民共和国、おたくの衛星国の一つではありませんか。そこの原子力施設を撮影したものですよ」

「機材のほとんどはソ連からの輸入品でしょうな」バーンズが付け加える。

「いかにも」クルビコフは感心したように写真に見入った。「かなり高精度の写真ですね。こんなものを私に見せるとは、驚きだ。さすが自由の国というべきですか？」

「結構。お国の偵察衛星でも同程度の撮影は可能なはずです、大佐。肝心なのは、ここで何がなされているか、ということです」バーンズはクルビコフの皮肉には取り合わず話を進めた。「この会議は、ごくごく私的なもので、皆さんのご意見をたまわる場所とお考えいただきたい。そして、ここで話された内容は、全員の意見が一致しない限り、実現の方向に進むものでもないし、会議自体がなかったものになる。それをあらかじめご了承いただきたい」

「わかりました」クルビコフが答えた。

狸《たぬき》め——半ば閉じた眼《め》でバーンズを見ながら、川崎は腹の底でつぶやいた。すでにシナリオはできあがっているはずだ。ソ連との間にも、ある程度話がついているに違いない。すべては川崎を、日本を巻き込むための茶番劇なのだ。

「では、最初に私から話をさせていただきたいと思います」バーンズは厚い唇をなめて、言葉を切った。

それからバーンズは十五分ほどかけて、ホワイトハウスの緊急対策室で大統領に報告したのと同じ内容の話をした。時折、クルビコフが質問をはさみ、バーンズが短く答えた。クルビコフの質問がアメリカの情報収集システムに及んだ時だけは、白い歯を見せて、ノーコメントという。それ以外はスムーズに会話が進んだ。ヤンはほとんど口を開かない。黙っている川崎を横目でちらり、ちらりとうかがう。北朝鮮で原子爆弾の開発が進められ、それがスカッドミサイルに搭載されかかっていること、それを握ろうとしているのが指導者の息子であること——バーンズはすらすらと概要説明をした。

「我々に残されている時間がどの程度か、それはミスタ・ヤンからお話しいただきましょう」バーンズはヤンに向かってうなずいた。

「北の代表は、南北統一に傾きかけているという観測があります」ヤンの英語は堅苦しかった。「アジア・デタントの中心が朝鮮半島であることは間違いありません。アジア・デタントが確立し、中国の内政が安定することによって、朝鮮半島、中国、ソ連、そして日本を結ぶ経済圏が出現するのであります。半島の緊張緩和は、アメリカにとってみれば、韓国駐在軍の削減を意味し、長い目で見ると大変な利益につながるものと思われます。ところが北朝鮮の政治保衛部首脳陣は、我々の謀略に指導者が巻き込まれることになると見て、息子をたきつけ、一気に核武装化を進めようとしております。現在、プルトニウムの生成と、スカッドミサイルの改良は順調に進んでいます。しかし、核実験を行うほどの余裕はなく、ミサイル推進システムの関係もあって、たった一発のミサイルを造るのが精一杯といったところです」

ヤンは言葉を切り、自らの言葉が他の三人に浸透するのを待った。クルビコフは正面からヤンの顔を見つめ、バーンズは顔の前で両手を組み合わせ、じっとテーブルの上に視線を落としている。川崎は遠くを見るような目をしていたが、ゆっくりとヤンに視線を移した。

「ミサイルはいつごろ完成すると?」川崎が訊いた。

「今年の秋から暮れにかけてと我々は見ております」ヤンが川崎に答えた。

しばらくの間、誰も口をきかなかった。かすかに水の流れるサラサラという音が部屋を満たすのみで、時折、鹿威しが音を立てる。

「ジェネラル・カワサキ」バーンズが視線を上げる。手は組んだままで、祈るような恰《かっ》好《こう》に見える。「あれを二カ月で完成させられますか?」

「あれ、とは?」川崎はかすかに顔をしかめた。

クルビコフとヤンの目が左右に動く。川崎とバーンズの視線がぶつかり合う。

「FSX－90」バーンズがつぶやくようにいった。

クルビコフとヤンの目の動きが止まらない。二人ともバーンズのいった意味がわからなかった。川崎は鋭い視線をバーンズに向けたまま、この茶番劇の結末をようやく知ることができた。今日の午後、川崎を訪ねてきたバーンズは、米軍のステルス爆撃機が北朝鮮に侵入する際、隠れ蓑《かくれみの》として航空自衛隊の協力を仰ぎたいといった。

北朝鮮国境のぎりぎりまで爆撃機に付いて行き、囮《おとり》の役を果たしてもらいたい、と。ソ連と韓国の協力は取り付けると請け合った。中国についてはあえて言及しなかったが、交渉が不調に終わったためだろうと川崎は推測していた。航空自衛隊の役割はあくまで囮だった。

だが、バーンズはいきなりFSX－90を持ち出した。防衛庁内にも来年組み立てに入る予定のＦＳＸ－90の名前を知る者はほとんどいない。

二カ月――川崎は唇を結んだ。エンジンさえ手に入るならば決して不可能ではない。だが、誰が漏らしたのか。ＦＳＸ開発チームのメンバーの顔が一人ひとり浮かんでは消える。川崎はかすかに首を振った。誰が情報を漏らしたか、それを追及するのは後でよい。今はバーンズがどの程度ＦＳＸ－90について知っているか、それを推しはかるのみだ。

「続けてもらおうか」川崎は低い声でいった。

四人の額にじっとりと汗が滲《にじ》む。裏庭の湿気が襖の間から部屋の中に流れ込んでいる。

5

朝鮮民主主義人民共和国。

チェは、褪《あ》せた茶色のオープン型ジープに乗せられ、街の中央部まで連れられてきた。平壌市から北へ八五キロ入った山間部の寒村、中央部といっても舗装されていない泥の道が二カ所交差しているだけで、貧相な住宅が三十戸ばかり並んでいるに過ぎない。チェの住まいからたっぷり二〇キロは離れていた。交差点の一つに面して、コンクリート製の三階建の小さなビルがある。ビルの前にソ連製の高級車ジルが数台停《と》まっていた。

チェはそこに連行された。

「チェ・ペクスを連行いたしました」ドアが開かれ、チェは乱暴に狭い部屋の中に放り込まれた。チェを連行してきた保衛部員は、鉄製のドアを閉じ、チェ一人を残して出て行った。

チェは部屋の真ん中に突っ立っていた。打ちっ放しのコンクリート、天井は高く、二メートルほどの高さのところに金網を張った窓が一つ、壁には白い波型の模様が浮き出ている。天井の真ん中からコードがぶら下がり、白い笠《かさ》をつけた白熱灯が黄ばんだ光を投げかけていた。小さな、傷だらけの机。焦げ茶色の制服に身を包んだ男が座っている。手袋はしていない。きれいな爪。制帽は机の上に置いてあり、その横で両手を重ねていた。

「座りたまえ」机の向かい側の椅子を示しながら、その保衛部員はいった。

チェはゆっくりと腰かけた。背が垂直に立った、堅い木の椅子で、体重がかかるときしんだ。寒い部屋。外の日差しが厚いコンクリートの壁に阻まれて、届かない。身体《からだ》の奥から震えがきて止まらない。チェは目を上げずに机の表面を見つめていた。

保衛部員の右手が動いた。チェの身体は電気が流れたように反応する。保衛部員は制服の内ポケットに手を入れ、抜き出した。右手が机の上に差し出される。マイルドセブンという日本製の煙草《たばこ》。フィルター付き。それだけで相手がかなりの高級幹部であることがわかる。この国では、酒は指導者の誕生日に買うことができるが、煙草を手に入れるのは困難だった。ワイロを使って、なんとか工場労働者から横流ししてもらう。フィルターのない辛いだけの煙草だ。

「喫《す》うか？」保衛部員は訊《き》いた。

チェは首を何度もうなずかせて、一本だけ飛び出している煙草に手を伸ばした。罠《わな》。チェの心が凍りつく。だが、保衛部員と狭い部屋の中に二人で向き合っているチェには他にどうしようもなかった。震える手で煙草を唇にはさむ。金属の音。びくりと身体を起こすと目の前にオイルライターの炎が差し出された。チェは夢中で吸い込んだ。恐怖がチェの心も身体も縛りつけているというのに、それでも煙は今まで味わったこともないほど甘美だった。二年ぶりのニコチンが身体をめぐり、軽いめまいすら感じた。保衛部員の手が再び内ポケットに差し込まれたことにチェは気付かなかった。やがて、そのきれいな手に一枚の紙片が握られ、目の前に出てきた。

たった今吸い込んだばかりの煙が喉の奥で苦く固まり、胃袋の底にタール状になって落ちていく。

一枚の紙片。身分成分表。そこにチェ・ペクスの名前が記されている。

父親、母親はもちろん、すべての親類、直系血族は三代先までさかのぼってあった。反指導者運動の一掃を目的に、一九七一年以降、政府は住民の身分『成分』分類を施行、思想から職業、韓国にいる親類、移住者などの項目によって、五十一種類に分けることにしたのである。

一度、この成分で敵対の可能性ありとされてしまえば、大学への進学も転職も不可能になる。成分の悪いものは、平壌から五〇キロ以内に入ることすらできなかった。

チェ・ペクスの祖父は第二次世界大戦中、警察官だった。その結果、日帝時代、行政および権力関係機関に従事した者として、反動官僚輩と呼ばれた。三代下ったチェ自身の成分は『越南家族第一分類』とされ、北朝鮮政府への敵対者として特殊監視対象となっている。その上、七人兄弟の末弟が韓国に住んでいる。暮らしていくだけが精一杯、死ぬまで狭くて寒い家に住み続けることが決定づけられていた。そして、密告。首領不敬罪七号での逮捕。チェは絶望した。身体が溶けて、深い穴に流れ込んでいく。

「顔を上げなさい」保衛部員がいった。

チェは唇にはさんでいた煙草を右手に持ち、ノロノロとした動作で目を上げた。相手の顔が笑っているのが見える。はるか昔、とても親しかった顔だ。

「兄さん、僕ですよ」保衛部員が笑って、いった。

チェは信じられないように目を見開き、半島南部にいるはずの末弟の顔を見た。


東京・築地。

「仮に二カ月でバーンズ将軍のおっしゃる戦闘機が我々の手によって完成したとしましょう」川崎は慎重に言葉を選びながらいった。「しかし、どうやって北朝鮮の原子炉を爆撃するのです。ここで憲法九条を持ち出すまでもなく、我々は侵入者に対して自衛するための手段として武装しているが、対地攻撃兵器としては貧弱なものしか持っていない。まさか、対艦ミサイルを撃ち込むわけにもいかんでしょうな」

バーンズは白い歯を見せた。

「そうです。武器は我々が供与します。作戦の詳細はこれから詰めていくことにして、多分、コンクリートに覆われた二次冷却水の還流装置を破壊することになると思います」

「ほう」川崎はわざと声を上げた。「アメリカは北朝鮮の原子力施設の中でどの部分が二次冷却水の還流装置であるかをご存じなわけですか？」

「いいえ」バーンズはあっさり否定した。「その情報は、ここにいらっしゃるクルビコフ大佐のご協力を仰ぎたいと思います」

クルビコフはまったく反応を示さなかった。

「それで、お得意のスマート爆弾を撃ち込むわけですな」川崎がいう。

「その辺は考慮の余地があると思います。原子力施設の中でも炉心近くを攻撃するつもりはありません。地域住民への被害も考慮しなければなりませんからね」バーンズが答える。

地域住民？——川崎は腹の底で笑った。軍人が好んで使う用語の一つに『避けることができない最小限度の損失』がある。川崎は座卓を囲む男たちの顔を見渡した。バーンズ、クルビコフ、そしておそらくはヤンも北朝鮮国民の生命など念頭に置いていない。自分はどうか。一瞬、川崎は思い、すぐにその考えを中断した。

「レーザー誘導爆弾を使用します。ピンポイント爆撃には最適ですからね」バーンズが続けていった。

「ペイブウェイIIですか?」川崎が訊き返した。

「いえ、ターゲット・バスターを出すつもりです」バーンズはいいにくそうに唇を歪《ゆが》めた。

本気だな、と川崎は思った。レーザー光線で爆弾を誘導する方法は、ヴェトナム戦争当時に開発されたものだ。目標に対してレーザー光線を照射する誘導機と爆弾を投下する攻撃機に分かれ、攻撃機はおおむね目標と思われる方向に爆弾を投下、後は爆弾に取り付けてあるレーザー受光部がレーザー光線を追いながら軌道を修正して目標に命中する。ペイブウェイIIとは、ヴェトナム戦争後、アメリカ空軍が開発を続けたレーザー誘導爆弾で、現在、米軍で幅広く使用されている一線級兵器だ。それに対して、一九八〇年代から開発が進められていたのが、ポスト・ペイブウェイIIともいうべきターゲット・バスターだった。これは現在も開発が進んでいる兵器で、実戦配備されているとはいってもごく一部に限られている。バーンズはそれを投入しようというのだ。

「レーザー誘導機はどうするつもりだ?」川崎が重ねて訊いた。

「一機ですよ。あくまでも侵入するのは一機。つまりレーザー・スポット・トラッカーは攻撃機そのものに搭載してもらう」バーンズはあっさりと答えた。

「爆撃侵入し、目標に対して爆弾が誘導されるまで、直線飛行しろというのか?」川崎の額にじっとりと汗が滲《にじ》んできた。「まるで撃って下さいという恰好《かっこう》で、それで飛べと？」

「そうです」バーンズの表情がますます渋くなる。

「なぜお得意の巡航ミサイルを使わないんだ？」川崎がいった。

「我々は火薬庫の中のマッチを撃ち飛ばそうとしているのです。巡航ミサイルよりはるかに高い命中精度が要求される」バーンズは辛抱強くいった。「それに巡航ミサイルを使えば、北朝鮮を爆撃したのがアメリカだということが誰の目にも明らかになってしまう」

「それが本音だな」川崎は皮肉っぽくいった。「ターゲット・バスターを使用するとして、必要とされるだけの命中精度は得られると考えているのかね？」

「その点では我々にアイデアがあります」口を開いたのはヤンだった。「すでに私たちのエージェントの一人が北朝鮮に浸透し、地元の人間と接触を開始しています」

「どうするつもりだ？」川崎は皮肉っぽく応じた。

「反射鏡を目標に設置するのです」ヤンが答えた。

川崎は口許《くちもと》を結んだ。目標に正確にレーザー光線を反射することができる反射鏡を置くことができれば、爆弾は間違いなく誘導されていくだろう。

だが、ヤンの表情は哀《かな》しげだった。

「韓半島北部は、現在敵対関係にあるとはいっても、わが国の一部であり、放射能汚染の恐怖は我々がもっとも懸念するところです」

「貴国は協力をするのか？」川崎はクルビコフに目を転じた。

「多分」クルビコフはそう答えただけだった。猛禽《もうきん》を思わせる尖《とが》った顔つきをしていた。短く刈った髪はブロンドで、唇が薄い。目は澄んだライトグリーンだった。

川崎はしばらくクルビコフの顔を見つめていた。クルビコフもパイロットであると確信した。それも川崎と同じ戦闘機乗り——。

バーンズが満足そうにうなずき、アタッシェケースからもう一枚の用紙を取り出す。英文で名前がいくつか記されている。

「戦略空軍、空軍、海軍、海兵隊の中から精密爆撃に優れたパイロットを抽出しました。この中から——」

「それは不要」川崎はバーンズの目を正面から睨《にら》みつけて遮った。

バーンズが顔を上げ、川崎を睨み返す。

「と、いわれますと？」

「パイロットも我々が用意する。あくまでも、あなたのおっしゃる戦闘機が日本にあって、そして期限内に出現するものならば」

「しかし」バーンズが顔をしかめて反論しかけた。「今度の作戦は実戦です。シミュレーターで訓練しただけの即席パイロットに務まるような任務ではありません。あてでもあるのですか？」

「ジーク」川崎は一言だけ答えた。

バーンズの表情が消えた。かつて中東を同じ戦闘機に乗って戦ったことのあるパイロットの名前を聞かされ、バーンズは言葉に詰まった。彼の聞いている情報では、ジークは航空自衛隊を退官し、目下行方不明。

「戻って来ますかね」バーンズがいった。

「来る」川崎が答えた。

「随分と確信がおありのようだ」バーンズが目をすぼめる。

川崎は染みいるような微笑《ほほえ》みを見せた。

「哀しいことだが、奴《やつ》は本物の戦闘機乗りなんでね」

クルビコフがちらりと眼《め》をあげて川崎を見た。操縦桿《そうじゅうかん》を握らないヤンだけが不思議そうな顔をして三人の顔を交互に見ている。

「逃げない、と？」クルビコフがいう。

川崎はゆっくりとうなずいた。

「さて、皆さん。ここで一つ確認しておきたい。この場での話し合いはあくまでも私的なもので、何の拘束力も持たない。私も自衛隊という組織の一員として皆さんの、特にバーンズ将軍のご提案を上司に報告した上で前向きに検討させていただくことにする」

バーンズが首を振った。

「申し訳ないが、ジェネラル・カワサキ。貴国の最高司令官の了解は取り付けてあるんだ」

「最高司令官？」川崎の眼光が鋭くなる。

バーンズはひるまなかった。

「首相だ。首相がこの件を了解しているんだよ。後はあなたが実行するか、他の空自幹部を当てるか、選択は二つに一つなんだ」

「どうして？」

「日本のエネルギー生命線を握っているアラビア湾内で来年、重大事が起こる。危機から逃れるためにになら、貴国の首相は、喜んで、ＦＳＸ－90は差し出すといわれましたよ」バーンズは一気に喋《しゃべ》って川崎を見つめた。さらに追い撃ちをかける。「それにもう一つ。三週間以内にイギリスから垂直離着陸エンジン『ペガサス』の最新型、Ｘタイプが二基届きます。あなた宛にね」

川崎はただ睨み返す他、動くすべがなかった。


東京・六本木、防衛庁。

田代は煙草の袋の中に残っていた最後の一本を抜いて、唇にはさんだ。すでに今日は五十七本の煙草を喫っている。口の中がザラザラで、喉がいがらっぽく、不快だった。壁の時計に目を上げる。警視庁の友人に電話してから、二時間が経過していた。

アメリカのＣＩＡ、ソ連のＫＧＢ、そして今、田代が追っているイスラエルのハ・モサドなどに相当する諜報《ちょうほう》機関は日本にはない。ただ、国内のスパイを摘発するための防諜機関が二つ存在する。一つが警視庁公安部外事課であり、もう一つは法務省管轄下の公安調査庁だった。公安部の前身は、戦時中の特別高等警察であり、日本の警察機構の中でも特殊な位置を占めていた。

電話が鳴ったのは、五十八本目の煙草に火を点《つ》けた直後だった。

「はい、田代です」

「遅くなったな、田代」電話は予想した通り警視庁外事課の長池だった。「それにしてもなぜこの男を追うんだ？」

「悪いな、いえないんだよ」田代が答える。「それより行き先はわかったか？」

「ああ、ラビン中佐に関する資料は、公安関係にはなかったんで、法務省にも照会してみた。それも空振りだったんで、奥の手を使ったんだよ」

「もったいつけるなよ。何だ、その奥の手ってのは？」

「総合商社の調査部にいる友人の協力を仰いでな。捜査上、どうしても必要だからって。

ラビンに関するデータは、その商社の原油部門が持っていたよ」長池が得意そうにいった。

「イスラエルって、石油が出たっけ？」田代がぼんやりと訊いた。

「おいおい、本学の出身者とも思えない発言だな」長池は東大ＯＢ特有のいい回し『本学の出身者』を使った。「アラブだよ。イスラエルに関する情報を持っているのは、やっぱりアラブなんだ」

「それで結果は？」

「ラビンって奴はお前がいった通り、ハ・モサドの一員になっている。どうもイスラエルって国は軍人かスパイしかいないようだな」

　主婦と子供が抜けているよと思いながら、田代は事務的に訊いた。

「それで？」

「ラビンは今、ブラジルにいる。何でもモールとかいうドイツ人がブラジルに売ろうとしている戦闘機の密売に絡んでいるらしいんだ」

「ブラジル？」

「ああ、しかも戦闘機のフェリーをするために人間を雇っているって情報があるらしい。その商社の担当者がこの話を覚えていたのは、何でも、その雇われパイロットの一人が日本人だといわれて、珍しいと思ったからだそうだ」

「確かに珍しい話だな」田代は舌打ちした。多分、その日本人が那須野治朗に間違いないだろう。それにしてもブラジルとは――。

「まだ、続きがあるんだぜ。このラビンっていうのはとんでもない奴で、ブラジルに売りつけた戦闘機をさらに転売してるってことだ。ブラジルはモールから二十五機の戦闘機を買うことにしたのはいいんだが、例の通りの超インフレに苦しんでいてな、代金を払いきれなくなったらしい」

「じゃ、ブラジルが売ればいいじゃないか。あるいは、そのモールとかいう武器商人が売ればいい。なぜラビンがそんな真似《まね》をしているんだ」

「戦闘機の出所がイスラエルなんだそうだ。旧式の戦闘機。イスラエルはどうしても現金化したいらしい。何だか、キナ臭いぜ」

「どういう意味だ？」

「イスラエルが緊急にキャッシュを必要とするなら、またドンパチをはじめるつもりじゃないかってことさ。そこに日本人の戦闘機パイロットだろ、オレとしても興味を持ったというわけだ」

「ありがとう。ご協力に感謝――」

「おっと待った。最後まで聞かないと後悔するぜ」長池が受話器の底で乾いた声で笑う。

「ラビンが転売をかけている先はペルーだ」

「ペルーだって？　ペルーは闇で戦闘機を買う金なんか持ってないぜ」

「コカイン・マフィアだよ、田代。何だか知らないが、ひどく物騒な話だ。十分気をつけな。日本でコロンビアン・ネクタイなんか見たくないからな」

「何だ、そのネクタイってのは？」

「喉を切り裂いてな、そこから舌を引っ張り出すのさ。まるでネクタイみたいに見えるって。コカインを商売にしているコロンビア人がよく使うんだそうだ。ペルーにしろ、ニカラグアにしろ、コロンビアにしろ、オレはご免だがね」

「本当にありがとうよ」

田代がそういった途端、相手が電話を切った。田代は受話器を耳に当てたまま、しばらく身動《みじろ》ぎ一つできずにいた。

コカイン・マフィアが相手だって？

6

築地での会談を終えると川崎はすぐに楠海の研究所を訪ねた。東京、三鷹《みたか》市役所の目の前にある航空宇宙技術研究所は、通称〈三鷹の本所《ほんじょ》〉と呼ばれる。正式な住所では調布《ちょうふ》市になるが、誰もが〈三鷹の本所〉と呼んでいた。

「あれは?」研究室に入るなり、川崎は楠海に訊《き》いた。

「ええ」楠海は年のわりに落ち着いた笑みを浮かべながら白衣の袖をぐいとまくりあげ、部屋の中央へ行った。「こちらへ来て下さい。今日はもう遅いからシミュレーター訓練は明日見てもらうことにして、今日はFSX－90の外観を見ていただくことにしましょう」

川崎は楠海の後について、部屋の中央にすえられたデータゼネラル社製のディスプレイの前に進んだ。川崎は楠海の部屋を一瞥《いちべつ》した。本、本、本の山だった。しかも雑然としている。まるでゴミ溜《た》めだな――川崎は顔をしかめた。八割がたが航空機に関する書籍で、中には『星の王子さま』や朝鮮戦争空戦記なども散見できる。

「さて、画面をよく見て下さい」楠海の声に周囲を見回すのをやめ、川崎は画面に注目した。「ここに一機の戦闘機が描かれます」

画面上で点滅していたカーソルが消え、四方八方から細い線が延びはじめた。あるものは交差し、あるものはきわどいカーブを描いて交わらなかった。ほんの数秒で真横から見たスマートな機体の図が表示された。川崎は目を細めて、さらに注意を傾けた。彼がこれまで操縦してきた戦闘機のどのタイプにもあてはまらない。強いていえば、英空軍と海軍が採用、最近では米海兵隊も使用している垂直離着陸戦闘機『ハリアー』に似ている。

どこが似ているのか？　川崎は自分に訊いた。

エンジンの排気を噴き出すノズルが機体の中央付近と後尾部についている。

「この図を見ただけで、川崎さんにはこの飛行機がどのような性格を持っているか、ご理解いただけたことと思います」楠海はそういいながら、キイボードを叩《たた》いた。

横を向いていた飛行機がくるりと反転して、正面を向いた。狭いコクピットを挟むように両側に大きな空気取り入れ口が開いている。機首上部に飛び出している突起が目を引いた。機首の下部にある突起はお馴《な》染《じ》み、バルカン砲の発射口に違いない。ほぼファントムと同じ位置に配置されていた。

「ハードポイントは？」川崎が口をはさんだ。

「翼に三カ所、両翼で六カ所です。胴体下に一カ所。当初は胴体下に半埋め込み式のミサイルラックを設けることも考えたのですが、胴体が狭すぎてそれは断念しました。その分両翼を延ばして、当初よりハードポイントの数を増やしてあります」

　ハードポイントとは、翼や胴体の一部を強化し、そこに懸架装置を設けて爆弾やミサイル、あるいは落下式補助燃料タンクを吊《つ》り下げることができるようにした部分のことだった。今、目にしている戦闘機の実際の大きさはわからないものの、ファントムの翼部のハードポイントが両翼合わせて四カ所であることを考えると、武器の搭載能力はファントムと比べても遜色ないか、それ以上であろう。

「武装は機内に二〇ミリバルカン砲一門、M61Aを搭載しています。イーグルと同じタイプで高速と低速の二段切り換えが可能」楠海はまたキイボードを叩きながらいった。

「低速なら毎分四〇〇〇発、高速なら六〇〇〇発を発射することができる」

　画面の中で機体がくるりと反転して、尻を向ける。斜め後ろを見せて止まった。その位置からでも球形の風防が見てとれるということは、この機体の後方視界が良いことを示している。

「翼の内側二つのハードポイントにそれぞれ二〇〇〇ポンド爆弾を六発ずつ装填した三連装投下装置を二基つけ、さらに一番外側に赤外線追尾式ミサイルを一発ずつ、胴体下に三〇〇〇ガロン入りの増槽タンクを吊り下げ、バルカン砲には六八〇発の実包をこめることができます」楠海は淡々といった。

「航法装置は？」再び川崎が訊いた。

「米軍には内緒ですが――」楠海は笑みを浮かべて前置きすると、米軍の軍事衛星を無断借用する航法装置とFSX－90が内蔵しているコンピューターが飛行中休まず自機の位置を割り出すシステムの二種類は搭載していると説明した。

楠海は続けた。

「それだけではありません。日本の領空内なら二十カ所までプリセットしておけば、どこにでも居眠りしている間に連れていってくれます。しかも常に燃料の消費効率を最高のレベルに維持しながら、です」

「自動航法装置までついているのか？」

「自動操縦装置ともリンクしています。パイロットは、あらかじめセットされている場所を選択し、自動操縦装置のスイッチを入れれば、この飛行機は完全自動飛行をします。自機の重量、風向き、風力、気温、燃料消費率を計算し、最適の高度を選択すると、もよりの管制塔に進入高度の許可を求め、許可を得た時点で高度修正を行います」

「許可が出ない場合は？」川崎が訊いた。航空自衛隊機が長距離飛行する場合、民間航空路から遠ざけられ、高度も思うようにならないことが多い。特に雫石《しずくいし》上空で航空自衛隊機と全日空《ぜんにっくう》機が空中衝突して以来、自衛隊機は嫌われている。

「その時にはオートスロットルが作動して、与えられた高度の中でもっとも効率のよいエンジン回転数にセットされます」

「音声認識をするのか？」

「そこまではいってません、残念ですが。特定周波数による問い掛けをして、管制塔がそれに応えるコード電波を発信した時のみ反応します。それ以外の時は、パイロットが指定高度をインプットしてやればいいのです」

「ああ」川崎は溜め息まじりにいった。「パイロットが乗っているのを忘れてたよ」

楠海は本当に可笑《おか》しそうに喉の奥でクックックックッと笑った。

「攻撃に際してもこの装置は大きな威力を発揮することになるでしょう。地磁気を頼らず、すべては発進した基地の緯度、経度をもとに速力、重力加速度を計算し、自機の位置を割り出しながら飛行することが可能です。このため――」楠海は思わせぶりに唇をなめた。「たとえ核兵器の攻撃を受け、地形が大きく変化し、磁気嵐に突入したとしても、目標に向かって正確に飛び続けることが可能です」

川崎はじっとコンピューターのディスプレイを見つめていた。

「何をお考えになっているか、よくわかりますよ」楠海はまたクックックッと笑う。

「兵器の性能というのは、向上すればするほどある種の矛盾をはらむのは避けられません。私が仮定したような状況下を飛んでいるということは、地球そのものが滅亡しかかっている時ですからね。将軍なら、どうしますか？」

「飛び続けるだろうね」

「使命感？」楠海がさらに訊いた。

「そうなってしまうと差し当たって他にすることがないから」

川崎はそう答えながら、自分がそのパイロットなら、本当に飛び続けるだろうと思った。難しいことではない。生きているのは数十分か、せいぜい数時間のことだ。燃料が切れても帰還する基地もなければ、不時着する土地もない。街に帰っても、誰も待ってはいない。

「ユーモアのセンスをお持ちのようだ」楠海は再びディスプレイに向き直った。

川崎は唇の両端を下げた。質問を続ける。

「この機のデータ、つまり構造諸元だが？」

「お見せしましょう」

楠海がキイボードを叩くと、画面の飛行機は上面を見せて、ひらべったくなった。機体のほぼ中央から張り出している両翼は根本から先端にかけて徐々に細くなっている。水平尾翼全体が動くタイプだが、三菱のF－1と同じく横方向の進路変更は主翼面上にスポイラを立て、その抵抗力で行うように設計されていた。

楠海がさらにキイを叩くと、画面に明るいオレンジ色の線が現れ、FSX－90を包みこむように走った。鋭い機首、幅の広い主翼、ギザギザのついた尾翼、川崎にはそのシルエットがF－15イーグルのものであることがすぐにわかった。イーグルのシルエットはFSX－90より一回り大きかった。ただ一つ、FSX－90の両翼はわずかだったが、イーグルの翼よりはみ出ている。

「随分幅の広い戦闘機だね」川崎がぼそりと感想を述べた。

「運動性をかなり重視しています」楠海が答えた。二人とも互いに独り言をいっているように聞こえた。「三菱のF－1が直進性と速度を重視したのに比較すると、この機体は川崎重工の造ったジェット練習機T－4に近い特性を持っているかも知れません」

「大きさという点をハリアーと比べるとどうかね？」川崎の質問が続いた。

「我々の着眼もハリアーにあります。東西両陣営の戦闘機群を見回してもハリアーほど成功した垂直離着陸戦闘機はないでしょう。ハリアーが完璧な戦闘機だとはいいませんが、ソ連のYak－36『フォージャー』は航続距離が短く、とても実戦向きとはいえない。我々も垂直離着陸戦闘機を造るにあたっては、ハリアーというより、同機をベースにして米海兵隊が開発したAV－8Bを意識して設計にあたりました」

　楠海はそういいながらコンピューターを操作した。今度は明るいブルーの線が画面に現れて、もう一つのシルエットを描きはじめた。イーグルやFSX－90と比べても小さい。胴体中央よりやや前よりに位置している主翼、細く長く続く後部胴体を見るまでもなく、それがＡＶ－８Ｂのシルエットであることがわかった。

ＡＶ－８Ｂは、米国マクダネル・ダグラス社が米海兵隊向けに生産しているハリアーの一バージョンで、ハリアーの両翼、胴体を延長して大型化し、コクピットの位置を高くしてパイロットの視界を広げるなど様々な改造を加えたタイプだ。

「エンジンに関しては、やはり国産化は無理でした。二年でセラミック・タービンを使った可変ノズル付きエンジンを造り上げるのは不可能だったのです。一応、ＦＳＸ－90はハリアーが積んでいるのと同じペガサスＢを搭載する予定です」楠海はいった。

「この機の最大のセールスポイントは？」川崎がズバリ訊いた。

「それじゃ、最後にとっておきのショーをお見せすることにしましょう」楠海は相変わらずもったいをつけた話し方をしながら、一連のコードを打ち込んだ。画面が一瞬にして消える。楠海はキイを叩き続けた。

画面に青い空が広がる。白い入道雲が目にも鮮やかだった。やがて、画面の右側から鋭くとがった機首が徐々に前進してきた。一人乗りのコクピットが映る。機首には０００と描かれている。胴体、ちょうど空気取り入れ口のあたりには、小さな日の丸が描いてあった。コクピットの中で、パイロットがこちらを向いているのがわかった。色調、画質ともにキメの細かいコンピューター・グラフィックスによる画面だった。

川崎の背中が震えた。それを横目に見て、楠海が人の悪い笑みを浮かべる。

画面の中で、パイロットが右手を挙げ、挨拶を送ってきたのだ。あるいは敬礼しているようにも見えた。悪趣味だな——川崎は胸のうちでうめいた。

「これからご覧にいれる光景は、実際のパイロットのデータを基礎にして組まれたコンピューター・グラフィックスによる模擬空戦です。ＦＳＸ－90は現在、Ｆ－15に追跡されています。ここから戦闘開始、イーグルは圧倒的に優位な立場でＦＳＸ－90を追うことになります」楠海はキイボードから手を放し、胸のポケットをさぐって煙草《たばこ》を取り出した。

ＦＳＸ－90は右旋回をするために、腹を見せてターンした。あっという間に小さなシルエットになる。その後方にイーグルが迫ってきた。川崎には、イーグルドライバーの気持ちがわかった。両機の大きさから見て、互いの距離は五マイルから六マイルを想定されていた。

〝ボギー、ツー・オクロック、レベル〟コンピューターの合成音がスピーカーから漏れ、川崎は背を伸ばした。イーグルが右前方、同高度に敵味方識別不明機を発見したことを告げる。〝これから攻撃に入る〟

そのコールと同時に画面の左上に出ている数値がめまぐるしく変化しはじめた。一秒の千分の一まで計測できるストップウォッチになっている。

ＦＳＸ－90は気がついた気配もなく、のんびりと水平飛行を続けていた。川崎はＦＳ

Ｘ－90のパイロットに思い入れが強く、電子が作る画面上にしか存在しないパイロットと一体になっていた。三秒半で、イーグルはＦＳＸ－90の後尾につけた。

〝ロック・オン〟速度にまさるイーグルはあっという間にＦＳＸ－90の後方につき、赤外線追尾式ミサイルの照準を合わせた。画面の右下に赤くＲＯＣＫ　ＯＮの表示が出て、点滅した。

　楠海の説明によれば、それが点滅でなくなり、点《つ》きっ放しになると完全にロック・オンがかかり、ミサイルを発射できるようになる。点滅している状態でもミサイルを発射することは可能だが、命中率は低い。

「このイーグルの動きは、実際に千歳にいるイーグルドライバーの動きを分析して組んであります」

　楠海はモデルになったパイロットの名前を告げた。川崎にもその名前に聞きおぼえがある。とにかく早く旋回するのが得意な男で、タックネームは〈ホット・ドッグ〉。空中でそう呼ばれるか、あるいは単にドッギィと呼ばれている男だ。普通のパイロットが一八〇度の旋回を終える時には三回は切り返して、きっちりバックを取っているというタイプだった。

　七秒経過。

　画面が切り替わった。イーグルの後方から前を飛ぶＦＳＸ－90を見ている構図になる。

FSX－90が右に旋回し、イーグルが後を追った。ロック・オンは外れない。川崎にも経験がある瞬間だった。

　追われるパイロットは操縦桿《そうじゅうかん》を倒して、起こして、横になぎ払い、さらにフットバアを滅茶苦茶に蹴っ飛ばす。激しい機動を繰り返すことになるが、追いかけて来ているのがアメリカ製の最新鋭戦闘機では、大抵勝ち目はない。空中で急制動をかけ、後方から接近してくる敵機をやり過ごす手もないではない。

　FSX－90は反転して、左旋回に入り、さらに右に機体を滑らせた。逃げ方が本格的になってくる。空中に広がる見えないスケートリンクを滑っていくようになめらかで、素早い機動だった。イーグルも同様に左右に機体をゆすりながら、着実に距離を詰めていく。逃げ道はない。

　十二秒経過。

「さあ、ここです」楠海が半ば叫ぶようにいった。

　ほんの一瞬の出来事だった。

　FSX－90は右に行くと見せかけ、鋭く左にターンした。しかもその旋回角は、今までの機動からは想像もできないほど急激、急角度なもので、後尾を見せていたFSX－90をほぼ真上から見下ろすようになる。

　イーグルも翼を垂直に立てるほどの急角度で旋回を切るが、すでにFSX－90はイーグルの旋回半径の内側にまわりこもうとしていた。

「信じられないな、まるでマンガだ」川崎は低くいった。声がひどくかすれている。

「推力ベクトル変換」楠海が答えた。「現実に起こりうることです。この旋回はFSX－90やハリアーにとっては不可能なものではない」

まっすぐ後ろを向いている排気管を旋回開始と同時に下向きに切り換えると、旋回しようとする方向に対してさらに大きな力がかかる。排気管の方向を変えるのはほんの一瞬のことだ。推力ベクトル変換を行っている時間が長引けば、戦闘機にとって生命線である速度が失われることになる。

空中戦のまっただ中で速度を失った間抜けなパイロットの呼び名はたった一つ。死んだアヒル。

十八秒経過。

千分の一秒を表示するカウンターは相変わらず猛烈な勢いで数値を変えている。イーグルのロック・オンが外れ、画面の右下に出ていた表示が消え、グリーンのSBY——スタンバイの表示が浮かびあがった。

FSX－90は、左旋回からひねりこむようにして、上昇機動をとりはじめた。

イーグルはFSX－90を完全に追い越す恰好《かっこう》になった。追尾をあきらめ、一旦、エンジン推力差にものをいわせて、FSX－90より早く、高い位置につける。強引な攻撃で機を失うわけにいかない。まずは安全なゾーンに逃げ込み、次の攻撃機動に移るために速度を位置エネルギーに置き換えるのだ。イーグルは縦方向に大きくループを描き、その頂点で背面飛行に移行して眼下に広がる空間にＦＳＸ－90の姿を追った。

二十秒経過。

川崎は口の中がカラカラに渇いているのに気づいた。

ＦＳＸ－90を示す黒い点がイーグルのコクピットから見て頭上、わずかに後方に寄ったところにある。その動きはひどくゆっくりとしているようだが、確実にイーグルの背後にまわりこもうとしていた。追う者から追われる者へ、立場の逆転は瞬間的にやってきた。イーグルドライバーは、さらにきつく操縦桿を引きつけ、ＦＳＸ－90に何とか正対しようと試みた。

悪いアイデアではない――川崎は無意識のうちに唇をなめていた。

現在の赤外線追尾式空対空ミサイル『サイドワインダー』ＡＩＭ－９Ｌは、正面から接近してくる敵機の翼が風を切る時に生じる摩擦熱をも感知し、弾頭を誘導することができる。だが、ＦＳＸ－90はそこで再び推力ベクトル変換を行い、イーグルの旋回の内側へと突進してきた。イーグルが空中で身をくねらせ、再度左へ、今までの逆方向へターンした。だが、すべては遅すぎた。

画面が切り替わり、ＦＳＸ－90の後方から上空のイーグルを見上げているような恰好になる。画面の右下に再び赤くロック・オンの表示が点灯した。今度は点滅をしていない。コンピューターがピーッという耳障りな音を立てた。

　低い破裂音が聞こえ、FSX－90が装備している空対空ミサイルが右翼下から発射された。ミサイルは白いラセン状の航跡を引きながら、急速にイーグルに接近する。死のダンスを踊ったのはイーグルの方だった。ミサイルはイーグルのテイルパイプの熱を感知し、自動的に追尾する。

　最後の瞬間、川崎はイーグルドライバーの悲鳴を聞いたような気がした。

「FSX－90を二カ月で組み立てることができると思うかね？」川崎は画面を見つめたまま、半ば放心状態で訊いた。

「不可能ではないでしょう。機体の試作はほぼ完成していると聞いています。電子装置をセットアップして調整するのに多少時間がかかりますが、それも不可能ではない」楠海は新しい煙草に火を点けた。

「さきほどの自動航法装置だが、日本の地形をプリセットできるということは、日本以外の土地についても可能なのか？」

「ええ、その土地に関する詳細な衛星写真があれば」楠海はうなずいた。「コンピューターで赤外線分析をかけて地形を割り出して、それを水平方向、高度別に眺めた状態をFSX－90のセントラル・コンピューターに放りこんでやればいいだけです。何の支援がなくても、初めての土地を飛びますよ、こいつは」

ニコニコしている楠海とは対照的に川崎の表情は暗く沈んでいく。

「こいつの低空性能は？　三〇〇フィートの高さをマッハ一で飛行することも可能か？」

「プリセットされる情報の確度にもよりますが――」楠海は思わせぶりに言葉を切り、川崎を見上げた。「一五〇、いや一〇〇フィートでも可能です」

川崎は楠海の顔を見た。

「ＦＳＸ－90用の電子航法装置が完成したということか？」

「そうです」楠海は得意そうに鼻をひくひく動かした。

強張《こわば》った川崎の表情を見るうちに楠海の表情も曇りはじめた。

「どうしたっていうんですか、空将補。まるでＦＳＸ－90が本当に飛ぶみたいじゃないですか？　しっかりして下さい。こいつにはエンジンがないんですよ」

「三週間以内にイギリスから最新鋭のペガサスＸが二基届く」

川崎の言葉に、今度は楠海が凍りついた。

7

那須野はバーカウンターに座り、気の抜けたビールをまずそうにすすっていた。リマに到着してすでに一週間になる。すべてが予定通りなら三日前にペルーから出国しているはずだった。

ラビンから依頼された戦闘機フェリーの仕事を終えたのは十日前だ。

ブラジルからペルーまでは、全行程一〇八〇ノーチカルマイル——約二〇〇〇キロに及ぶ飛行だったが、警戒すべきレーダーもなく、呆気《あっけ》ないほど簡単に終わった。ただ、着陸時には高原特有の濃い霧が発生していて、F－5EタイガーIIの買い手が用意した簡易装置の誘導電波をキャッチできなければ、どこに降りれば良いのかもわからないほどだった。誘導電波に乗って高度を三〇〇フィートまで下げると光に囲まれた巨大な長方形を見つけることができた。

滑走路だと思って着陸したら、アスファルトの道路だった。エアブレーキ、主輪ブレーキ、そしてドラグシュートを使って精一杯短い距離で停止した。機外の補助燃料タンクを投棄し、胴体内のタンクもほとんど空という軽い機体だったために、実現できた短距離着陸だった。そうでなければ、霧の中に駐機してあったヘリコプターに衝突するところだった。

風防を開き、機体にセットされているタラップを伸ばして地面に降りた途端、暗闇から自動小銃を構えた一団が出現し、あっという間に取り囲まれていた。チャンは那須野のすぐ後ろに機を停《と》め、風防を開いたところで手を上げろと命じられた。二人は銃を突きつけられたまま、タイガーから離され、暗がりで監視下に置かれた。二人は両手を上げ、ロボ、ロボと叫んでいた。現地語で狼という意味だそうだ。合い言葉だとラビンが教えてくれた。二機のタイガーは、まだエンジンが熱いというのに燃料を抜かれ、三十分ほどで分解されて、那須野がぶつかりかけたヘリコプターに積み込まれた。

ヘリコプターがタービンエンジンを轟《とどろ》かせ、巨大なローターが乾いた空気をかきまぜるのと同時に自動小銃の一団はヘリコプターの中に消え、二人は燃え続ける誘導灯代わりのドラム缶の間に取り残されてしまった。

途方に暮れているところに、その地域の民族衣装ともいうべきポンチョ姿の男が寄ってきて、二人に声をかける。

それがハ・モサドのエージェント、ハイファだった。ハイファは若かったが、年齢には不似合いなほど落ち着いており、那須野が日本人だと知ると北海道に行ったことがあるといって、日本語で挨拶した。

二人が着陸したのは、ティンゴ・マリアという街の近くで、純度の高い良質なコカインを抽出することができるウアリャガ川渓谷の中心地。ティンゴ・マリアは〈雪の都〉という、コカイン・シティにはぴったりのニックネームで呼ばれている――ハイファァが説明した。ラビンから知らされていたのは、その地点の正確な緯度、経度、上空で翼を振る合図に暗闇に浮かび上がる滑走路、そしてロボだけだったのだ。

ハイファァは予定より三十分も早く二人が到着したため、迎えに来るのが遅れたことを詫《わ》びた。那須野とチャンは身につけていたサバイバルジャケットやフライトスーツを脱ぎ捨て、ハイファァが差し出した古着のTシャツとジーンズ、それに厚手のジャケットに着替えた。那須野はハイファァの言葉に従って自動拳銃を捨てたが、チャンは自分の身体《からだ》の一部だといって、その言葉を退けた。チャンはどこにいても拳銃を放したことがない。那須野の場合はナイフだった。

二人はハイファァが乗ってきた、濃紺のフォルクスワーゲンに乗り込んで、四〇〇キロ南にあるペルー最大の都市、リマを目指した。

「この車は何年型なんだ?」ショックアブソーバーがへたって妙な震動を続ける車の中でチャンが訊《き》いた。

「そんなに古くない。第二次世界大戦後に生産されたものだと思う」ハイファァが答えた。

右のライトがいかれていた。那須野は暗闇で突然停まってしまうことがないように祈らずにはいられなかった。

それから三日かけてリマに着いた。F－5Eなら一時間の行程だった。

バーには、カウンターの隅にインディオらしい二人連れが一組いるだけで、鼻の下に髭《ひげ》をたくわえたスペイン系のバーテンは、那須野がビールしか注文しないことに失望して厨房《ちゅうぼう》に引っ込んでしまった。床がきしみ、後ろから人が近寄る。那須野は振り向きもしなかった。ここ数日、同じことの繰り返しなのだ。

「ここにいましたか」ハイファは嬉《うれ》しそうにいった。

「パスポートは着いたか？」那須野が仏頂面で訊いた。

ハイファは恥ずかしそうに笑みを浮かべ、肩をすくめて見せた。ラビンが手配しておくはずのパスポートがまだ届かないのだ。リマ市の中心街にあるホテル宛に届くはずだった。

「ラビンはオレたちをここへ閉じ込めておくつもりかい？」那須野はビールのグラスを持ち上げ、しばらく黄色い液体をながめていたが、やがてカウンターの上に戻した。高地のせいかビールがまずい。そうかといって、臭いのきつい焼酎のような地酒ピスコを飲む勇気はなかった。

「キグウですねぇ、私も同じことを考えていました」ハイファは日本語でいった。

那須野がじろりと睨《にら》んだ。

「ところでミスタ・チャンは？」ハイファは那須野の視線をあっさり無視して訊いた。

これもいつもの質問だった。チャンはリマに到着してから毎日女を求めている。驚くほど安い。数ドルあればオールナイトで遊ぶことができたし、どの女も少女のようだった。

「ミスタ・ナスノは女の子と遊ばないのですか？」ハイファが珍しくスツールに腰を下ろして訊いた。

那須野は目をすぼめて、ハイファを見た。金髪をクルーカットにしている。あごにはまだらに鬚《ひげ》が生えており、大きなグリーンの瞳が真《ま》っ直《す》ぐ見つめていた。自己紹介では、最初テルアビブに住む学生だといい、勉強しながらバスの運転手として働いてもいるといっていた。それから四年間の陸軍勤務の経験があり、ハ・モサドに入ってすでに十二カ国は回っているという。見た目よりははるかに老けているのかも知れない。

「日本に好きな女性でも？」ハイファが訊いた。

「失《う》せろ」那須野は低い声でいった。

ハイファはこたえた様子もなかったが、那須野がまたグラスを持ち上げるのを見て、肩をすくめて外に出ていった。

那須野はビールを空け、バーテンに声をかけた。新しいビールはすぐに出てきた。インティ貨で支払った。離れたところに座っているインディオの老人たちはグラスに入れた葉に湯をかけたものをすすっている。マテ茶。ここではビールより、よほど慰めになるのかも知れない。あるいは、現地の人間のようにコカの葉を噛《か》むか。そうすれば四十分は辛《つら》いことを忘れることができるだろう。しかし、四十分ではあまりに短すぎる。現地の人間は時間の計測、距離の計測にもその四十分を使った。コカの葉を噛んで歩き続けられる距離。厳しい自然環境の中では歩くだけでも辛い。

ビールでは酔わなかった。

足音。

床は古く、足を踏み出す度にきしむ。初めて聞く音。那須野は左手でビールグラスを持ったまま、右手をジャケットのかくしに入れた。ずんぐりしたマグナムリヴォルヴァーの銃把を握る。滞在が長くなると告げられた時、ハイファに用意させたものだ。正真正銘のアメリカ製。貴重品だった。

銃を受け取った那須野は一度完全に分解し、部品の一つひとつを点検、施油して組み立て直した。六発しかないという弾丸のうち一発は弾頭部を外して、火薬を手のひらにあけ、湿っていないことを確認してある。残りの五発が生きているという証明にはならないが、少なくとも多少の気休めにはなった。

足音が背後に止まる。声をかけられる。

「那須野一尉ですね？」男は日本語でいった。

那須野は銃を握ったまま、ビールを飲んだ。

声をかけた男は那須野の隣に腰掛けた。白い顔に黒縁のボストン眼鏡《めがね》。髪の毛にはきちんとクシがあてられており、ブルーのワイシャツに紺とエンジのストライプネクタイ。そして濃紺のスーツ。靴は顔が映りそうなほど磨き上げられている。夜、ホテルに帰ると洋服にブラシをかけ、靴を磨いている、その姿が目に浮かぶようだった。

「那須野一尉ですね？」男はしつこくいった。

那須野の眼が動く。何も答えなかった。

「私、内閣調査室の田代と申します。突然ですが、日本に一緒に帰っていただきたい。いやあ、あなたを見つけるまで苦労しましたよ」

「あんたに用はない」那須野も日本語で答えた。

田代が口をひらきかけるのと同時に那須野は勢いよくビールグラスをあおった。田代の目がビールグラスに行く。金属音。田代のあごの下にマグナムリヴォルヴァーが突き立てられていた。抜いたところも撃鉄を起こしたところも見えなかった。

田代は視線を下げ、銃を見た。

「弾丸、入ってないんでしょう？」

「どうだか忘れた。それに試射したことはない。引き金を絞ると弾丸が飛び出すのか、銃が吹き飛ぶのか、オレにもわからない」那須野はカウンターにビールグラスを置いた。

バーテンは注文がない限り那須野に注意を払わない。拳銃に驚くことは彼の仕事のうちに入っていない。

「話だけでも聞いてもらうわけにいきませんか？」

那須野が黙っていると田代は早口で喋《しゃべ》りはじめた。ほとんど那須野を見ていない。彼はまるでマグナムリヴォルヴァーに向かって話しているようだった。川崎空将補、FSX－90、北朝鮮爆撃行。

「本気か？」那須野は銃をおろし、ジャケットの内側にしまった。

金属音。親指で撃鉄を押さえたまま、引き金をひいた。シアはリリースされたが、親指で押さえてあるので、撃鉄は落ちない。那須野は静かに撃鉄を戻し、引き金にかけた力をゆるめた。

「そうです」田代はネクタイをゆるめ、指を鳴らしてバーテンを呼んだ。「私は、あまりビールが好きじゃないんですよね」

「ピスコにするんだな。この地の名産だ」那須野が教えてやった。

田代は一つうなずくと流暢《りゅうちょう》なスペイン語で注文した。植民地時代の名残。その他、ペルーで通用するのはインディオの言語、ケチュアかアイマラだ。少し汚れた、小さなグラスに透明な酒が入れられて、カウンターの上に出された。田代は気取った仕種《しぐさ》で乾杯するとぐいとあおった。顔が青くなり、飲んだばかりのピスコを床に吐き出した。

「汚ねぇ」那須野は笑った。

「強い酒だといってくれればいいのに」田代はグラスを恨めしそうに見ていった。「とにかく詳しい話は日本に帰ってから、川崎空将補に聞いて下さい。私が話せるのは、そこまでなんです」

「ＦＳＸ－90といったな」

「新型の国産ＦＳＸですよ。それも幻のね。飛ぶはずのない飛行機。それを空将補は組み立てようっていうんです。何でも米空軍のバーンズ准将が――」

那須野の眼が火を噴きそうなほどきつくなった。

「どうかしましたか？」田代が訊いた。

「バーンズがからんでいるのか？」

「私が聞いた範囲じゃ、そういわれてます」

那須野は二、三度目をしばたたき、それからまたビールを飲んでいった。

「問題は、オレのパスポートだ。今はスイスが発行したものを持っているが、それによるとパリに入ったことにはなっているが、リスボンにもリオデジャネイロにも行ったことにはなっていない。もちろん、このペルーにもな」

「問題はありません」田代はにやりと笑うと内ポケットに手を入れた。

その途端、那須野の手に拳銃が現れ、田代が凍りつく。

「不用心に内ポケットに手を入れないことだ」

「私は日本政府の役人ですよ」

「あんたがそういっているだけだ」

「わかりました。書類を取るだけですよ。銃を引っ込めて下さい」田代はぶつぶついいながら、赤い表紙のパスポートを取り出した。日本政府発行。那須野は半年前、ラビンが用意してくれたスイスのパスポートを入手した時に、前に持っていたのを焼却処分した。

「古いものですが、航空自衛隊にあったあなたの記録から写真を複写して貼ってあります。もちろん査証の面も問題ありません」田代はそういって、パスポートを那須野に向かってすべらせた。

那須野は銃をジャケットの内側にしまい、パスポートに手を伸ばした。開く。まだ、三十代半ばの那須野のモノクローム写真が見返している。

「ところで日本政府はオレに幾ら払うつもりなんだ?」那須野はパスポートを見たまま訊いた。

「金?」田代が訊き返す。

「当たり前だ。オレだってカスミを食って生きているわけじゃない。フリーランスのパイロットに過ぎない。ギャランティによって動くんだよ。聞いてなかったか？」

「全然」

田代はげっそりした顔でピスコを飲み、また吐き出した。

「で、いくらなら引き受けるんです？」

「二百万」那須野はいった。「ただし、前金としてな。同額を成功時に受け取る」

田代はほっとしたように息を継いだ。

「ドルでな」那須野が付け加えた。

田代が顔を上げ、またグラスに視線を落とす。

「わかりました。キャッシュで四百万ドルですね。上司にかけあってみますよ」

その時、慌ただしい足音が響いた。那須野は銃を抜かなかった。ハイファにしては珍しいあわてようだと思っただけだ。

「ミスタ・ナスノ。ミスタ・チャンが警察に拘束されました。コカインの不法所持だということで」ハイファは那須野の隣にいる田代を無視していった。

那須野は田代を見上げていった。

「あんた、ペルーの警察に顔が利くかい？」

8

茨城県、航空自衛隊百里《ひゃくり》基地。

くびれた胴体に、二基の発動機ロールス・ロイス・チュルボメカＴＦ40－ＩＨＩ－80Ａを搭載した高翼式の超音速戦闘機三菱Ｆ－１が機首を持ち上げ、着陸態勢に入った。胴体の中央部から斜め後ろに伸びた主輪が滑走路に叩《たた》きつけられ、かすかな白煙が上がる。続いて華奢《きゃしゃ》に見える前輪が接地し、騒々しいエンジン音の中でもはっきりとブレーキの軋《きし》む音が響いた。

主翼の前後、揚力を高める補助翼が下向きに伸びて、低速時の安定を高めている。着陸と同時に主翼上のエアブレーキが大気をかきこみ、尾部からは制動傘《さん》が飛び出して、開いた。

着陸したばかりのＦ－１は、百里基地名物になっている『く』の字に曲がったタクシーウェイに入りながら制動傘を切り離した。赤白まだらになった傘体は、戦闘機の後部排気口から噴き出す熱い風にあおられ、一瞬舞い上がったが、次の瞬間には力なく滑走路に落ちてしぼんだ。

駐機場に入ったF－1は、F－4EJファントムが四機ならぶ列線の外れで方向転換する。誘導員の指示にあわせて、ゆっくりと前進した。誘導員が両腕をいっぱいに開いたところで、前輪を沈ませて停止した。誘導員は、右手を自分の喉の前に持ってくるとかき斬るような動作をした。F－1のエンジンが静止する。

透明な風防が上がり、ほとんど同時に機付きの整備班長をはじめ、三人の整備隊員が駆け寄った。

ここから先、次に地面を蹴るまで、戦闘機は整備員のものとなる。実際、整備員の中には、飛行機は自らが所有するもので、飛ぶ時にだけパイロットに貸してあるのだと確信している者もいた。どの機器に不備が生じても機嫌が悪くなった。まして、自分の子供のように大事にしている飛行機に、無知で野蛮なパイロットが傷でもつけようものなら、頭の回線が音をたてて切れることになる。

F－1が停止するのももどかしく、整備班長がタラップを機体にかけ、素早くコクピットに上がって、のぞきこんだ。

「どうでした、将軍？」

「悪くないな、カメ」川崎が酸素マスクをヘルメットから外しながら答えた。

「悪くない？」カメと呼ばれた男、二等空曹亀山《かめやま》博《ひろし》が口をとがらせる。三十二歳になるが、面長、眼鏡《めがね》のとぼけた顔つきは、いつまでたっても大人になりきれない悪ガキのようだった。「最高、でしょう」

「そうか、最高だな」川崎は久々に腹の底から笑うことができた。

やはり、自分はコクピットに座るべきだと思う。膨大な書類仕事をやりくりして、パイロットの資格を維持するのに必要な年間最低飛行時間を稼ぐ。身体《からだ》を圧迫する射出座席にいると我が家に帰ってきたような安堵《あんど》感があった。今日は、演習の判定員として飛んだ。

「撃ちましたね」亀山が鼻を動かした。機体からは火薬が燃えた後のキナ臭さがたちのぼっている。「今日は、判定だけで射撃はないはずでしょう」

「目の前に標的があった。どいつもこいつもど真ん中にヒットさせられないから、私がちょいとお手本を見せてやったというわけさ」

「またぁ」亀山は鼻に皺《しわ》を寄せた。「最初にターゲットに銃弾をぶちこんだのは、将軍だって話ですよ」

「そうだったかな。歳《とし》をとるともの忘れがひどくていかん」川崎は身体を拘束していた幅の広いベルトを外すとコクピットの上で立ち上がった。

途端にぐらりと倒れそうになる。川崎には珍しいことだった。亀山が手を伸ばした。

「大丈夫ですか？」

「ああ」川崎は口の中で答えた。

戦闘機の操縦は緊張の連続だった。帝国海軍パイロットとして零式艦戦を飛ばしていたころから、身を引き締める緊張感は変わらない。戦後になって初めてF－86Fセイバーの操縦桿《そうじゆうかん》を握った時、F－104による成層圏飛行、F－4Eファントムの評価試験――いずれの時でも緊張感は心地好《ここちよ》かった。それでも着陸後、足元があやしくなったのは初めての経験だった。

こいつのせいだな――川崎はそう思いながら、操縦席の右側に金属製のベルトと蝶《ちよう》ネジで固定してある、ポータブルラジオ大のブラックボックスを取り外した。その箱から出ている十本ほどのリード線は、すべてヘルメットの後部にあるソケットにつながっている。川崎が手にしているヘルメットは、通常のタイプより二回りは大きく、特にサンバイザーカバーの部分が大きくせり出し、美容院で使っているオカマ型のドライヤーのような恰好《かつこう》をしていた。

「何ですか?」亀山が何げなく訊《き》いた。

「ボケ防止装置さ」川崎が応じた。

すでに亀山の視線がコクピットの中をなめまわすように見ていることには気がついていた。しかし、川崎はその機器について説明する気はなかったし、また亀山も質問したところでまともな返事が返ってくるとは思っていない。

亀山は、得体の知れない機械をぶら下げた川崎が降機できるように、まず自分がタラップを下りた。続いて川崎が右手に機械をさげ、左手で風防の枠を摑《つか》んで下りる。亀山は地面に置いたチェックボードをすくいあげ、川崎の前に突き出した。

川崎はボードに挟まれた飛行書類にざっと目を通し、無造作に亀山の左袖ポケットに差してあるボールペンに手を伸ばした。亀山にボードを持たせたまま、サインする。

「右のスポイラを見てくれ」川崎はボールペンを亀山のポケットに戻しながらいう。「四〇〇ノットを超えてから、右のスポイラの出がわずかだが、遅れる。フットバアを蹴って、旋回するまでに髪の毛ほどだが遅れが出るんだ」

「わかりました」亀山は顔をしかめて、頭をかいた。アミダにかぶった野球帽型の制帽には第八飛行隊の記章が刺繡《ししゆう》されていた。「アクチュエーターかな？　まだ右翼のアクチュエーターが機体になじんでいないのかも知れませんね。前回のフライトの時に油漏れが見つかったんで、交換したんです」

亀山は腕の良い整備隊員だった。二年前までは、浜松《はままつ》の第二一飛行隊整備分隊に所属、戦技研究班が使用する機体の面倒を見ていた。戦技研究班は、『ブルーインパルス』と呼ばれるアクロバットチームとして有名だった。

「頼むぜ」川崎は亀山の肩を叩いて、管制塔のある司令部に向かって歩きはじめた。それから思い出したように付け加えた。「カメ、荷物をまとめておけ。短期間だが、転属することになる。お前の上官の了解は取ってあるからな」

「転属ですか？　急すぎますよ、将軍」

亀山の言葉は、着陸してきた第五〇一飛行隊の偵察型ファントムの爆音にかき消された。


東京、羽田《はねだ》空港。

小さなボストンバッグを一つさげただけの恰好で、那須野は三番到着口をくぐった。午後五時の便で成田《なりた》に到着し、田代とはそこで別れた。羽田行きのヘリコプター便に乗り換え、わずかな間、東京を空から眺めた。傾きかけた太陽が、よどんだ大気を黒っぽいオレンジ色に染めている。

九月も半ばだというのに、記録的な残暑。よく冷房が利いた空港のロビーを出ると、分厚いねっとりした空気が首のまわりを抱きしめてくる。南米では冬。乾いて、ひんやりした風が懐かしかった。一日も早く脱出したくて、うんざりしていたリマだったが、ひどく愛《いと》しかった。

どこへ行こうっていうのだ？　那須野は自分に訊いた。答えは返ってこない。

彼は足早にモノレール駅の階段を下り、自動販売機で切符を買った。成田空港をたつ前に防衛庁に電話を入れ、川崎空将補の所在を確認したが、百里基地にでかけていて、戻るのは午後十時だといわれた。

どこへ行こうっていうのだ？　また同じ問いを繰り返す。

仲間は死んでいった。ある者は戦闘で、ある者は事故で、ある者は自殺で。

中東から日本へ戻って来た時には、表面的には平和な生活を取り戻せるように思えた。十四年の月日は、退屈なほど何ごともなく流れた。このまま歳をとっていくのだろう、とそう思った。三十代も終わりかけ、パイロットとして残された時間もそれほど長くなかった。それが老いだと思っていた。

あの時、自分の相棒が死ななければ――。

九カ月前、那須野が駆るファントムの後部座席に乗っていた男が死んだ。日本の領空を侵犯したソ連機にスクランブル発進した時のことだ。航空自衛隊は、その死を事故として処理し、那須野の責任を問うことはしなかった。

那須野は首を振る。

中東に派遣され、シリア空軍機を撃墜した。そのパイロットを殺したのは自分だ。機長を務める飛行機の乗員が死ねば、その責めを負う。死者への負い目。航空自衛隊には、血腥《ちなまぐさ》い戦闘はない。薄い刃の上に裸足《はだし》で立ち、接近してくるソ連機と対峙《たいじ》することはあっても、それ以上に発展することはない。それが航空自衛隊をクビになった理由だった。

死ぬというのは、死者が立ち止まることだと思っている。去っていくのは死者ではない。死者はそこに一人残され、歩き続けていく生者の背中を見ている。死者への借りは、自分も同じ場所に舞い戻ることでしか返すことができない。

生と死。その狭間《はざま》の中でだけ、那須野は自らの生を取り戻すことができる。ラビンを頼ってイスラエルに行ったのも同じ理由だった。

浜松町《はままつちょう》の駅に到着して、モノレールのドアが開く。両手に土産物《みやげもの》を持った乗客が先を争ってホームに降りようとした。冷房の利いた車内から降りるとすぐに腋《わき》の下や首筋に汗が噴き出してくる。不快に感じながら、那須野は押されるままに歩いた。

北朝鮮爆撃行。

山手線のホームに立ち、煙草《たばこ》に火を点《つ》けながら那須野は独りごちた——戦闘機に乗ったまま死ぬことができる。夢のような話じゃないか。

ペルーを離れる時に不思議そうな顔をして那須野の話を聞いていたチャンを思い出す。すぐ隣で話を聞いていたハイファァは一言も口をはさまなかった。まるで神聖な儀式にまぎれこんだ異教徒のような顔つきをしている。

チャンとは握手をして別れた。ハイファァは那須野の手に小さなトランシーバーのようなものを握らせた。そして、困った時にはどこの国のでもいい、イスラエル大使館に電話してくれといった。何だ？　と訊くと、小型の無線発信機だという。スイッチは黒いボディの内側に隠されていた。あとは水につければ、自動的に電波が発信され、各国に配置されているモサドの支部に緊急通信が送られるようになっているという。お護《まも》り代わりにもらっておくよ、那須野はハイファとも握手をした。手を放した瞬間、ハイファが那須野の身体を両腕で抱きしめた。

三分の一ほど喫《す》った煙草を線路に弾《はじ》き飛ばし、那須野は首を振った——生きている奴《やつ》はどうでもいい。死者への借りを負うので精一杯だ。


東京・六本木、防衛庁。

「川崎空将補に会いに来たんだが？」那須野は正門前で立哨《りつしょう》している若い自衛隊員に声をかけた。

乃木坂《のぎざか》へ通じる道路は、六本木交差点の喧騒《けんそう》が嘘《うそ》のようにひっそりと静まり返っている。

「お約束ですか？」隊員が訊いた。

「そう」那須野は素っ気なくうなずいた。

「お名前は？」

「那須野治朗」

若い隊員は背筋を伸ばすとさっと挙手をして、敬礼を送った。一瞬、答礼しかけた。長年の習慣が身体のすみに残っている。苦笑い。首を振った。今は自衛官ではない。

「オフィスに問い合わせてみます」隊員はキビキビといった。

ちょうどその時、黒塗りの車が一台、正門に差し掛かった。

「那須野一尉か？」車が停《と》まり、後部座席の窓の中から声がした。

那須野は振り返って車を見る。ライトがまぶしく、相手は黒いシルエットになっているだけで確認できなかった。

「川崎空将補？」

手を眉のうえにかざして、顔をしかめていると車のドアが開いて長身の男が立った。ブルーの制服をきっちりと着ている。

「たった今、百里から帰ったところなんだ」川崎はいくぶんいい訳するようにいった。

「私も今来たところでね」ボストンバッグを肩にかついで那須野も答えた。

「車へ、那須野君」川崎がいった。

那須野はうなずき、川崎とは反対側のドアに回り、乗り込む。運転手は半袖の制服を着た、航空自衛隊の隊員だった。

情報、電子装置、機体、エンジン、そしてパイロット。バーンズの立てた作戦が少しずつ形をとりはじめている。川崎は車に乗り込んで、ドアを勢いよく閉じた。室内灯が消える。川崎は運転手に命じた。

「三鷹へ」

9

岐阜県、航空自衛隊岐阜基地。

静かにホンダ・レジェンドが停《と》まった。紺メタリックの塗装で、純正のアルミホイールを装着している。ドアが開き、男が降りた。額がMの字型に禿《は》げ上がっている。半袖の制服、ズボンにもキチンとアイロンがかかっていた。ダッシュパネルの上から制帽を取り上げ、きっちりと被《かぶ》った。

車には金をかけている。外観はノーマルなレジェンドと変わりなかったが、エンジン、足回り、オーディオセットには手を加えていた。車両価格とほぼ同額。フェラーリやBMWには興味はない。結婚はしていない。家族は遠くにいる。家は持たない。あるのは車だけだ。

南西混成航空団那覇基地に所属する整備隊空曹長、工藤秀三《くどうしゅうぞう》は目を上げた。白木の看板に航空実験団と記されている。カワラ葺《ぶ》きの屋根をいただいた、くすんだグレーの建物だ。

おかしなところに来たな、と工藤は思った。制服の胸ポケットからトレードマークになってしまったハッカパイプを取り出す。唇の端にくわえ、右から左へ、左から右へと転がした。

昔は煙草《たばこ》を喫《す》っていた。長い時間、火気厳禁の格納庫で仕事をすることが多かった。外へ出て、煙草に火を点《つ》ける時間が惜しかった。だから、我慢するためにハッカパイプをくわえていた。それが習慣になった。煙草はやめた。

「工藤さん、じゃないですか？」背後から声をかけられた。

工藤がゆっくりと振り向くと、背の高いにきび面の男が満面に笑みをたたえている。メタルフレームの眼鏡《めがね》が光った。

「カメじゃないか？　どうしたんだ、お前」工藤が訊《き》いた。

「短期間の転属だっていわれました。何でも川崎空将補から発令されたんだそうで、整備隊長はむくれてましたよ。理由がわかんねぇって」亀山はにやにや笑いながらいった。

「オレもさ。突然の出張命令だった」工藤は制帽のつばに手をやってぐいと持ち上げた。

亀山が工藤の襟章に目をやって、またにやりと笑う。

「まだ、昇進しないんですね。そんなに機のそばにいたいのかねぇ」

「お前、もう少し大人の言葉遣いを覚えたほうがいいな」工藤は笑った。

「とにかく司令部へ出頭しましょうや。オレたちみたいな整備屋に何の用事があるのか知らないけど。オレ、初めてですよ。こんな転属」亀山は肩にかついだボストンバッグを揺すって歩きはじめた。

工藤が並ぶ。

「川崎空将補とは、どこで知り合ったんだ?」

「百里。将軍は自分で飛ばすのが好きでね。それも戦闘機じゃなければ、ダメなんで百里によく来るんです。オレ、将軍が飛ばす一八二号機の整備班長やってるんですよ」

工藤のハッカパイプが上下した。慣れない人間が見れば、馬鹿にされているように思う。工藤を知っている人間なら、彼自身の口よりハッカパイプの方がはるかに雄弁なのを知っていた。

航空自衛隊岐阜基地にある航空実験団は、自衛隊が使用する航空機、搭載兵装、電子機器などの実験を行っている。実用化までのテスト、評価試験、そして航空自衛隊で唯一テストパイロットを養成している航空団だった。総員五百五十名。他の航空団に比べると人員は少なかったが、ここには航空自衛隊が使用しているすべての機材がそろっていた。

工藤と亀山の二人が入り口をくぐり、暗い廊下に入りかけた時、鋭い排気音とともに頭上をF−15Jイーグルが飛び抜けていった。ここには、主力戦闘機F−15Jイーグル、

F－4EJファントム、三菱重工業製の支援戦闘機F－1、ジェット練習機T－2、川崎重工業製のジェット練習機T－4等が配備されていた。

「工藤さん、0号格納庫の話を聞いたことがありますか？」暗い廊下を歩きながら、亀山が訊いた。

「ああ」工藤は短く答えた。

「あの噂《うわさ》、本当ですかね？」亀山の顔は廊下の照明に照らされ、やや青ざめて見えた。

「馬鹿」工藤はまた短く答えた。

亀山がいいかけた噂とは、航空実験団の中にある格納庫『0号』では、深夜、誰もいないはずの場所から楽しげなお喋《しゃべ》りが聞こえてくるというものだった。旧帝国陸軍時代の亡霊だという者もあり、また航空実験団で行われた実験中の事故で亡くなった人間が集まって来るともいわれていた。

実際、0号格納庫は古くなった機体や実験後に使い物にならなくなった機体を完全に分解し、部品レベルにする場所といわれている。エンジンを抜かれ、武装を解かれた機体が引かれていくと、二度と同じ形で出て来ることはなかった。

ドアの前に立つ。工藤は制帽とハッカパイプを取って、ノックした。団司令室。

「南西航空団整備群、工藤空曹長まいりました」工藤が告げた。

「北部方面航空隊整備群、亀山二等空曹まいりました」亀山が工藤の顔を見てにやりと笑う。二人が最後に会った時、亀山はまだ空士長だったのだ。

「入れ」中から返事が聞こえた。

二人の整備隊員は背筋を伸ばし、そろって司令室に入った。デスクの横を回って、五十年配の小柄な男が近寄って来る。

「まあ、かけたまえ」司令は白い布のかかった応接セットに二人を案内した。「突然の転属で驚いたことと思うが、何やら川崎がたくらんでいるようなのだ」

「何ですか？」亀山が訊いた。飛行機に関することなら、何にでも好奇心を燃やす。

「新型機の実験をやるらしい。それも外部のパイロットを使ってな」司令は半袖制服の胸ポケットから煙草のパッケージを抜いた。「君たちも遠慮なく、やりたまえ」

「ありがとうございます」工藤はさっといって、胸ポケットにいれたばかりのハッカパイプをくわえた。

司令の目が大きくなるのを見て亀山はにやにや笑った。亀山は煙草を喫わない。

「亀山二曹が川崎空将補に呼ばれて、ここに来るのはわかるのですが――」工藤は言葉を切って、唇の端から端へパイプを転がした。

「いや、君にも関係があるんだ、工藤空曹長。その外部パイロットなんだが、元は我々の仲間だったらしい」司令は工藤を見ていった。

工藤は眉を上げただけだった。

「那須野だよ、工藤空曹長。那須野治朗が帰って来るんだ」司令は自分の言葉が相手に染み込むのを待って、言葉を続けた。「私も彼の名前を聞いて、びっくりしたんだ。何しろ奴《やつ》は有名人だからな。我が航空自衛隊で唯一、ソ連機を撃った男だ」

亀山がヒュッと口笛を鳴らした。司令と工藤が同時に睨《にら》みつける。亀山は唇をとがらせたまま、テーブルに目を伏せた。

「知り合いだったな」司令が再び工藤に訊いた。

工藤がうなずく。

「ずっと一緒、いや、奴が何かやらかす時はいつも一緒といった方が正確かも知れません」

一九七三年、中東に展開していた米軍事顧問団に派遣されていたのは、パイロットばかりではなかった。整備隊員も数名含まれていた。工藤もその一人だった。そして那須野が航空自衛隊を追われるきっかけになった、領空侵犯中のソ連機への威嚇射撃事件の時には那覇基地でともに勤務していた。

「それで新型機ってのは、どこにあるんですか？」亀山が口をはさんだ。

司令がじろりと見た。一重瞼《ひとえまぶた》。大きな、澄んだ瞳。口許《くちもと》がわずかに動く。

「ない」

亀山が表情を失う。

「私は整備にかけては、誰にもひけはとらないと思います。将軍もそれを認めてくれたから、呼んでくれたんだと思います。でも、存在しない飛行機を整備しろってのは、無理ですよ」

「記録上はない、ということだ」司令は言葉を継いだ。

「頭、混乱してきた」亀山は眉をしかめた。

工藤は難しい顔をして考えこんでいたが、やがて一言訊いた。

「で、それはどこにあるんですか？」

「0号格納庫」司令が答えた。

「やっぱり、そう来ますよね」亀山はいった。


基地の東側、滑走路に面したところに一つだけポツンと離れた格納庫があった。他の格納庫群は、滑走路をはさんで反対側に建っている。0号格納庫。閉ざされた鉄扉には、白いペンキで大きく『0』と書いてあった。工藤と亀山の二人が格納庫を見上げていると大きな鉄扉の横にあるドアが開いて、細身の男が出てきた。ワイシャツにネクタイ姿で、グレーのズボン。足元のスニーカーがミス・マッチだった。

「工藤さんと亀山さんですね」男はまぶしそうに目を細めていった。

「先輩、今度は階級も無くなっちまいましたよ」亀山がいった。

工藤が右肘で亀山の脇腹を突いて黙らせる。

「ええ、工藤に亀山です」

「お二人を見て、安心しました。航技研の佐木です」佐木はほっとして笑みを浮かべた。

「早速、ご案内します」

三人は鉄扉わきのドアから中に入った。蛍光灯の白けた照明の灯《とも》る格納庫の中はひんやりと感じられる。工藤と亀山は、初めて見る0号格納庫の中身に嘆息した。確かに飛行機の墓場と呼ぶに相応《ふさわ》しい。壁面には建築現場のように足場が組んであり、金属製の棚が張り巡らしてあった。そこにびっしりと航空機の部品が並んでいる。

「こりゃ」亀山が口を半ば開いてうめいた。「補給隊が見たら、目を回しますよ。ここにある部品だけで楽に飛行隊が一つできそうだ」

工藤はすぐに並んでいる部品が現在使用されている機体のものばかりではないことを理解した。F－86F、F－104Jなどかつて航空自衛隊が使用していたもの、米軍機のもの、あるいは英国機やフランス機の部品も散見できた。ジャンクショップ。工藤が思い浮かべた言葉は、それだった。

周囲を見渡している工藤の脇腹を亀山が突く。工藤に前を見ろと合図した。

格納庫の中央に一機の黒い戦闘機がうずくまっていた。点検扉はすべて開かれ、すり傷防止のためのテーピングをほどこした風防がはね上げられている。前輪の脚は一本で二つの車輪がついている。主輪は、胴体後半部に一本。さらに翼端から長い補助脚が出ていた。エンジンがおさまるべきスペースは空洞になっている。その戦闘機の周囲では二十名ほどの人間が作業をしていた。

「ハリアーに似てますね」亀山がささやくようにいった。

工藤のハッカパイプが唇の端から端へ転がる。ハリアーに似ているが――工藤は必死に記憶の糸をたぐった――一回り大きいようだった。

油の染みがついたワークシャツにすり切れたジーンズ姿の男が近付いてきた。髪の毛が鳥の巣のようにもじゃもじゃしている。頬とあごには不精髭《ぶしょうひげ》が浮いていた。度の強い眼鏡《めがね》をかけていた。

「紹介します」佐木がいった。「彼も航技研のメンバーで岡本君」

「よろしく、工藤です」工藤が会釈した。

「よろしくお願いします。亀山です」亀山はにっこり笑って挨拶した。

「岡本です」岡本は聞き取りにくい声でぼそりといい、わずかに頭を下げた。

「そしてあれが――」佐木は右手を伸ばして、黒い戦闘機を指した。「我々が組み立てている幽霊戦闘機」

「名前っていうか、コードネームくらいあるんでしょ。0号格納庫に幽霊戦闘機じゃできすぎだ」亀山がうめいた。

「確かに」佐木が苦笑する。「我々は、FSX－90と呼んでいます」

FSX－90の名前を聞いて、工藤は背筋が粟《あわ》だつのを覚えた。

一部の狂信的な制服組の中には、旧帝国海軍時代の夢を追って皇紀二六五〇年——西暦一九九〇年までに零式艦上戦闘機を蘇《よみがえ》らせようとする動きがあるという噂話があった。零式艦上戦闘機は、昭和十五年、皇紀二六〇〇年に実戦配備がはじまった。その末尾の〇をとって、『零《ゼロ》』戦《せん》と呼ばれる。蘇る零式艦戦——信じられなかった。だが、目の前に黒い戦闘機はある。

「では、簡単にご説明しましょう」佐木は黒い機体に近付きながらいった。

自然と工藤、亀山が後を追う形になり、岡本が一番後ろについた。

「全体のデザインは私が担当しました。将来的にはヘリコプター搭載艦からの作戦が可能となるように垂直離着陸性能を持たせてあります。そのため、全体的な印象としては英国のハリアーに似た感じになってしまいましたが、サイズはハリアーより二回りほど大きくなっています。実際の全幅はイーグルをわずかながら上回っていますよ」

佐木が機体のすぐそばに立って、振り返る。

工藤と亀山は三メートルほど離れたところで立ち止まった。そばで見ると実際に大きな戦闘機だった。

「機体の構造は岡本君に説明してもらいます」佐木は快活にいった。

「機体のうち四〇パーセントはＣＦＲＰでできています」岡本が対照的にぼそりと語りはじめた。「現在使用されている戦闘機で見るとアメリカのＦ－15に使用されているＣＦＲＰは約六パーセント。ハリアーの改造機であるＡＶ－８Ｂでも二五パーセントに過ぎません。現在、アメリカでは次世代戦闘機としてステルス性を高めたＡＴＦの開発に取り組んでいますが、我々の見るところでは、その機にしてもＣＦＲＰ化が実現するのは三〇パーセント止まりですね」

「ＣＦＲＰって、何です？」亀山が工藤の耳元でつぶやいた。

「炭素繊維強化樹脂の略だ」工藤が低い声で教えてやった。

第二次世界大戦後、金属材料面で欧米に大きく遅れをとった日本だったが、繊維関係の研究では世界トップレベルを保った。特に航空機用材として現在もっとも注目を集めている複合材、炭素繊維強化樹脂は、炭素繊維と合成樹脂を組み合わせており、重量はアルミ合金の三分の二に過ぎないにもかかわらず、引っ張り強度ではアルミ合金をしのぐ。一九八七年、世界中に供給されたポリアクリルニトリル系の炭素繊維は四五〇〇トン。その八割を日米メーカーが占めていた。米国メーカーも原料糸を日本メーカーの供給に頼っており、ＣＦＲＰに関する限り、原材料分野の大半を日本製が占めている。

軽く、強い機体。機体が軽い分、搭載燃料を増やし、航続距離を伸ばすことができる。あるいは搭載兵装の量を増やすことができる。旋回時、他の飛行機よりも強い重力に耐えられる機体は、急激な機動を可能にする。いずれも新型戦闘機には欠かせない性能だ。

「このＦＳＸ－90では――」岡本が続けた。「主翼の外板、翼を支えるケタを一体成型してあります」

工藤が喉を鳴らした。欧米で開発中の二十一世紀向けの戦闘機も含め、未《いま》だに主翼を一体成型できたメーカーはない。

岡本は説明を続けた。

「その結果、アルミ合金に比べて強度面で五〇パーセントアップしており、留め具などを必要としない分、軽量化が進みます。そして、ＣＦＲＰですから、ねじれに対する強度も既存の戦闘機をはるかに上回ることになります」

「そうすると、どんないいことがあるんですか？」亀山がのんびりした声で訊いた。

岡本が振り向いて笑った。笑うと少年のような顔になる。

「敵機より、小さく、速く旋回できるんですよ」

「何だか、飛行機がかわいそうだな」亀山が率直な感想を述べた。

それを聞いて、岡本と佐木が苦笑する。

「川崎空将補の決断で、我々は二年前から、この一機だけの試作に取り組んできました」佐木がかわって説明をはじめた。「お二人もご存じのように次期支援戦闘機は日米共同開発と決まりましたので」

「エンジンが無理だから、でしょう」工藤が口をはさむ。

「その通り。このFSX－90もエンジンだけは英国製を搭載するように設計変更してあります。ハリアーをお手本にしているので、大きな変更はありませんでした。川崎空将補から二カ月でこいつを飛ばすようにいわれた時には焦りましたよ。細かい部品の設計まではしてませんでしたからね。それで仕方なく、既存の航空機の部品に合うように設計を変更したんです。たとえば風防」

工藤と亀山が同時に目を上げる。

「あの風防は岩国《いわくに》にあるアメリカ海兵隊基地の補給倉庫に眠っていた、AV－8Bのを無断借用してきました。もちろん我々がやったわけではなく、航空自衛隊に依頼しましたがね」佐木がいう。

「風防の銀バエまでやるとはね。我らが補給隊もやるもんだ」亀山が感心してつぶやいた。

銀バエとは旧帝国海軍の用語で、補給物資を正式の手段を経ないで入手することをいう。大抵はかっぱらってくるのだった。

「それで我々にどうしろと？」工藤が佐木に訊いた。

「これを戦える状態にして下さい」佐木があっさり答えた。

工藤と亀山は茫然《ぼうぜん》と黒い機体を見上げた。試作機。しかもエンジンすら借り物の機体を飛べるようにではなく、戦えるようにしろというのだ。

工藤の唇では、端から端へ忙しくハッカパイプが転がっていた。

10

東京・調布、航空宇宙技術研究所。

「紹介しよう」一〇メートル四方ほどの部屋に入るなり、立ち上がりかけた楠海に川崎がいった。「こちらが一等空尉の那須野治朗君だ」

「元、ですよ」那須野はぼそりといい、軽く頭を下げた。「どうも、はじめまして」

「こちらが」川崎は那須野を振り返っていった。「航技研の楠海君。電子機器を担当している」

楠海はにっこり笑ってうなずいた。

「さて、那須野君が疲れていなければ、楠海君に新型ＦＳＸの説明をしてもらおうと思うのだが?」川崎は那須野の顔を見ていった。

「構わないよ、楠海さんさえ良ければ」那須野は肩をすくめた。

「下手《へた》な説明より、初期段階のシミュレーター訓練を経験してもらうことにしましょう」

楠海はそういうと川崎、那須野をうながして部屋を出た。

楠海の研究室は航空宇宙技術研究所本部棟の四階にあった。エレベーターに乗り込むと楠海は地下一階のボタンを押した。


コンクリートで四方を固められた部屋のほぼ中央に、FSX－90用のフライト・シミュレーターが置いてあった。実物と同じ操縦席を設置してある筒状の訓練室が六軸の油圧サーボで支えられている。訓練室の入り口へは約一・五メートルあった。そこに登るための階段で楠海は那須野を先に行かせた。

那須野は訓練室のドアを開いた。中にはFSX－90の操縦席が実物と同じようにセットしてある。

操縦席の周囲は、凹面鏡で覆われ、ブラウン管の映像をビームスプリッターで反射させる仕組みになっている。ディスプレイは、無限遠像結像方式を採用、幅広い視界と奥行き感のある映像を作りあげている。

装備を身につける那須野に、楠海が手を貸した。現在のシミュレーターは、視覚はもちろんエンジン音や風切り音を再生するオーディオ装置を完備し、さらに加速度を感じさせるために訓練室そのものを傾ける。パイロットがシミュレーターのスロットルレバーを押すとエンジン音が高まり、視界そのものは変化しないが、シミュレーターの前部が持ち上がるようになっている。重力の変化によって、加速度をパイロットの身体《からだ》に感じさせる仕組みだった。しかし、実際の練習機を使用した時ほど加速度感が強くないため、パイロットに腰と太ももを覆うスーツを着用させ、そこに圧縮空気を送り込んで中の空気袋をふくらませ、身体にかかる圧力によって加速度を再現した。

那須野が射出座席に座り、準備完了を告げると楠海は訓練室を出て、ドアを閉じた。

あらためて、FSX－90と呼ばれる戦闘機のコクピットを見渡した。FSX－90のエンジンは一基であるため、スロットルレバーは一本だった。レバーは小さく頼りなく感じられた。今まで那須野が操縦してきたファントム、イーグル、そして三菱F－1はいずれも双発機だった。

スロットルレバーの内側にもう一つ、より小さなレバーが取りつけてある。レバーの先端にはギザギザがついている。垂直離着陸機特有の排気口《ノズル》の方向を変えるための指向レバーに違いなかった。スロットルレバーとノズル指向レバーの形状は大きく異なっており、飛行手袋をしたままでも二つのレバーを間違うことはなさそうだった。

ノズル指向レバーを前に倒すとFSX－90の胴体四カ所についている排気管は下を向き、レバーを一番後ろに入れると、ノズルは機体の垂直線に対して一〇度前へ傾く。空中で急ブレーキをかけたり、後ろ向きに飛ぶこともできるポジションだった。指向レバーを前へ押し出していく途中でノズルが真下を向く位置にノッチがついており、手応えによってパイロットは垂直離着陸時モードを選択できる。

〝スイッチを入れます〟那須野がつけたヘッドセットから楠海の声が流れた。

計器パネルに光が走る。燃料流量、ノーマル。エンジン回転数、八〇パーセント。ミリタリ出力までは余裕がある。機体は地上から一五フィートほど浮いた状態で空中停止していた。

〝計器チェック〟今度は川崎の低い声がヘッドセットに響いた。

「チェック」那須野が緊張した声で応答した。小さな警告灯がびっしり並んだパネルを一瞥《いちべつ》する。異常を知らせる赤いランプはない。「オールグリーン」

〝操縦桿《そうじゅうかん》をゆっくりと前へ倒して〟川崎が命じた。

「了解」那須野は答え、いわれた通り操縦桿をゆっくりと前へ倒した。機首が下がる。だが機体そのものは前へも後ろへも動かず、相変わらず宙に浮いたまま静止していた。

〝操縦桿、中立〟川崎がいった。〝それからゆっくりと右へ倒す〟

「了解」

那須野は再び操縦桿を中央へ戻すと静かに右へ倒して、機体を右翼が下がるように傾けた。機体の姿勢を表示する人工水平儀を水平に横切る線が斜めになる。那須野は目を上げ、ヘッドアップ・ディスプレイを見た。それからコクピットの周囲を見渡し、窓枠から水平位置を知ろうとした。天候は晴れ、雲量一。地平線がはっきりと視認でき、機体の姿勢を計器に頼らず知るのは容易だった。

〝操縦桿、再び中立、それからゆっくりと左へ〟川崎の指示は短く、無駄がない。

「了解」那須野は再びＦＳＸ－90の姿勢を戻し、今度は左へ操縦桿をそっと押した。

その時、ふいにバランスが崩れ、地面に向かって滑り落ちそうになった。心臓がおかしな音をたてる。同時に右のフットバアが震動、迷わず踏み込み、操縦桿を中立よりやや右に切った。ＦＳＸ－90は右に機首を振りながら、バランスを崩したことがまるで嘘《うそ》のように元通り安定した。

機首と尾部についている重力感知計がホバリング中の機体が安定を失いかけるほどの横Ｇを感じると、自動的にパイロットにそのＧに抗する力をかけるよう警告を発する。それがフットバアの震動だった。

ＦＳＸ－90はエンジン推力で空中にとどまるのに必要な揚力を得、あとは機首、主翼端、機尾に設けられた噴出口から高圧空気を噴き出して姿勢を制御するシステムをとっている。高圧空気はエンジン・コンプレッサーから供給される。発想そのものは、英国のホーカー・シドレー・ハリアーが一九七〇年代のはじめに採用しているものと同じだった。ただ、はるかに進歩したコンピューターの助けを借りているため、細かい機動にはほとんど神経をつかう必要はなかった。パイロットが少々大袈裟《おおげさ》な操作をしても飛行機が感知して自動的に補正してくれる。

川崎は再び、機首の上げ下げ、機体を左右に傾けるように指示し、那須野はバランスを崩すことなくやってのけた。今度はノズル指向レバーを前後に動かしながら、低速で前進、後退をする訓練に入った。那須野は五ノットという、ほとんど這《は》うようなスピードで機体を操り、飛行場の周囲を一周する。エンジンをかけてから、約四十分。燃料計のランプが赤く点滅しはじめた。

〝着陸モードに移行して下さい〟楠海の声が割り込んできた。

「了解」

短く答え、ノズル指向レバーを前へ進め、機体の前進を止めた。

機体のすぐ右下に見えている、大きな白い×印を目視確認する。機体をそろそろとその位置にもっていく。機体の下にマークが隠れると計器パネルの中央上部、ヘッドアップ・ディスプレイの下に並んでいるキイを叩《たた》いて、着陸モードを入力した。ヘッドアップ・ディスプレイの表示が変わり、そこに表示されている機体シンボルの中心点と赤く灯《とも》っている着陸点のシンボルが表示される。その二つが重ねあわさる位置に来ると自動的にノズル指向レバーが動き、もっとも後ろに下がって機体にブレーキをかける。それからエンジン音が少しずつ変化し、スロットルが絞られていくのがわかった。機首に収納されている堅固なケースの中のコンピューターがパイロット役をみごとに果たしていた。電波高度計の指針が下がっていく。

〝全自動着陸です〟楠海が自慢気にいった。

「離陸もできるのかい？」那須野は軽口を叩いた。操縦桿を奪われたパイロットなど間抜けな存在だ。

〝もちろん。それから航法コンピューターにリンクさせておけば、パイロットが眠っていてもＦＳＸ－90は勝手に離陸して、飛行し、目標地点を自分で捜し出して、アプローチに入り、攻撃を行います。帰投も同様に可能で、あとは全自動で着陸しますよ〟

「おお」那須野はうめき声を上げた。「パイロットに残っているのは哲学だけだ」

ＦＳＸ－90は静かに着陸し、エンジンの回転が一瞬ゼロ近くまで落ち、それからアイドルセットの状態に復帰した。那須野はスロットルレバーのすぐ下についているスイッチに左手をかけて、エンジンを切った。

胸の内に溜《た》めていた息が漏れた。はじめての飛行機は緊張する。たとえ、それが模擬訓練装置であることがわかっていても――。

〝お疲れさまでした〟楠海がいうのと同時に周囲の飛行場の風景がふっとかき消すように消え、グレーのドームの内側になった。

まるで夢を見ているような光景だな――那須野は口の中でつぶやいた。これほどリアルなシミュレーターを経験したのは、はじめてだった。

午前二時、夜食。那須野、川崎、楠海の周囲には誰もいなかった。食堂は四人掛けのテーブルが十くらい並んでいるだけの小さなもので、研究所に働く者であれば二十四時間食事がとれるようになっている。もっとも厨房《ちゅうぼう》施設がないため、冷凍庫からアルミの皿にのった弁当を勝手に取り出し、電子レンジで温めて食べるだけだった。

「着陸した瞬間にエンジンの回転数がほとんど停止状態まで落ちたけど、あれには何か意味が?」那須野はプラスチックのフォークでウィンナーソーセージを突き刺しながら、たずねた。

楠海がちらりと川崎に目をやってから答えた。

「ガス抜きです。アイドルセットの状態で着地した瞬間に、機体がジャンプすることがあります。安定した地面に着陸する限り多少飛行機がハネても問題はありませんが、FSX－90の場合は海上自衛隊のヘリ空母に着艦することも想定しなくてはなりません。波の影響で上下する甲板にタッチダウンした時に飛行機がジャンプしたのでは――」

「次の瞬間、足元から甲板が消えていることもあるわけだな」那須野は肩をすくめた。それにしても、全自動モードというのが気にいらなかった。「手動による着陸も可能なんだろう?」

「可能です」楠海はスパゲティをフォークで巻き取り、口に放り込む。声がくぐもって聞こえた。「ただ、それを試すならFSX－90に着陸をまかせるより数倍の時間と燃料を必要とすることをお忘れなく」

「片肺、つまり機体の片側にあるノズルが損傷を受けた場合でも飛行できる？」那須野がさらに質問を続けた。

「それもできます。ただし、水平飛行だけ。水平飛行をしている限り、ＦＳＸ－90も他の飛行機と変わらずにエルロンやラダー、エレベーターで機体の動きを制御できます。もちろん着陸することも可能です」

「そう」那須野は納得した。

さらに楠海は左右いずれかのノズルが深刻なダメージを受けた場合、指向レバーは自動的に一番後ろ、ノズルが後方を向くように移動し、そこでロックされる、と説明した。

「もっと飛ばしてみたいな」那須野はハンバーグの残りを口の中に放り込んでいった。

「それは明日以降。とりあえず今日のところは寝ることにしよう」川崎が半分以上残った弁当にフタをしながら答えた。

那須野が目を上げ、にやりと笑う。

「お疲れ？」

「今日、作戦会議がある」川崎は紙コップに入った黄色い茶を一口すすり、大袈裟に顔をしかめ、それから那須野に視線をやった。「君も出席してもらう」

那須野は茶を飲みながら、川崎の顔をじっと見つめていた。

航空宇宙技術研究所に三つある宿泊室のうちの一つ、シングルベッドを二つ入れた部屋で川崎と那須野は眠ることにした。午前三時に近かったが、しばらくコンピューターと格闘するという楠海は研究室に戻った。

「米軍は最初から我々の動きに注目していた」トランクスと半袖のシャツ姿でベッドにもぐり込みながら、川崎がいった。半ばつぶやくような声だった。

「バーンズが、だろう?」那須野が訊《き》き返す。成田、羽田、六本木、三鷹——移動の疲れが身体の芯からほどけてきて全身の筋肉が心地《ここち》好《よ》く弛緩《しかん》しはじめている。宙に浮くようなけだるさの中で、ようやく意識を保っていた。「なぜ?」

「FSX—90の共同開発を推進する上で米側の狙いの一つは我が国が開発したフェーズドアレイ・レーダーにある」

「知ってるよ、川崎さん」那須野は眠っていないことを示すためにそう答えた。

フェーズドアレイ・レーダーはレーダーの革命と呼ぶのにふさわしい技術だった。端子の一つひとつが電波を発信し、受信するもので、トンボの複眼のような構造を持っている。反射波の位置を割り出すのが早く、しかも下方監視能力が格段に向上しているばかりか、索敵距離も大幅に伸びた。日本が憲法第九条を盾にとり、アメリカに渡さなかった技術の一つだった。

その技術が新型ＦＳＸに搭載されることで共同開発のパートナーであるアメリカはついに手に入れられる。日本のフェーズドアレイ・レーダー技術に注目しているのはアメリカばかりではない。西側陣営のどの国も喉から手が出るほど欲しがっているといっても過言ではない。日本が憲法に縛られて売ることができない以上、アメリカが販売を独占することは確実だった。共同開発のメリットは互いの技術を共有するところにもある。もう一方のパートナーである日本は、それが武器である限り競争相手にはなり得ない。

「フェーズドアレイ・レーダーに改良が加えられていることまではアメリカも気がついていない。そして、そのことを知っている日本人も非常に少ない」

「レーダーと赤外線追尾装置とレーザーホーミングを組み合わせた新型のシステムでも開発してるのか？」

「それも間違いではない」川崎は大きな欠伸《あくび》をした。「だが、半分だ」

「何が半分？」那須野は必死に睡魔と戦っている。

「我々はフェーズドアレイ・レーダーをより小型化することに成功した」

「日本人の得意技だな」

「そうだ。我々は端子をバラバラにして、それを機体全面にちりばめることに成功した」

「何？」那須野は目を見開いた。眠けが一瞬で吹っ飛ぶ。

「私もはじめてその話を聞いた時には、ちょうど君と同じ反応をしたよ」川崎は咳込《せきこ》むように笑った。「その結果どんなことになると思うかね」

「機体の全面ということは——」那須野は言葉を切って、戦闘機のシルエットを思い浮かべた。

一番高いところ——尾翼の上部、多分後端に一カ所、一番低いところ——胴体の下面に数カ所、両端——主翼端、もちろん左右、コクピットの後部、機首には通常のレーダーを装備しているに違いない。つまりその機体は機体の全部から電波を発射し、機体の全部で受信することができる。レーダーに関する限り、球形の視野を持ち、あらゆる方向から接近してくる航空機をキャッチできることになる。

「死角がない」那須野は茫然《ぼうぜん》とつぶやいた。

「そうだ。我々はそれを持たなければならなかった」川崎の声が沈んだ。「知っての通り航空自衛隊のレーダー基地の防護施設は脆弱《ぜいじゃく》だ」

地上の大型施設を擁してさえ、能力はイーグルの持つAPG－63機上レーダーより劣るものも少なくない。川崎が話すのを聞きながら、那須野はイーグルが配備されてからの逸話を思い出した。

通常は、強力なレーダーを有する地上管制官が、敵機の方角、距離、高度を割り出して迎撃機に伝え、パイロットはその指示に従って要撃任務に就く。航空自衛隊の場合、事情が異なることも少なくない。地上管制官が指示した方角とは全く違う場所に敵機を発見し、独自に任務に赴くこともあれば、脚が滑走路を離れた途端に敵機をレーダーで捕捉したこともある。

　イーグルのレーダーは公表されているより、はるかに優れた能力を持っている。現在の地上施設より機上レーダーの方が能力的に上、ということだ。さらにレーダーを保護すべき施設が貧弱であるために、敵の第一撃でその能力がほとんど失われてしまうことも十分に考えられた。迎撃のために離陸した戦闘機は、地上からのバックアップなしに戦わねばならない。その時、後ろ側に目がついていることはパイロットにとってありがたい。そういう事情から、川崎のいうシステムが生まれたことは容易に想像できた。

「全方位を識別できるレーダーは素晴らしいが、パイロットはどうやって感知する。いつでも後ろを向いて飛ぶわけにいかないぜ」那須野が当然の疑問を口にした。

　確かにレーダー波は後ろにも下にも飛ばすことができ、識別することも可能だろう。だが、パイロットの目は依然として前しか見ることができないのだ。

「音だよ、那須野君」川崎はいった。「通信やオーラルトーン、あるいは警報などには触れない、音域でいえば低い音が脳にある種のイメージを送るのだ。日本のオーディオ技術は、世界でも群を抜いているからな」

「つまり、後ろから飛んでくる飛行機の音を聞くことができる、ってことか」那須野が興奮していくのに反比例して川崎の声が濁り、眠そうな響きになった。

「もちろんエンジン音が聞こえるわけではないが、ある種の警告音だな」川崎の声が途切れはじめた。「それに――液晶ディスプレイを内蔵したゴグルと――人工現実感を応用したシステムで――」

意味不明のつぶやきの後は、いびきが聞こえはじめた。那須野はしばらくの間、川崎のいった言葉を理解しようとあれこれ思いをめぐらしたが、ドップラー効果を利用した音響装置のあたりから追いつかなくなっていた。やがて、頭の中をＦＳＸ－90が飛び交いはじめ、重い眠りの底へと沈んでいった。考え事をしすぎた夜はいつもそうだった。


午前三時、東京・虎《とら》の門《もん》、アメリカ大使館。

電話が鳴った。

「バーンズ」黒人准将は受話器を取り上げると短く応答した。

「スラッシュです」相手の声がくぐもって聞こえる。「パイロットはシミュレーター訓練に入りました」

毎週火曜日の午前三時、相手はバーンズが指定した電話に公衆電話からかけてくることになっている。その時間に電話が入らなければ、翌日、同じ時刻に連絡することになっていた。すでに四年続いていた。

「それで？」バーンズは目の前に開いてあったホルダーを閉じ、大きな革張りの椅子に背中をあずけると靴をはいたまま両足を組んでデスクの上にのせた。部屋の持ち主が見たら、仰天するに違いなかった。潔癖性の小心な男だったたから。

「機体はアビオニクス系とエンジン、コンプレッサー系を除いて、ほぼ組み立てが完了したようです。整備隊の隊員が二人、岐阜に呼ばれることになりました」スラッシュがいった。声がゆがんでいるのは、何層もの盗聴防止装置をくぐっているからだった。

「例の新型戦闘機は、航空実験団で組み立てられるのか？」バーンズはデスクから足を下ろして身を乗り出す。

「目立ちませんからね。あそこではいつでも新型戦闘機の実験をしている」

「当初の計画通り行きそうかね？」

「多分。少なくとも開発グループはそう見ているようです」

「また、知らせてくれるね、ミスター――」

「スラッシュ」バーンズが名前を呼び掛けそうになったので、スラッシュはあわてて遮った。「あなたとこうして話している時には、私は名前のないただの〈スラッシュ〉。それをお忘れなく」

「申し訳なかった。気をつけよう」バーンズはそういいながら、笑みを浮かべて腹の底でつぶやいた。小心者の売国奴《ばいこくど》め――。もっともスラッシュからＦＳＸ－90に関する情報を得ていなければ、バーンズは大統領に今回の作戦を進言することはできなかった。スラッシュが役に立つ情報源であることは認めている。バーンズは言葉を継いだ。

「次の動きからが肝心だ。カワサキは何か仕掛けてくるだろう。我々から見えない場所でパイロットの訓練をはじめたからな」

「ご心配なく、閣下」

「それじゃ、スラッシュ」

電話が切れた。

Ⅱ

東京・虎の門、アメリカ大使館。

「ではじめてもらいましょうか」バーンズが抑制のきいた低い声でいった。

クルビコフがうなずいて立ち上がる。大使館の地下一階にある会議室。ピンストライプのスーツを着たクルビコフは細長いテーブルを回って、部屋の一角に置いてあるホワイトボードの前に立った。背広の内ポケットに手を入れ、折り畳んだ紙片を取り出す。

バーンズは目だけを動かして、テーブルを囲むメンバーの顔を一人ひとり見渡していった。

紺色のスーツ姿、額にかかる髪を神経質そうにかきあげるヤン。その隣にブルーの制服を着て、げんこつを握りしめたような固い顔つきをした川崎。

バーンズの隣はクルビコフが立ち上がったために空席になっており、その隣にはソ連空軍の制服を着た若い男が座っていた。背筋を伸ばし、薄いグリーンの瞳でクルビコフを見上げている。襟の階級章では少佐。クルビコフはその男をロシュコフとだけ紹介した。アンドリアノフ・ミァーノヴィッチ・ロシュコフ――バーンズは記憶の糸をたどる。ソ連極東空軍に籍を置いているが、実体はスペッツナズの一員だった。

そして、テーブルの端で、椅子を後ろに下げ、下を向いたまま腕を組んでいる男、ジーク。バーンズの目は那須野の上にとまった。那須野がゆっくりと顔を上げる。まるでバーンズの刺すような視線を感じたように。バーンズは動悸《どうき》が速くなるのを感じて、顔をしかめた。那須野と目が合う。相変わらず氷のような眼《め》をした男だった。昔より痩せて見える。頬がこけて、青い影をつくっていた。那須野がこの会議室に入って来た時、バーンズは一瞬誰かわからなかった。

殺気。

戦場にいる男だけが身につけられる硝煙の香りが那須野から漂って来るようだった。ミドルイースト、一九七三年。前席で操縦桿《そうじゅうかん》を握っていたのが那須野、後席でレーダースクリーンをのぞいていたのがバーンズだった。ひっくりかえる天と地。天国と地獄の狭間《はざま》で那須野はシリア機を撃墜した。その直後だった。ミサイル。赤外線追尾式の旧式ミサイルが二人の乗っていたファントムの尻を吹っ飛ばした。燃える機体。溶けて、黒い泡を噴くアクリルの風防。

那須野の眼の中にともに飛んだ男への郷愁はない。

咳払《せきばら》い。バーンズが目を上げると折り皺《じわ》のついた地図をホワイトボードに貼りつけたクルビコフが視線を投げている。バーンズは了解のしるしにかすかにうなずいた。約五〇センチ四方の小さな地図には中国大陸と朝鮮半島、そして日本が描かれていた。その四隅がプラスチックのカバーのついた磁石で固定されている。

地図の下辺から黒い線が延び、朝鮮半島から南に五〇キロほど離れた済州島《チェジュとう》と九州長崎の沖に延びる五島《ごとう》列島のほぼ中間を通り、対馬《つしま》海峡を横断、日本海に延びている。さらに黒い線はゆるやかに左カーブを描き、ほぼ真上に延び、北朝鮮沖から真《ま》っ直《す》ぐウラジオストックに届いていた。

バーンズには地図が切れている下辺から突然飛び出してくる黒い線がソ連機の飛行経路であることはすぐにわかった。ヴェトナム・カムラン湾。かつて米軍が航空基地を置いていたあたりにソ連軍が進出し、大型の偵察機を日本海に飛ばしていることは周知の事実だった。

「さて、ここに描かれておりますのが、我々ソ連極東空軍が定期移動に利用している経路であります」クルビコフはもったいぶっていった。「ジャパン・エアフォースでは、この経路を『トウキョウ・エクスプレス』とお呼びですな」

「日本海ルート」川崎が訂正した。「それにジャパン・エア・セルフ・ディフェンス・フォースだ」

「失礼しました」クルビコフがにっこり笑った。猛禽《もうきん》のようにとがった顔で歯をむき出す。不気味だった。「さて、我々がこのルートを飛行する時、日本は小松から要撃機が上がって来ます。中部航空方面隊第六航空団の三〇三か、三〇六飛行隊。使用している機種はファントム。違ってますか、ジェネラル・カワサキ？」

川崎はクルビコフを睨《にら》みつけたまま、黙っていた。

「Xデーの前日二二三〇時ごろ、我々は対馬海峡に差し掛かります」クルビコフが声を張り上げた。それから内ポケットから赤いサインペンを出し、石川県小松市を丸く囲む。「房総《ぼうそう》半島にある自衛隊のレーダー基地が我々をキャッチし、バッヂシステムにより、小松基地に出動命令が下る。小松からは、四機の自衛隊機が離陸し――」

クルビコフはそういいながらサインペンをすべらせた。白っぽい地図の上に赤い線が鮮やかに引かれていく。赤い線は北緯三七度あたりを水平に、真西に向かって延びた。鳥取県沖を飛び、隠岐《おき》諸島を越えたあたりで右に曲がる。黒い線と平行になった。クルビコフは赤と黒、二本の線を交わらせ、そこも赤い丸で囲んだ。

「我々の編隊はツポレフTu－26が三機。そのうち一機を空中給油機に変えておきます。同時に一機の戦闘機、予定ではSu－27《スホーイ》を随伴させます」クルビコフはさらりといった。

ツポレフTu－26、西側では『バックファイア』と呼ばれる超音速爆撃機。全長四〇・五メートル、最大翼幅三四・五メートル、燃料を満載すると総重量は一二〇トンに及ぶ。最大速度マッハ二・二は爆撃機としてはアメリカ戦略空軍が持つロックウェル

B－1を上回り、世界最速。最大航続距離は八〇〇〇キロといわれ、極東の基地からアメリカ本土に届く。

一方、Su－27も最新鋭戦闘機だった。翼と胴体を一体成型し、大型の三角翼に近い形状としている。燃料搭載量はこれまでのソ連機に比べると格段に増え、一〇トン強だった。

「日本からはファントム三機と、例の戦闘機を飛ばしてもらうことになります」クルビコフは続けた。赤い丸印の部分をサインペンの尻で二度、三度叩《たた》く。「そしてここで、我が方のスホーイと問題の戦闘機が交差する。日本機による警告は通常通り英語とロシア語らしきもので行ってもらいます」

クルビコフがにやりと笑う。川崎は反応しない。

航空自衛隊のパイロットは、スクランブル発進をする際、飛行服の脚ポケットにロシア語の警告文を入れている。もちろん片仮名で書かれていて、ほとんどのパイロットは棒読みするだけだった。

「そしていつも通り、我が方の編隊は警告を無視して、北上、ウラジオストック基地に向かいます」クルビコフは言葉を切った。

「続きは私が」バーンズがそういいながら立ち上がる。

一九五センチの長身が立ち上がるだけで部屋の中が狭くなった。クルビコフに比べ、頭一つ分は大きい。クルビコフは軽く頭を下げ、自分の席に戻った。

「今回の作戦の第一の要諦はここにあります」バーンズはクルビコフが丸く印をつけたあたりを大きな手で指し示した。「ここで、ソ連戦闘機と日本の作戦機が入れ替わり、日本の作戦機はソ連機編隊にまぎれて北上を続けます。北朝鮮のレーダーでは、ソ連機と日本機の区別はつきません」

川崎は鼻で笑った。

近接編隊を組んだ航空機群を識別するのは容易ではない。北朝鮮のレーダーだけでなく、米軍の使っているレーダーでも日本機とソ連機を区別することなど不可能なのだ。唯一の方法は敵味方識別装置ＩＦＦのスイッチを入れ、電波で自分のアイデンティティを送信するしかない。それをしないで撃墜されても文句はいえない。

「そして、第二の要諦」バーンズは自分の胸ポケットからボールペンを取り出した。蛍光灯の照明の中で、ペンが金色に光る。バーンズは地図に新しい線を描きはじめた。赤い丸から延びたボールペンの線はソ連機の飛行ルートを表す黒い線と並行して延び、ウラジオストックにかかる五〇キロほど手前で鋭く右に曲がった。「次第に高度を下げるバックファイアとともに日本の作戦機も降下し、北朝鮮のレーダー識別圏外に出たところで旋回することになります」

白い壁の時計が刻むセコンドの音が響く。

「高度を下げた日本機は北朝鮮の東側の海岸沿いを低空で飛行し、北緯四〇度三〇分、南大川《ナムテチヨン》河口から北朝鮮本土上空へと侵入するのです」バーンズは北朝鮮とソ連の国境から数センチ南側を指した。地図の上では数センチに過ぎないが、実際の距離にすると二二〇キロほどになる。厚い唇をピンク色の舌でなめた。「南大川からほぼ真西に針路を取り、赴戦湖《プジヨン》でわずかに左旋回し、長津湖《チヤンジン》上空にかかります。それから針路を西南西にとって妙香山《ミヨヒヤン》脈の北側を飛び抜けます。妙香山脈の北側を飛ぶことによって平壌を中心に張り巡らされた北朝鮮国内レーダー網をくぐることができます」

「お前がやったらどうだ、バーンズ？」那須野がふいに声をかけた。

バーンズが目をむいて那須野を睨みつける。

「それができるくらいなら、こんなブリーフィングなどやっちゃいないさ、ジーク。オレは、そこの頑固親父《おやじ》に本物の戦闘機乗りを貸してやるといってやったんだ。ところが連れてきたのは――」

バーンズの横に広がった鼻がさらにふくらんだが、言葉は低いままだった。

「妙香山脈が跡絶《とだ》えるところ」地図の上でペンを走らせる。「そこにターゲットがある」

「もったいぶるなよ、フランキー。オレは何を爆撃するんだ？」那須野が訊《き》いた。

バーンズはにやりと笑い、川崎が顔をしかめる。まだ那須野にはターゲットについて説明していなかった。ヤンの額にじっとりと汗がにじむ。会議室の中は寒さを感じるほどエアコンが利いている。川崎が目を伏せた。

「北朝鮮の原子力施設」バーンズの太い声がいった。

那須野は口許《くちもと》を引き締め、眼をすぼめて大男の米軍准将を見ていた。


航空自衛隊岐阜基地、航空実験団。

「ぴったりだな」亀山が感心してつぶやいた。

FSX－90の空洞になった胴体にペガサスXエンジンが挿入された。

通常のジェット戦闘機は前線基地でも簡単にエンジンを交換できるように尾部を分解することなく、すっぽりとエンジンが取り外せるようになっているタイプが多い。だが、イギリスのハリアーのような垂直離着陸戦闘機の場合はエンジンを機体中央に置く設計となっているため、中央やや後ろよりの大きな開口部からエンジンを斜め上に押し込むようにして装着しなければならなかった。しかもペガサスエンジンの特徴である、大きく横に張り出したジェットノズルはエンジンを搭載した後に装着する。

FSX－90の胴体に特異な形状をしたペガサスエンジンの中央部が収まる。後はエンジンの震動をやわらげるゴム製のマウントの上にエンジンを固定し、分解した下部と後部の機体パネルを元に戻すだけだった。

「このエンジンのために機体をあつらえたみたいだな」亀山は一人で何度もうなずきな

がらいった。

「その通りですよ」佐木が亀山の背中に声をかける。

亀山が振り向く。

佐木はここ数日の間にすっかりやつれていた。色白の頰には黒い髯《ひげ》が目立ち、目の下にはべっとりとクマが張り付いている。不眠不休。六十名を超えるスタッフが三交代でFSX－90の組み立てにあたっている。工藤と亀山をのぞくと航空宇宙技術研究所か、航空実験団に所属するエンジニアばかりだった。スタッフは外出を禁止され、毎日十二時間から十六時間働き続けていた。

組み立ての指揮にあたっている佐木や岡本は、0号格納庫の中に置いてあるソファで不規則に、しかも短時間まどろむだけだった。

ペガサスXエンジンが日本に到着したのは三日前。佐木は横浜港で陸揚げされたペガサスを受領するとすぐに大型トレーラーに積み込み、航空宇宙技術研究所に持ち込んで、ベンチテストを行った。イギリスから到着したエンジンは、スロットル操作に従順に反応し、低速回転から最高出力まで息継ぎをすることなくスムーズに回転した。

最後の試験が終わったのが一昨日の夕方で、佐木はトレーラーに同乗して航空実験団までやって来た。ここ数週の間で、佐木がまとまった睡眠をとったのは、この時だけだった。

「その通りって？」亀山が首をかしげながら訊く。

「それは――」佐木は言葉をつまらせて苦笑した。「川崎空将補が二年前にFSX－90の試作を決定した時、残念ながら国産エンジンは開発できそうもないことがわかったんです。当時、日本のメーカーが開発に取り組んでいたのはペガサスの半分の重量でほぼ三分の二の推力を生むエンジンでした。航空自衛隊が双発エンジンの戦闘機ばかりを使用していることから考えて、FSX－90も双発にしようとしたのです。結果的には失敗しましたが、二基のエンジンを積んだFSX－90はハリアーに比べて二五パーセント重量が軽く、推力では五〇パーセント上回るはずでした。超音速も簡単に達成できるという構想だったのです。ただ、間に合わない。そこで我々はFSX－90をペガサス単発に切り換え、設計変更をした上で試作にかかりました。飛ばしたいと思いましたからね。まさか本当に飛ぶことになるとは思ってもいませんでしたが――」

「設計変更ねぇ」亀山がつぶやいた。

FSX－90の形状はずんぐりしていて、お世辞にもスマートな戦闘機とはいいがたかったが、三菱F－1の面影を残す高翼式の機体は力強く、いかにもタフに見えた。


朝鮮民主主義人民共和国、平壌。

部屋にはモーツァルトが流れている。窓にはレースのカーテンが引かれ、霧雨越しに差し込んでくる太陽光線は柔らかかった。揺り椅子。老人斑《はん》の浮き出た右手にはラズベリーのワインが入ったグラスが握られている。刺激の強い酒は四年前に医師に止められ、ビールすら飲めなくなっていた。左手で眼鏡《めがね》をずり上げ、目と目の間を揉《も》んだ。

疲れている、と思った。

眼鏡を外し、カーテン越しに外に目をやる。芳醇《ほうじゅん》な香りを放つワインには心を惹《ひ》かれなかった。

老い。身体《からだ》が自分のものではなくなる。神に近くなるのか？　自問し、苦笑して首を振る。ずっと唯物主義者だった。白目が黄色く濁り、その分だけ明るい窓を映す光彩は水晶のように透きとおるようになった。やや青みがかった茶色の目で窓の外をじっと見る。

南の傀儡《かいらい》どもが動き出した。アメリカとソ連も――。

静かな部屋の中にソニーのステレオセットが奏でるメロディが流れていく。いつか動きが出ることは予想されていた。イスラエルがかつて行ったイラク原子力施設への蛮行を思い浮かべるまでもなく、誰かがやって来るはずだった。すぐ横に小さなコーヒーテーブルがあり、その上に白い書類が置かれている。

息子は知っているのだろうか、と思い、また首を振る。知らせるべき時には自分が知らせれば良いのだ。今までそうしてきたように、これからも変わることはない。

日本。

その名前を見た時には少なからず驚いた。候補には挙がっていたが、所詮は腰抜けの国だと思っている。第二次世界大戦を遠い昔のことにしてしまった国だ。それから五十年、いまだに戦い続けている我が国と比べものになるはずがない。

あと三年。思いはそこに戻る。それまでに――。

日本の名前を報告書に見つけた時に思いついた。着想は悪くない。あとは断行あるのみ、だ。だが、誰を相手にするか。最近の日本の政治家たちはどれも同じ顔に見えて、同じ顔がいつまでも権力の座にいた例《ため》しがない。首相をまるで小学校の学級委員と同じレベルで見ているようだった。順番に、公平に、誰もがその座に就く。

思いは巡る。

息子はがっかりすることだろう。信頼しきっている国と父に裏切られたと思うだろう。一部の保衛幹部の口車に乗り、秘密裏に力を握ろうとした。それが間違いだ。血のつながりがなければ、とっくに排除されていても仕方ないところだ。

血。

今日はきれぎれにしか言葉が出て来ない。疲れている。

ドアがノックされた。返事をする。ドアが開いた。背広姿の眼鏡をかけた男が入って来る。

「午後の会議のお時間でございます」

男はゆっくりうなずくと立ち上がった。

12

東京・虎の門、アメリカ大使館。

「作戦の概要を説明しましょう」バーンズは制服の胸に手をやり、何かをつまみ上げるような仕種《しぐさ》をした。プレスのきいた制服には糸くず一ついていないのだが。「爆弾はレーザー誘導式の二〇〇〇ポンドを使用します。対空砲火を避けるため、夜間に超低空で侵入します」

那須野の視線が鋭くなる。あの、バーンズの仕種。どこかで見た記憶があった。じっとバーンズの説明に耳をかたむける。その昔、ミドルイーストでバーンズが同じような仕種をした。何の時だったたか？

バーンズの説明が続いた。

「寧辺原子力施設周辺には、一四・五ミリから一〇〇ミリにいたる対空砲火が約八千門装備されています。しかし、北朝鮮のレーダー網は旧式のものであり、低空侵入する高速戦闘爆撃機を捕捉するのはほとんど不可能といっても良いでしょう」バーンズは再び胸に手をやった。「万が一捕捉できたとしても、識別や迎撃命令が伝達されるまでに時間がかかり、爆撃を終えるまでは抵抗らしい抵抗もないことが予測されます」

那須野が目をすぼめた。バーンズがまた胸に手をやりかかって、那須野の視線に気がついた。手を不自然に宙にとめ、那須野の視線を正面から睨《にら》み返す。

「目標となる原子力施設は、厚さ一・五メートルのコンクリートの壁で守られていますが、遅発信管をつけた二〇〇〇ポンド爆弾なら壁を貫通し、目標を破壊することが可能です。しかも今回の作戦には、弾頭にロッキードのＢＬＵ－１０９／Ｂ、遅発信管にはイギリスのソーンＥＭＩが開発した多機能爆弾用を装着した、徹甲爆弾を用意します」

バーンズは言葉を切った。バーンズが話した内容は、米空軍が使用している最新式の爆弾に関する情報であるにもかかわらず、テーブルを囲んでいる誰の表情にも驚愕《きょうがく》を読みとることができなかった。また情報が漏れている。バーンズは舌打ちした。

「原子炉を破壊して、放射能はどうするつもりなんだ」那須野は腕組みしたままバーンズにたずねた。

「我々が狙うのは、二次冷却水の施設だ。君がうまく目標にヒットさせれば、破片が原子炉内の管を回り、安全装置が働いて原子炉は停止する仕組みになっている」バーンズはクルビコフに視線を向けた。「そうですな？」

「設計上では、確かに」クルビコフは悪びれる様子もなくうなずいた。

「その安全装置はちゃんと働くんだろうな」那須野はクルビコフにたずねた。

「多分」クルビコフは肩をすくめた。

「炉心溶融なんてことにはならないだろうさ、ジーク」バーンズが割って入る。「それに君が心配すべきはちゃんと命中させることだ」

「それと帰り道、だ」那須野は冷たくいった。

「爆撃を無事終えた君は、来た時と同じルートを逆行することになる。また山脈を背負って、湖の上を飛び、川を下って海に出る。それから先はウラジオストックから飛んで来るバックファイア編隊にまぎれこんで、日本海上空で航空自衛隊のスクランブルを受ける。航空自衛隊機の中には往路で一緒だったスホーイがまぎれこんでいて、君と交代するというわけさ」バーンズが簡単だよといわんばかりに説明を終えた。

「寧辺までの詳細なルート図はあるんだろうな」那須野が訊《き》いた。

バーンズは自分の席に戻り、ゆっくり腰を下ろすと那須野に身体《からだ》を向けた。

「この作戦の実行計画を出した時、すでに必要と思われるデータはすべてジェネラル・カワサキに提出してある。現場までの地域を撮影した衛星写真、その赤外線分析結果、過去十年分の気象データ、それに――」

バーンズの視線にうながされるかっこうでクルビコフが付け加えた。

「我が方からは北朝鮮国内のレーダー施設の場所と能力、対空砲火陣地の分布図、対空ミサイルの配置状況などを提供しましたよ」

「結構」那須野はうなずいた。

「それでは、我々が一カ所に集まるのは、これが最後となります」バーンズはテーブルを囲んでいる一人ひとりに向かっていった。「これ以降は、必要に応じて各人が連絡しあい、ブリーフィングを持つことにしたいと思いますが」

「一つだけ、バーンズ准将」川崎が口を開いた。「その航空自衛隊の基地にやって来るスホーイには誰が乗って来る予定かね。この作戦の事情を知っているパイロットになるんでしょうな」

「私がまいります」ロシュコフがはじめて口を開いた。「私は明日、ヴェトナムに向かいます。元々、そこのパイロットなんです」

バーンズがニヤリと笑い、ほとんど無意識のうちに今度は肩のゴミを払う仕種をした。

那須野の視線にはまるで気づかない。

那須野の脳裏に幾つかのシーンが重なって、鮮やかに蘇《よみがえ》った。イスラエルの空軍基地。娯楽施設。現金を遣《や》り取りするポーカー。

バーンズはもとよりきれい好きで、制服はいつもプレスされていた。それがポーカーの間だけ、妙にゴミを気にする仕種を見せる時があった。ゴミをつまみ上げる仕種を見せてから賭け金をレイズアップしてくる時には、大抵はツーペア以下の手でブラフをかけようとしていた。

バーンズのブラフに乗らずに、逆に巻き上げた金は千ドルを下らない。バーンズは自分の癖が見抜かれているなど夢にも思っていなかった。

今、バーンズはここにいる誰かにブラフをかけようとしている。那須野はバーンズの口許《くちもと》を見つめながら、にやりと笑った。

「では、これで解散とします」バーンズが勢いよく立ち上がった。

テーブルの上に広げた書類を片付け、それぞれ立ち上がった。那須野だけが何も持たずゆっくりと立ち上がる。

那須野とバーンズの視線がぶつかりあった。

「なぜ帰ってきたんだ。ジーク?」バーンズが訊いた。「自分がジークであることを証明するためか?」

しばらくの間、那須野はバーンズを見返していたが、肩をすくめて見せただけで、くるりと背を向け、会議室を出ていった。

川崎と那須野を迎えに来ていた黒塗りの大型車は、二人が乗り込むと滑るように走り出した。那須野は後ろを振り返っていた。

「どうした?」川崎がたずねる。

「車回しのところで」那須野はアメリカ大使館の玄関を見つめたまま答える。「ソ連の連中がこっちを見ていたんでね。挨拶でもしてやろうかと」

「クルビコフにロシュコフか。どちらもパイロットだな」

「クルビコフはイエス。ロシュコフはノー」那須野は前に向きなおるとさらりといった。

「ロシュコフって野郎は単なるパイロットじゃない」

「どういう意味だ？」川崎が半身になってたずねた。

「オレが空自を飛び出してから何をしていたか、知ってるだろ、将軍」那須野は前を見たまま いう。目の端で川崎がうなずくのが見えた。「武器の売買に関わっている連中というのは独特のキナ臭さを放っているんだ。おはよう、こんばんはって挨拶だけでも裏に何かあるんじゃないかって思わせるよ」

「それで」川崎は先をうながした。

「戦車や戦闘機を売ろうとすれば、売る方にも買う方にも莫大《ばくだい》な資金が必要となる」

「ペルーの麻薬組織のように」川崎がにやりと笑った。

那須野はかすかに顔をしかめ、言葉を継いだ。

「あるいは一国の政府だな。武器商人を装って、いろんな国の諜報《ちょうほう》機関員が生活している。奴《やつ》らは本物の武器商人とは違う」

「どう違う？」

川崎に訊かれて、那須野は眉をしかめた。

「うまくいえないが、もっと落ち着いている感じだな。どしっと構えて、とんでもないあくどいことをやってる。金の支払いは悪くないが、一番信用ならない。取り引きが終わった途端、パクるなんてことを平気でやる。信義も倫理もない」

「国のためさ」川崎はシートに背中をあずけた。

「国のためね」

「君もそのために日本へ戻って来たんだろう？」

「そう思うかい？」那須野が訊き返した。

「違うのか？」川崎は目を閉じたままさらに訊き返した。

那須野は答えず、運転手に車を停《と》めるように頼んだ。川崎が起き上がりかけると電話を一本かけるだけだといった。車が停まり、那須野が降りる。公衆電話に入るとポケットから硬貨を何枚か取り出し、スロットに放り込む。1、0、4とプッシュした。すぐに応答があった。

「イスラエル大使館の電話番号を頼む」那須野がいった。

「どうした？」車の中からクルビコフが声をかけた。

瘦身のロシュコフが車のドアを開けたまま、アメリカ大使館のゲートを出ていく防衛庁の車を見送っていた。ロシュコフは頭を下げると後部シート、クルビコフの隣に滑り込む。

「大使館へ戻ってくれ」クルビコフは運転手に命じた。「何か気になることでもあったのか?」

「例のパイロットが我々の方を見ていたんですよ」

「ナスノ。ジロウ・ナスノだ」クルビコフが教える。

「バーンズが何とかってタックネームで呼んでいましたね」ロシュコフがたずねた。

「ジーク」クルビコフはちょっと目を上げて、ロシュコフの顔を見た。「奴のコールサインだ。奴は元航空自衛隊のパイロットで、一九七三、四年頃には、中東で飛んでいた。一種の留学のような制度でな。その時につけられたコールサインがジークさ」

「どういう意味なんです?」

「ジークというのは、元々、第二次大戦中に日本海軍が使っていたゼロ戦に、米軍がつけた暗号名だ。日本はまったく知らなかったがね」

「それで、なぜ奴がそう呼ばれるんです?」

「名前だよ、ナスノのファーストネームは『ジロウ』。アメリカ人がゼロと発音する時の音に似ている。以来、奴はジークと呼ばれるようになった。日本人、ゼロ戦、戦闘機乗り。アメリカ人の考えることは単純だな」クルビコフはアメリカ側から渡された資料を思い出しながら答えた。「第四次中東戦争の頃、米軍の軍事顧問団と一緒にイスラエル空軍で戦ったことがある。その時にシリア軍機を一機撃墜している。それから日本に戻って来て、演習中に米軍機を一機」

「撃墜したんですか?」ロシュコフが口をはさんだ。

「撃墜ではない、もちろん。ただ、ナスノに追いつめられた米軍機がコントロールを失って墜落しただけのことだ」クルビコフはつまらないことを訊くといわんばかりの表情で答えた。

ロシュコフは虎の門交差点に向かう車の窓から外を眺めていた。銃弾に頼らず、激しい空戦機動だけで相手を追い詰め、墜落させてしまう方法はいくつかある。それも撃墜としてカウントされる。

「噂《うわさ》だがね」クルビコフはいいにくそうに咳払《せきばら》いをした。「あくまでも噂だが、ナスノはソ連軍機を撃ったこともあるそうだ」

「威嚇射撃ですか?」ロシュコフは窓に目をやったまま、訊いた。

「ニェット」クルビコフが答えた。「撃墜にはいたらなかったが、銃弾は確かに命中したそうだ」

ロシュコフは何の反応も示さなかった。

「ところで」クルビコフは話題を転じる。「カワサキの顔をしっかり覚えたか?」

「おまかせ下さい。どんな時にも忘れませんよ」ロシュコフは突き放すように答えた。

車は虎の門交差点を右折し、桜田《さくらだ》通りに入った。


航空自衛隊岐阜基地。

工藤はハッカパイプを唇で転がしながら、FSX－90の胴体右側に開いた点検孔に両手を突っ込んでいた。

FSX－90の配線は、すべてが光ファイバーだった。ケーブルは三重になった金属とCFRPのケースで覆われ、二〇ミリ弾の直撃でも食らわない限り断線しない構造になっている。弾丸を受けやすい胴体の上下面や翼のケーブルは、さらに倍の厚みがあるケースに覆われていた。光ファイバーは、四重になっており、どこかで断線しても他のケーブルがバックアップするシステムになっていた。

「工藤さん、一休みしませんか？」亀山が近付いて来て、声をかけた。「昨日の夜から眠ってないんでしょう」

午後二時。0号格納庫には二十名のスタッフが詰めている。工藤は、昨日の夜十時からずっと立ちっ放しだった。アビオニクス系の組み立てがはじまっていた。

「もうちょっと、だ」工藤はぼそりと答えた。

「二時間前にもそういいましたよ」亀山があきれていう。

「そうだったか」工藤はハッカパイプを転がしながらつぶやいた。

工藤も亀山も極度に疲労し、昨日の夜食を思い出すのでさえ困難を感じていた。頭の中には砂がびっしりと詰まっているようで、トイレに立つ度に自分の尿の色がだんだんと濃い茶色になるのを見ている。0号格納庫に来て以来、二人とも風呂に入っていない。仮眠時間の合間に簡単にシャワーを浴びるだけで我慢する。食事は航空実験団の厨房《ちゅうぼう》から運ばせ、格納庫の隅でかきこむだけだ。

FSX－90は徐々にその形を現しつつあった。

エンジンの組み立て以降、フラップやエレベーター、エルロンなどを駆動する油圧装置の取り付け、作動テストをはさみながら、数十万点におよぶ部品を六十名前後の男たちがかかりきりになって一つひとつ組み立ててきたのだった。

FSX－90に搭載されるコンピューターと光ファイバーが届いたのが昨日の午後。それから八時間をかけて、佐木と岡本がベンチテストを行った。テストが終わる頃、工藤は主翼の組み立てを完了していた。午後十時頃から、アビオニクス系に取り掛かったのだった。

工藤は手を休め、亀山と並んで立った。

機体中から電線をはみ出させ、その先にはテスト用のミニ・コンピューターがつながっている。メイン・コンピューターをはじめ、レーダー、赤外線解析装置などほとんどの電子装置はブラックボックス化され、所定の場所に箱を積み込めば良いようになっている。ＦＳＸ－90の機首部分に搭載されるコンピューターは、基板の一つひとつがアルミ合金のケースに保護され、弾丸の破片が機体ではね回っても被害を最小限度にとどめるよう工夫されていた。

「あまりぞっとしませんね」亀山がつぶやいた。「まるで飛行機が死にかけてるみたいだ」

　彼は飛行機が何十本ものケーブルでコンピューターにつながれている光景が好きではなかった。まるで重病の患者が集中治療室で酸素や輸血のために何本ものチューブにつながれているところを想像してしまう。


　東京・虎の門、アメリカ大使館。

　電話が鳴った。二度目の呼び出し音が鳴り出す前にバーンズが受話器を取り上げる。左手首のロレックスにちらりと目をやる。時間通りだった。

「バーンズ」

「スラッシュです」相手の声は低く、聞き取りにくかった。「新型戦闘機は、電子装置の組み立てに入りました。間もなく組み立てを終了するでしょう」

「そうか」

「カワサキはあなたのいう作戦を支持しているそうですね?」

「特に反対はしなかった。反対する理由はないからな。昔から成功する軍事作戦はシンプルなものと決まっている。今度のように完全な奇襲作戦の場合は、特にそうだ」バーンズは相手の沈黙が気になった。「どうした、何かあったのか?」

「いいえ、別に。ただ、私は何となくあのおっさんが嫌いじゃないんでね。可哀《かわい》そうな気もするんです」

「この作戦はすべて君の情報によって進んできた。カワサキの独断専行、そしてFSX開発メンバーと能力、存在しない戦闘爆撃機FSX-90。いずれにしてもカワサキに引導を渡すまで、君にはきっちりと仕事をしてもらう」バーンズはほとんど抑揚のない喋《しゃべ》り方をした。

「わかってますよ」スラッシュが乱暴に言葉をはさむ。

「今度の作戦が日米両国にとって大きなメリットを生むことになるだろう。存在しないはずの爆撃機が組み立てられれば、自衛隊の制服組はまたぞろ騒ぎはじめるだろうからな。国産戦闘機か。幻想なんだよ」

「とにかくカワサキはあなたの言葉を信じたのですね」

「そう。それは間違いないと思う」

バーンズは胸にひやりとするものを感じた。那須野の視線。胸のゴミを払おうとしただけの動作に、なぜ那須野はあれほど注目したのか。

「じゃ、また」

スラッシュは電話を切った。

13

調布、航空宇宙技術研究所地下一階、フライト・シミュレーター室。

楠海が待っていた。

「お帰りなさい」

「ただいま」川崎はシミュレーターに近寄りながら、楠海に声をかけた。「例の装置はセットを終えたか？」

「ご覧になりますか？　万全ですよ」楠海は自信ありげに右奥の訓練室を手で示した。

「いや、私は先日F－1で試したから、遠慮しておくよ。今日は那須野君に洗礼を受けてもらおう」川崎が答えた。

「例の装置？」那須野が不思議そうな顔をして二人を見ながら、訓練室に向かった。

「そう、日本の電子技術の粋を集めたといっても良いでしょう」楠海が那須野の後を追いながらいう。「驚きますよ」

「そうかね」那須野は半信半疑のまま、訓練室のドアを開いた。

「昨日と変わりないようだぜ、先生」スーツを着け終わった那須野が操縦席に座りながらいった。実物と同じ構造の操縦席だが、風防ガラスだけは装着されていない。パイロットは風防の枠を乗りこえる恰好《かっこう》でシートに座る。

「まあ、これを着けて下さい」楠海の声が自慢げに聞こえた。

「何――」といいかけた那須野の声が詰まる。

楠海が両手で黒いヘルメットを持っていた。那須野が知っているタイプのどれにもあてはまらない、異様な形状。ヘルメットのサンバイザーカバー、ちょうど額を覆う部分が極端に前へ突き出ている。那須野はおそるおそる両手を差し出した。楠海がヘルメットを渡す。

那須野はヘルメットを顔の前に持ってくるとしげしげと眺めた。元になっているヘルメットは那須野が航空自衛隊員だった当時に使用していたものと同じで、サンバイザーのカバーが付いているあたりに付属部品を取り付けたような恰好をしている。

「赤いボタンがあるでしょう」楠海が横から声をかけた。

那須野がヘルメットをわずかに傾けるとヘルメットの左側に赤いボタンが見えた。

「それがスーパービジョンのスイッチです。それを押すとスーパービジョンが自動的に下りてきて、あなたの目を覆います」

「ノクトビジョンの一種なのか？」那須野はヘルメットを頭にかぶりながら、たずねる。

さすがにずしりと重い。

「スーパービジョンは従来のノクトビジョンとは比較にならない性能を持っています。スーパービジョンの内側には高精度の液晶板が貼り付けてあって、そこに映像を映し出す仕組みになっています」楠海は、ヘルメットから延びているコードを操縦席の右側にある電子制御パネルに差し込んだ。「スーパービジョンの中には、グラフィックプロセッサーが内蔵されていて、常にFSX－90のメイン・コンピューターと連動する仕組みになっています」

楠海の説明が続いた。FSX－90のメイン・コンピューターから送られた画像に関する情報をスーパービジョンのグラフィックプロセッサーがリアルタイムで処理し、那須野の目の前に実際の風景と変わらない映像を作りだすという。FSX－90のコンピューターは航法装置、電波高度計と連動しているため、たとえば完全な暗闇を飛んでいても那須野の目の前には昼間と変わらない風景を再現して見せるというのだ。

「グラフィックプロセッサーって？」那須野は聞き慣れない言葉について質問した。

「FSX－90のメイン・コンピューターで三次元映像を作ることも不可能ではありません。しかし、画像を設定する場合には、任意の座標軸をあらかじめ与えておいて、そこに所定の点をプロットする仕組みとなるため、処理に時間がかかります。その点、グラフィックプロセッサーを使用すれば、画像に関してはパッケージされた情報を与えられるだけで、それを反転させたり、傾けたりが短時間で処理できます。日本のメーカーも開発に取り組んでいたのですが、今回のミッションには間に合いませんでした。そこで、FSX－90用のシステムには、インテル社の８０８６０を使用することにしました。この半導体は、グラフィック専用ではなく、マルチユースプロセッサーなのですが、グラフィックの再生専用という――」

楠海は言葉をとぎらせた。

那須野が大欠伸《おおあくび》をして、目に涙をためている。

「先生の講義を聞かないとこのおもちゃを使わせてもらえないのかい？」

「失礼しました」楠海は顔を赤らめた。

那須野はヘルメットの左側を探り、赤いボタンを押した。スーパービジョンが下がり、那須野の視界をふさぐ。

「先生、何も見えないぜ」

「まだシミュレーターのメイン・スイッチが入っていませんよ」楠海はあきれ顔で答えた。

「これ、どうやったら明かりがつくんだ」那須野が両手をばたばたさせて訊《き》いた。

「スーパービジョンは手で上にあげられます。音がしたところでロックされ、スイッチはその時点で自動的にオフになりますよ」楠海は首を振りながら、訓練室から出てドアを閉めた。

　那須野はいわれた通りスーパービジョンを上にあげた。八センチほどあげたところで暗い操縦席が視野に入り、ほっとする。乾いた音が頭蓋骨に響き、スーパービジョンがロックされた。

〝用意、いいですか？〟ヘルメットの内側に取り付けられたイヤフォンに楠海のくぐもった声が響く。

　那須野はヘルメットからぶら下がっている酸素マスクを口許《くちもと》に固定し、中のマイクロフォンに声を吹き込んだ。

「OK、先生。いつでもはじめられるぜ」

〝準備完了です〟楠海の声がヘルメット内に響く。

　那須野は周囲を見渡した。シミュレーターの凹面鏡に見覚えのある光景が広がる。小松基地の滑走路だった。那須野の目の前には、滑走路灯の青と赤の光が真《ま》っ直《す》ぐに延びていた。右側は民間の航空機が出発する空港ターミナルビル、左側が航空自衛隊の小松基地の施設だった。シミュレーターは、周囲の風景まで忠実に再現していた。

「小松だな、先生。オレにも見覚えがあるよ」那須野はマイクロフォンに声を吹き込んだ。

〝では、スーパービジョンのスイッチを入れて下さい〟

「了解」那須野は左側のボタンを指で探った。

ボタンを押し込む。一瞬、目をつぶりかけた。スーパービジョンが目の前に下りてくる。つぶりかけた目を見開いて、那須野は絶句した。

〝どうですか、スーパービジョンの性能は？〟楠海が得意そうにいった。

那須野は声を出せなかった。

液晶が作りだす映像は、さきほどのシミュレーターの映像よりはるかに鮮明だった。路面に埋め込まれたハロゲン灯しか見えなかった滑走路がはっきり見える。空港ターミナルビルの壁が白かった。小松基地の方では、格納庫の一つひとつが見てとれる。目をこらすと開いた大きなドアの向こうに航空機が停《と》まっているのが見えた。

スーパービジョンは夜を昼にする。

〝感想を、どうぞ、那須野さん〟楠海がいう。

「すごい」那須野はかすれた声でつぶやいた。

〝では、視線を右側に〟楠海が命じた。

那須野はいわれた通り右を見た。「小松空港のターミナルビルが見える」

〝もっと下を見て下さい〟

那須野は指示にしたがった。心臓の鼓動が速くなる。

風防ガラスの下辺が見えた。次いで自分の腕が見えた。どちらも半透明になっていて、透かして向こう側が見えた。身体《からだ》の中を冷気が走る。

那須野は後ろを見た。自分の足元を見た。左腕を見た。全身が気味の悪い汗に濡《ぬ》れている。口の中が渇ききって、声が出なかった。

スーパービジョンによって、FSX－90を包む球状の視界がえられる。機体もエンジンも、そしてパイロット自身の身体でさえ障害物とならないのだ。


ここ数日の間にFSX－90のフライト・シミュレーターによるミッション・シミュレーションは急速に進んだ。

〝ステップ19、敵機は左面から一機だ〟川崎の声がヘルメット内に響く。

「了解、敵機をレーダーでとらえた」那須野はスーパービジョンの内側に映る輝点を見つめていた。「方位〇九〇、距離五・三マイル、高度二万フィート、八六〇ノットで急速接近中」

八六〇ノット——時速一六〇〇キロ弱。接近速度は彼我の速度を加算する。巡航で音速を超える戦闘機は存在しない。また、距離は海里《ノーチカルマイル》を使うが、単にマイルという方が多い。

〝それだ〟川崎がいう。

那須野は操縦桿《そうじゆうかん》についている無線機のスイッチを二度鳴らして了解の合図を送った。

武装表示パネルを確認する。空対空ミサイル『サイドワインダー改』が二発、二〇ミリ機関砲弾を六八〇発搭載している。爆装はしていない。那須野の訓練はＶＩＦＦ――前進飛行中の推力ベクトル変換に移っていた。垂直離着陸機が前進飛行中に排気ノズルを下方へ向けるといまわしいほど機首がハネ上がる。だが、旋回する方向に機体を傾けてから排気ノズルの方向を変えると翼の揚力とジェット奔流の勢いに乗って、ＦＳＸ－90は小さく、速い旋回を切ることができた。ＶＩＦＦは垂直離着陸戦闘機にとってもっとも強力な武器といえる。

〝接近中、敵機は高度をとった。エンジェル二・五〟川崎が敵機の高度が二万五〇〇〇フィートになったことを告げた。

「了解」那須野はスロットルをミリタリストップまで入れ、五〇〇ノットで上昇を開始した。

レーダースコープ上のプリップが急速に接近する。スーパービジョン越しに前方を見る。間もなくだ――口の中でつぶやいた。白い入道雲を背景にして、青い空が目に痛い。その中で、何かが光り、鋭い輝きを那須野の目に突き立てる。マイクロフォンに声を吹き込んだ。

「敵機視認」

白い飛行機雲を引きながら上昇していく、小さなシルエット。那須野は目を細めてＦ

ＳＸ－90の風防の枠にそって上昇していく機体に視線を集中させた。

機種は？　那須野はマスクの中で唇をすぼめ、音のしない口笛を吹く。

ＭｉＧ《ミグ》－23。

空中戦の基本がいくつかある。一つは、相手よりも早く発見すること。

パイロットにはいい目が要求される。那須野はスロットルレバーをさぐって、敵味方識別装置ＩＦＦのボタンを左手の中指で押し込んだ。スーパービジョンの中で敵機の黒いシルエットを囲んでいるコンテナと呼ばれる四角い照準環の上に赤いダイヤ型のマークが点灯した。グリーンなら味方機、赤は敵機。

スーパービジョンの視野の右下にレーダーが目標を識別した信号が出る。

敵機までの距離七マイル、高度二万八〇〇〇フィート上昇中、敵速〇・六マッハ、方位〇七八――敵機のシルエットは正面から右へ向かって斜め上へ昇っている。午前十一時だから、太陽はほぼ真上にある。

コンピューターのイリュージョンに過ぎないはずの相手が考えていることまで理解できるような気がした。

空中戦の基本、その二、相手より高いポジションから攻撃をしかけること。

その三、太陽を背負うこと、だ。

速度差はどうにもならない。アフタ・バーナを持たないＦＳＸ－90の最高速度は、せいぜいマッハ一・二。それもかなり機体に無理を強いてのことだった。ハリアーが亜音速戦闘機なのに比べたら、まだマシかも知れない。巡航速度は時速約七〇〇キロで、これはジャンボジェットに劣る。民間のジェットルートを飛ぶと、ＦＳＸ－90は旅客機に追突されることになる。だが、これも悲観するほどの要素ではない。現在、航空自衛隊が使用している機種のうちで、巡航でジャンボより速く飛べるのはＦ－15イーグルだけだった。

那須野は上昇をやめ、目標機の下にまわりこむように機動した。ゆったりとした右バンクをかける。斜めになったコクピットで首が痛くなるほど上空を警戒する。そのまま二分ほど緩旋回をした時、レーダー警戒装置が作動、耳障りな警報がヘルメット内に充満した。操縦桿をきつく引き寄せ、ほぼ垂直に、太陽に向かって機首を上げる。敵機に対して一番小さなシルエットは、正対することだ。

スロットルレバーについているレーダー管制スイッチを近接空中戦モードにする。レーダーは直ちに正面から接近してくるミグにロック・オンをかけた。間もなく、サイドワインダーの弾頭部に取り付けてある赤外線シーカーがミグの翼が空気を切り裂く時に発する摩擦熱を感知して、オーラルトーンをヘルメットに送ってくるはずだった。

サイドワインダー・ミサイルの射程は八キロから一二キロで、ミグが搭載している同じ赤外線追尾式のアトゥールも同射程だった。だが、決定的な違いがある。Ｌ型をベースにして開発されたサイドワインダー改は正面からロック・オンできるが、アトゥールは敵の後方にまわり、敵機の排気口からあふれる大量の赤外線をキャッチしなければ目標を捕捉できない。

スーパービジョンの右下の数値が急激に減る。

一〇マイル、九、八、六——四マイルを割れば、ミサイルの弾頭にある赤外線感知部が敵機にロックする。

ミグは逆落としのまま真っ直ぐ突っ込んできた。

五、四——その時、ミグがひらりとかわした。那須野は酸素マスクの中で舌打ちした。敵機はLタイプの赤外線追尾式ミサイルには異常に神経質になっていた。中東やフォークランドで、西側が圧倒的に有利だったのはこのミサイルに負うところが大きい。

那須野は右のフットバアを踏み、スロットルを戻した。ミグは降下しながら、左に旋回し、空中で機体をひねる。那須野機の右サイドへまわりこんで攻撃をしかけようとしている。那須野はミグの旋回のさらに内側に入りこもうとした。ミグが降下旋回で、まわりこむのが見える。このままでは、ミグに横腹をさらすことになりそうだった。操縦桿を倒し、右のフットバアを思い切り踏み込んだ。ミグの方が速度で勝っている。

〝那須野〟川崎の怒鳴り声がヘルメット内に響く。

那須野が無線機のスイッチを二度鳴らす。

川崎がいいたいことはよくわかった。スロットルレバーを握っていた左手をノズル指向レバーにかけ、瞬間的にレバーを立て、排気管を下向きにした。ＦＳＸ－90の機首が激しく振られ、目の前のスクリーンを流れる雲が一本の白い線になる。口をいっぱいに開き、叫んだ。重力がかかれば、脳から血が下がりブラックアウトに陥る。パイロットは気を失わないために、声を限りに叫ぶ。スーパービジョンの中央に赤い警告が灯《とも》った。Ｇが許容範囲を超えようとしている。機体より先にパイロットが潰れそうだ。

顔をしかめ、すぼめた目で敵機の姿を追った。スーパービジョンの中では、敵機のシンボルとミサイルの照準環が重なろうとしている。ミサイルの最終セイフティを解除した。

〝警報！　ミサイル、ミサイル。ミグがミサイルを発射した〟川崎の声か、楠海の声か区別がつかない。ただ、レーダースコープでも小さなシンボルが急激に中央、ＦＳＸ－90に接近してくるのがわかるだけだ。

左に操縦桿を倒し、スロットルレバーについているチャフの投下スイッチを入れた。敵機のレーダー波長にあわせて裁断されたアルミ箔《はく》の細片が空中にバラまかれ、相手のレーダー攪乱《かくらん》を開始した。きつい左旋回の頂点で、今度は熱線デコイを投下。これはマグネシウムを燃焼しながら、排気口より強烈な赤外線を発し、敵のミサイルを引き付ける役目をする。腹の底の方から乾いた音が聞こえ、デコイが放出されたのがわかる。

視界の隅にミサイルの白い航跡。

〝那須野、もう一度だ！〟今度は川崎の声がはっきり聞きとれた。

「速度が、速度が落ちる」那須野はかすれた声で答えた。

〝落ちない、瞬間的なVIFFは機速を落とすことがない。早くしろ、ミサイルは六時の方向から接近中、あと一六〇〇フィートで近接信管が作動するぞ〟

那須野は何もいわずにスロットルレバーから手をもぎ放し、腹の皮をめくりあげて心臓につかみかかろうとする恐怖心と戦った。ノズル指向レバーに手をかける。

〝あと一二〇〇フィート、那須野！〟川崎がカン高い声で怒鳴った。

「うるせぇな」那須野はひょいとノズル指向レバーを垂直に起こし、操縦桿を左へ倒しながら、さらに左側のフットバアをぐっと踏み込んだ。

ＦＳＸ－90が反転、流れるように左バンクに入る。ほとんど同時にＦＳＸ－90が搭載しているサイドワインダー改が敵機をロック・オンしたことを告げる。さらに機首が敵機に向くように操縦桿を引き付け、右手の人差し指で引き金をしぼり落とした。ミサイル、発射。重量が軽減され、機体がグラリと揺れた。

サイドワインダー改はミグの赤外線を追って飛ぶ。数秒で電子のイリュージョンを粉砕した。

〝ステップ19、終了〟川崎の声がヘルメットの内側に響いた。

那須野は酸素マスクを引きちぎるように外した。風防の枠に手をかけ、ゆっくりと立ち上がる。機体の外に足を踏み出した。訓練室の床は、まだ揺れているような気がした。那須野はヘルメットを脱ぎ、操縦席のシートに静かに置くと訓練室のドアを開いた。

地球が偏平な円盤になり、ぐらぐらしているようだった。

ＦＳＸ－90の機動は従来の戦闘機をはるかに上回る。トムキャットやイーグル、そしてハリアーよりも小さく、速く旋回することができる。ＣＦＲＰ一体構造の機体のおかげだった。だが、中にいるパイロットには、過酷な条件を強いることになる。訓練がはじまって一週間で、那須野は五キロ痩せた。冷房がよく利いているにもかかわらず、一時間もシミュレーター訓練をしていると全身が汗でびっしょりになる。

訓練室を囲む手すりにつかまった。階段の下り口のところにバケツ。那須野は口許を両手で覆って走った。熱い塊が食道をかけ上がってくる。バケツの底が見えるのと同時に吐いた。反吐《へど》の中に昼に食べたハンバーグのかけらが見える。よけいに気分が悪くなった。さらに吐く。黄水が出るまで吐き続け、那須野はよろめきながら階段を下りた。

口を左手の甲で横殴りに拭う。糸を引いた。口の中が苦く、ネバネバする。眼《め》の前に白いハンカチが差し出された。眼を上げる。表情を無くしたような顔をして、田代が立っていた。

那須野は田代を無視した。誰かの好意を受け入れるほど余裕のある状態ではない。

「今日の訓練はこれまで」川崎はコンピューター・ディスプレイに目を落としたまま、那須野に声をかけた。

楠海の両手があわただしくキイボードの上を走っている。那須野の操縦経過をコンピューター上で再現しているのだ。那須野は川崎の言葉を確認することもなく、シミュレーター室のドアを開けて出ていった。

田代はハンカチを持った手を突き出したまま、那須野の背中を見送った。


シミュレーター訓練がはじまってからというもの、ビールすら口にしていない。別に誰が禁止したというわけではない。川崎も酒を飲むことについては、何もいわなかった。研究所の食堂には、冷えた缶ビールが用意されていた。手を出さなかった。自室に戻って、その日のシミュレーター訓練で見た標的の形状をノートに整理すると――そのノートも書いてある内容を最終日までに頭に叩《たた》きこみ、焼却することになっていた――時計の針は午前三時を回っていることも珍しくない。ベッドにもぐりこみ、目を閉じて四時間三十分後には目覚まし時計が悲鳴を上げる仕組みになっていた。満足な休息もなく、訓練が続くと自然と胃袋が酒を受け付けなくなる。

だが今日は、ステップ19が終了すると同時に川崎が訓練終わりを告げた。午後二時。那須野は信じられない思いを抱きながらも素早くシミュレーター室を出て、自分の部屋に引き上げ、煙草《たばこ》を二本喫《す》った後にベッドにもぐりこんでしまった。ほんの一眠りのつもりが、目が覚めると午後六時半を回っていた。

14

フライト・シミュレーターのメイン・コンピューターに連結されたスーパービジョンの内側に、銀色に光る細長い影が見える。北朝鮮の東海岸線を南下し、南大川を西北西に上がる。八〇キロほど行ったところにある赴戦湖。それが銀色の影の正体だった。赴戦湖上空で那須野は左のフットバアを踏み、操縦桿《そうじゅうかん》を倒した。機体が傾く。高度一五〇フィート。しゃっくりをするだけで地面に叩《たた》きつけられる。

問題は第二の湖、長津湖を越えたところにあった。その湖の南側には長津の町がある。そこにレーダーサイトが設置され、さらに一〇キロほどいったところにミサイル基地があった。ソ連製のSS20地対空ミサイルが設置されている。

〝開始するぞ、ステップ33〟川崎の声がヘルメット内に響いた。

「了解」スーパービジョンを下ろしたまま、那須野が酸素マスクの中のマイクロフォンに声を吹き込む。

今日のFSX－90は、実際のミッションを想定している。目標である原子炉を叩くために二〇〇〇ポンド爆弾を一発、自衛用に空対地ミサイルＡＧＭ－65『マベリック改』を二発、空対空ミサイルＡＩＭ－９Ｌ『サイドワインダー改』を二発搭載しており、その上、左右の翼の外側にあるハードポイントには外部燃料タンクを吊《つ》り下げていた。機首下部の二〇ミリバルカン砲には六八〇発の実包。

『マベリック改』と『サイドワインダー改』は、楠海の会社がＦＳＸ－90用に開発した武器だ。この二つのミサイルは、後方、側方のターゲットをも攻撃することができる。どちらも後部ロケットの噴射口近くに折りたたみ式の四枚の羽根を持っている。後方、側方にある目標を攻撃する場合、折りたたみ羽根がミサイルの進行方向に対して垂直に展開して急ブレーキをかけ、母機と同じスピードで空中に放り出されたミサイルの速度をゼロにする。それから胴体の前後に装備されている小型ロケットを噴射して針路を修正、後方、側方へ飛翔《ひしょう》する仕組みになっていた。高度が低い場合には、減速せず、一度垂直に上昇してから赤外線シーカーが標的を捜す。羽根で減速する方がロケットモーターの消費効率はよく、射程は伸びる。上昇し、ミサイルの弾頭部についているシーカーが目標を捜す場合は、ＦＳＸ－90が着陸していても使用可能だった。どちらの方法を選択するかはターゲットの高度、速度、位置、方位からＦＳＸ－90のメイン・コンピューターが判断した。

フル装備したＦＳＸ－90は食い過ぎの象より重い。旧式で、鈍重だといわれるＳＳ－

20でも簡単にＦＳＸ－90を追尾し、撃墜することができるはずだ。

那須野はスロットルレバーについているスーパービジョンの切り換えスイッチを探り、親指でスイッチを入れた。スーパービジョンの下半分は前方を映し出しているが、上半分に視野一二〇度にわたって後方の地形が投影される。ちょうど自動車のルームミラーを見ているような感覚だった。

操縦桿を引く。高度計の針がじりじりと上がった。レーダー警戒装置が作動し、長津のレーダーサイトに捕捉されたことを告げる。

警報が耳に痛い。

眼《め》を上げるとＦＳＸ－90から見て七時と八時の間、ちょうど左後方に赤黒く四角いレーダーサイトが見える。

スーパービジョンでは、危険度を色で表していた。安全から危険へ、ブルー、グリーン、ライトグリーン、イエロー、ブラウン、レッド。避《よ》けきれないミサイルは、赤く輝いてさえ見える。電子のイリュージョンにしても恐怖に変わりはなかった。

高度を上げたまま飛行しているうちに長津レーダーサイトの赤が段々と明るさを帯びてくる。

長津レーダーサイトのやや後ろ側でオレンジ色の炎が見える。ＳＳ－20が発射された。オレンジ色の炎が細長く伸び、一本の映像となる。追尾してくるミサイル。

那須野は心臓が食道をせり上がり、口から飛び出しそうになるのを感じた。

妙香山脈の北端を越えた。操縦桿を倒し、フットバアをわずかに踏み込む。機体は稜線《りょうせん》にそって上昇、頂点で横すべりして降下に入った。ＳＳ－20はＦＳＸ－90の真後ろに迫っていた。

喉が渇く。那須野は操縦桿をしっかり保持し、スロットルレバーを全開の位置にもっていった。

ＦＳＸ－90が蹴飛ばされたように加速する。操縦桿を倒し、フットバアを蹴っ飛ばしたくなる誘惑を何とかこらえる。急旋回してもＳＳ－20をかわすのは不可能だ。ミサイルがオレンジから明るい赤へ。

危険。警報が耳に突き刺さる。ターゲットに五〇フィートまで接近すると炸裂《さくれつ》する近接信管の作動まであと十二、三秒。ＦＳＸ－90の両側には切りたった山肌が迫る。方向転換も無理だった。ミサイルの影が大きくなる。食いしばった歯の間から獣じみた吼《ほ》え声《ごえ》が漏れる。ＳＳ－20が接近、スーパービジョンの中で大写しになる。

スーパービジョンの内側が一瞬白くなり、次いで真っ赤になって何も見えなくなった。

ミサイルがＦＳＸ－90の胴体中央部に命中。オレンジ色の炎がスーパービジョンを吹き飛ばし、那須野に襲いかかってきた。

シミュレーターだろう？　那須野はわけもわからずに操縦席でおろおろした。いつの間にか空を飛んでいる。肉眼で見る太陽が眩《まぶ》しい。下には砂漠。どこかで見た光景――ミドルイーストだった。

那須野は自分の目を疑った。そして那須野が操縦しているのは、ＦＳＸ－90ではなく、ファントムだった。燃える機体。那須野は叫んだ。

自分の叫び声で目が覚めた。ベッドの中。全身が汗で濡《ぬ》れて、気分が悪かった。疲れが極限に達している。

肩を揺すって、荒い息を吐く。ステップ33――昨日の訓練が忘れられなかった。寝苦しい一夜が終わりを告げようとしている。夜が明ける寸前、空気がすべてブルーに染まる一瞬。脳裏には、まだ迫ってくるＳＳ－20がくっきりとはりついている。

逃げることは不可能だ――那須野はぼんやりと思った。

戦闘機パイロットは、消極的な防御手段を学ぶことが少ない。敵機に撃墜されないためには、自分が落とされるより早く相手を落とすしかない、と。

口許《くちもと》がほころんだ。

ＳＳ－20から逃れる方法がたった一つあることに気づいたからだった。

0号格納庫。

天井に取り付けられた蛍光灯の光を浴びて、ＦＳＸ－90がうずくまっている。工藤と亀山はＦＳＸ－90を後方から見ていた。

だらりと下がり、少し長すぎるように感じる主翼、高く張り出した垂直尾翼、そして主翼より下がり気味の水平尾翼。柔らかいカーブに包まれたボディ。機体にはレーダー波を吸収する磁性体が塗られ、表面はツヤのない黒。シリアル・ナンバーは刻印されていない。

ＦＳＸ－90は機体後部下から突き出た一本のメインギアと機首のノーズギアでほとんどの重量を支え、翼端から補助脚が伸びていた。メインギアのさらに後方に、もう一本の脚が飛び出している。小さな車輪をつけた後部補助脚は、通常の着陸姿勢では浮いたままになっている。垂直離着陸の際、機首がハネ上がった時に地面に接して、機尾を打つのを防ぐ役割を果たす。

「ついにできちゃったんですね」亀山がぼそりとつぶやいた。

「ああ」工藤の唇の端から端へ、ハッカパイプが転がる。「そうだな」

「武器が小松に届いたそうです」亀山の口調には熱がこもっていない。「アメリカ空軍が使っている最新式ですよ」

「らしいな」工藤はまたハッカパイプを転がした。「命令、聞いたか？」

亀山がうなずいた。

「さっき航空実験団司令から」

二人は翌朝、C－1輸送機で小松基地まで行くことになっていた。FSX－90に最後の化粧をしてやるために――。

「試験飛行しないって、本当ですか？」亀山が訊《き》いた。まだ、工藤の顔を見ない。

「そうだ。ここから小松まで飛ばすのが試験飛行だそうだ」工藤が答える。

わかりきっていることを確認したにすぎない。FSX－90は日本には存在しない戦闘機だった。飛ばすのは今夜。小松基地では川崎と楠海が待っているはずだった。工藤たちが合流するのは、FSX－90が到着した後になる。無事、到着したとして。

FSX－90は決して美しい飛行機ではなかった。大型の部類に入る戦闘爆撃機だが、全体のシルエットはずんぐりして見える。エンジンを機体中央に置くために卵型に近くなるからだった。機首は短く、風防がその一部を形成している。パイロットの座席は、尾翼を除くと一番高い位置にあった。主翼下を除くとほぼ全周を見渡すことができる。

「こいつ、カッコいいですよね」亀山がいった。

「そうだ」工藤の唇をハッカパイプが転がり続ける。「カッコいいよ、オレたちの戦闘機だ」

「でも、FSX－90っていうのが気に食わないんですよね」亀山がぼそりという。

「そうだな」工藤が同意した。

「生まれ変わる零戦《ゼロせん》ってのは、どうです？」

後ろから声をかけられ、工藤と亀山が振り向いた。

佐木が笑みを浮かべて立っている。

「生まれ変わる零戦？」亀山が訊き返した。

「ネオ・ゼロ」佐木がゆっくりと答えた。

周囲には、ＦＳＸ－90組み立てに関わった六十二人の整備隊員が集まっていた。誰もが低い声でぼそぼそと語り続けている。時折、ネオ・ゼロという言葉が混じる。工藤はちらりと目を上げ、男たちの顔を見た。三交代制が守られたのは、最初の二週間だけだった。エンジンの組み付けがはじまってからは、ほとんどの隊員が不眠不休で新型ＦＳＸと格闘したのだ。青い顔にまだらに伸びた髯《ひげ》、髯、髯。

中でもひどい顔をしているのが、佐木と岡本。二人は、整備隊員以上に働き続け、図面から試作へ、模索の中心になった。ほとんどがコンピューターによるシミュレーションで生まれた機体ネオ・ゼロは、いかにも日本製らしい。アメリカ製の兵器は潤沢な研究資金を背景に繰り返し実用試験が行われる。日本にはそれだけの開発予算がない。風《ふう》洞《どう》実験すら、ほとんどできなかった。模型での実験と、人とコンピューターとの際限のない会話の中から生まれた戦闘機。

工藤はふいににやりと笑う。幽霊が出ると噂《うわさ》がたっている航空実験団０号格納庫。存在しないはずの戦闘機。あるいは零式艦上戦闘機の亡霊。組み立てている男たちはゾンビ。できすぎだと思った。

「ネオ・ゼロ」工藤がつぶやく。「悪くないな」

「悪くない？」亀山が答えた。「最高ですよ」

自分たちの手で組み立てたのだ。単なる機械の塊が飛行機という一個の個性を持ったものへと生まれ変わる。

パイロットが到着するまで、あと二時間。工藤と亀山はネオ・ゼロを取り上げられてしまう。工藤はハッカパイプを取り、作動油に汚れた制服の胸ポケットにしまった。

「総員」工藤は声を張り上げた。「敬礼」

男たちは一糸みだれず、右手を挙げて帽子のひさしに触れさせた。

15

東京・虎の門、アメリカ大使館。

「その何とかという戦闘機は実際に組み立てが終了したというんだね？」電話の声がカン高く響く。

「ＦＳＸ－90」バーンズが教えた。「さきほど航空自衛隊の幹部から連絡がありました」

「飛ぶ、のか？」

「そう思います。いや、願っているといった方が正しいでしょうね」

「君にしてみれば、そうだろうな。すべてがかかっている」電話の声はかすかに笑いを含んでいた。

いやな奴《やつ》だ――バーンズは腹の底で毒づいた。

「おっしゃる通りですよ」

「火薬庫の中のマッチを撃ち飛ばすようなものだったね」

「イエス・サー」バーンズは固い声で答える。「しかし、韓国の安全企画部が全面的に協力してくれましたので、その点は十分だと思いますが」

「何ごとにつけ、十分ということはないのだよ、将軍」

「そうですね。ご忠告ありがとうございます」

「誰に対してもそうだ。私は誰に対しても常に的確なアドバイスを差し上げてきた。皆を幸福にしてあげたい。本当にそう思っているんだよ」電話の相手は楽しそうに声をはずませた。「それでXデーは決まったのかね」

「一週間以内には決められると思います」

「ソ連側の準備は？」

「ロシュコフというパイロットがヴェトナムで待機しております」

ヴェトナムと聞いて相手が鼻を鳴らした。バーンズは受話器を握りしめたままニヤリと笑う。電話の相手は、一九七五年サイゴン陥落の時には海兵隊に尻を蹴飛ばされてヘリコプターに乗り込んだCIA要員だった。

「とにかく成功を祈ろう。今回の作戦はアジア・デタントには欠かすことができない」

「そうですね」

「それじゃ、おやすみ。将軍」

「おやすみなさい。大統領」

バーンズは相手が受話器を置く音を確認してから静かに電話を切った。大使館の五階でバーンズは革張りの椅子に背中をあずけた。木目の美しい大きな机の向こう側で、眼《め》の細い東洋人が見返している。

オフィスには午後の光が斜めに差し込んでいた。

「おやすみなさいですか、将軍」東洋人がいった。

「当然だよ。相手は地球の中心にいる人物だ。世界中の時間を自分に合わせて喋《しゃべ》る」バーンズは再び白い歯を見せた。「それで手配は順調に進んでいるんだな」

「もちろんですよ。我々が浸透させているエージェントを使っています。朝鮮民主主義人民共和国の保衛部員として働いてきた男です」韓国安全企画部の男、ヤンは無表情にいった。

バーンズはギョロ目をむいて相手を睨《にら》みつける。

「これには我々の首がかかっていることを知っているんだろうな。やす請け合いはしてもらいたくない」

「そんなつもりはありません」ヤンは相変わらず無表情だった。「寧辺の原子力施設で働いている男をすっかり懐柔してあります。保衛部員の弟に出会って、今じゃ、この世の極楽にいますよ」

「どんな待遇を与えた？　女か、車か？」

「満足な食事と少々の医薬品」

「病気なのかね」

「女房の方が」ヤンは無表情に答えた。

「それより赤い国の方々への手配は大丈夫なんでしょうね」

「クルビコフとは打ち合わせをした。その点は心配ない。カムラン湾に待機しているロシュコフはいつでも飛び出せるそうだ」

「ジェネラル・カワサキは何も疑ってはいませんか?」ヤンが心配そうにたずねる。

「その点も心配は無用だ。彼はFSX－90が無事日本近海まで帰って来ると思っている」バーンズは椅子を回して、窓の外に眼を転じた。「その、寧辺の男がよく信じたものだな。韓国にいるはずの弟が保衛部員、とんでもない作り話だ」

ふいにヤンの表情が曇った。

「どうした?」黙りこんだヤンを振り返って、バーンズが訊《き》く。「何かあったのか?」

「信じるはずですよ、将軍。寧辺の男に接近したのは、本当の弟、本物の保衛部員なんですから」ヤンは目を閉じて、何度も首を振っていた。

東洋人というのは、気味の悪いことを平気でする――バーンズはワイシャツのカラーを緩め、そっと息を吐いた。


朝鮮民主主義人民共和国、寧辺近郊。

夕食が終わり、食器を洗い終えた妻がチェ・ペクスの前にぺたんと尻を落とす。弟が現れ、時々、肉の缶詰や米、そして何より貴重な医薬品を持って来てくれるようになってから、妻の血色は目に見えて良くなっていた。ふいに妻が涙を浮かべ、チェの首に抱きついた。

「何で泣いているの？」チェが訊いた。

「嬉《うれ》しいの」妻はそういって、チェの首を抱いたまますむせび泣いた。「あなたの弟が現れてから、夢のような生活よ」

「海外に出る気持ちはあるかい？」チェは妻に抱きつかれたまま、天井を見上げていった。

「海外？」妻は少し身体《からだ》を離して、上を向いている夫を見た。「どうしたら海外なんて行けるの？　行く途中で失敗したら、殺されてしまうわ」

「海外に出れば皆、良い暮らしができるそうだ。一生懸命に働けばね。どこか暖かい国へ行って農業をしようよ」チェは辛抱強く繰り返す。妻は外見よりはるかに気が強い。

「怖い」妻が消えいりそうな声でつぶやく。

チェの胸の内側に透明な泉のようにいとおしさがこみあげてくる。思わず、華奢《きゃしゃ》な妻の身体を抱きしめた。細くて、小さな、それでも温かい血の通った身体が腕の中で息づいている。チェは、弟が南行きを手配してくれると妻の耳元でいった。妻の細い腕に力がこもる。薄い木綿の生地を通して、彼女の身体が小刻みに震えているのがわかった。イワシの脂で作った代用セッケンしかないというのに、妻の柔らかい髪からはほのかな香りが漂ってくる。頰に妻の髪の感触、苦しくなるほどの匂い、確かな生命の手触り。

三日前、弟が訪ねてきた。いつもの焦げ茶色の制服ではなく、粗末なものではあったが、よく手入れされた背広を着ていた。その時、弟はいった。

『兄さん、いつまでここにいるつもりなんだい？』

『いつまでって、オレは一生ここにいることになるんだろう』チェはぽかんとした表情をして答えた。

『南へ行かないか？』弟の目が真っ直《まっす》ぐにチェを見ていた。

『南へ？　貧しくて、食べるものが満足にない南へか？　白菜を生で食べるような国へ行けというのか？　ここじゃ、少し我慢すれば人並みの生活ができる。南ではヤクザが幅をきかして、満足に食べることすらできないというじゃないか』

弟は哀《かな》しそうな目をして、首を振っていた。

『違うよ、兄さん。それはみんな、この国の指導者のプロパガンダなんだ。だまされているんだよ』

チェは疑わしそうな顔つきで弟の顔を見つめていた。

『兄さん、僕の言葉を信じてくれよ。兄さんを不幸にするわけじゃないんだ。それに今のままじゃ、義姉《ねえ》さんもかわいそうだよ。南の病院に入れよう。そして、南が兄さんの聞いている通りの国だったら、どこか別の国へ行ってもいい。日本か、台湾か。もっと南へ行ってもいいよ』

今のままじゃ、義姉さんもかわいそうだよ——弟の言葉がチェの頭の中で何度も繰り返しこだまする。

『で、オレは何をすればいい？』チェは自分の言葉をまるで他人が喋っているように聞いていた。

弟が一瞬、呆気《あっけ》にとられた顔つきをする。だが、その後ににやりとするのをチェは見逃さなかった。

『恰好《かっこう》いいことをいった後だから、気がひけるけれど、兄さんが先にいってくれたんで、助かった。僕も助けて欲しいことがあるんだ』

チェがうなずくと弟は四〇センチ四方ほどの黒光りする箱を取り出した。厚さは五センチほどで、全体はプラスチック製、広い面の片側に紫色の光を放つ鏡のようなものがはめこまれてあった。

『これを寧辺の原子力施設に置いて欲しい』弟がずばりといった——。

チェの腕の中で妻の身体が震え、我に返る。妻はすすり泣いていた。

「オレのために、海外へ行ってくれないか？」チェが訊いた。

頬におしつけられた妻の頭が何度もうなずく。じっと動きを止めていないとわからないほどのかすかな、しかし力強い動作だった。チェは部屋の隅を睨んでいた。いつも弁当を入れて持ち歩いている大きな布製の鞄《かばん》が置いてある。横流し品を入れておくのに、不自然に見えない程度の大きさの鞄だった。弟が渡した黒い箱がすっぽりと収まる。その箱の用途を説明しようとした弟をチェは遮った。

説明されても多分わからないよ、とチェはいったが、本当は聞くのが恐ろしかったのだ。弟はその箱を中央実験原子炉が収まっている建物の屋上に置いてくれといった。屋上の南側に設けられている手すりを目安にして、一番西の端から二十八本目の手すりのすぐ後ろ側に、北西の方向へ、つまり妙香山脈に鏡を向けて欲しいといった。箱の裏側には本体を斜めにささえる脚がついている。それを引き出して、鏡が斜め上を向くように調整して欲しいといった。難しいことではない、とチェは思った。

「海外へ出ましょう」妻がしっかりとした声でいった。

三日前、チェの弟が出ていく時、長屋のはずれで焦げ茶色の制服を着た保衛部員が鋭い視線を投げかけていたことには、チェも弟も気づいていなかった。

東名高速道路。

揺れる車の中で、那須野は薄く目を開いた。三鷹の航空宇宙技術研究所を出てから、すでに三時間が経過している。ハンドルを握っているのは、いつもの航空自衛隊の制服を着た寡黙な男だった。那須野の隣では、窓に頭をもたれさせて楠海が眠っている。半ば開いた口から透明なよだれが糸を引いていた。カーラジオが点《つ》いていて、ディスクジョッキーの声が低く流れていた。

〝では、次の曲は横浜の――ペンネームで『人生はいつも青春』君からのリクエストです――〟

官庁の車でカーステレオなど望むべくもない。前部のダッシュパネルに埋め込み式になった小さなスピーカーからくぐもった音が聞こえるだけだった。ヘルメットの内側に付いているイヤフォンを通して聞こえてくるように、那須野には思えた。曲がはじまる。古い歌。アコースティックギターにハーモニカの音が妙に優しく那須野の内側に流れ込んでくる。窓の外を走り抜けていく夜景を見つめながら、じっと耳をかたむけた。

頭の芯に白い綿がびっしりと詰まっているような気がした。スーパービジョンの映像が眠っている時もちらつく。目を開いている間は繰り返し、繰り返し訓練を受けた。スクランブル発進をする小松基地から出発して、ソ連空軍機との合流、空中給油、旋回、北朝鮮入り、大河、湖、山脈、原子力施設――シミュレーターによる訓練には、二つの意味があった。ＦＳＸ－90での慣熟飛行と寧辺爆撃行のミッション・リハーサル。

先週までのミッション・リハーサルで、那須野は十二回の爆撃突進を敢行して、十二回とも針の先の一点のような目標に二〇〇〇ポンド爆弾を叩《たた》き込むことができた。

その後、真っ直ぐ原子力施設の上空を抜けて、一八〇度ターン。低空飛行を続けたまま、北朝鮮のミグをやり過ごし、妙香山脈の北を通って、中国国境付近まで飛び、中国を刺激しない程度に北上してソ連編隊と合流する。

日本海のほぼ中央、日本まで一五〇キロの地点でスクランブル発進してきた航空自衛隊のファントム隊とぶつかり、その中に紛れ込んでいるロシュコフと交代し、海岸まであと一〇キロと接近したところでＦＳＸ－90の自爆装置を作動させ、射出座席を作動させて脱出する。シミュレーターで訓練できるのは、そこまで。

射出座席での脱出は経験がある。内臓が引きちぎられそうな一五Ｇの重力に耐え、機外に放り出されるのは気分の良いものではない。

死ぬよりマシだとよくいわれる。那須野は窓の外に目をやったまま、薄く笑った。シミュレーター訓練で必要なのは、爆撃のシーンまで、だ。

寧辺に爆弾を叩き込むまでは、相手もこちらの意志を明確につかんではいない。だが、爆撃の後は北朝鮮も必死になるだろう。寧辺原子力施設の周辺には、八千基におよぶ対空砲火陣が展開されている。一斉に火を噴けば、那須野は曳光弾《えいこうだん》のジャングルの中を飛ぶことになる。生きて帰るのは難しい。

楠海の説明によれば、北朝鮮側の対空砲火陣が実施するであろう反撃についても過去のデータを元にミニ・コンピューターが再現しているという。つまりは、電子上に対空砲火陣指揮官が蘇《よみがえ》るというのだ。対空砲火を避ける急激な機動を繰り返しながら、那須野は思ったものだ――過去、寧辺の原子力施設が爆撃されたことがあったかな？

ラジオから掠《かす》れた男の声が流れてきた。

あと四十八時間。那須野はラジオに耳をかたむけながら、ＦＳＸ－90のコクピットで今夜のこの男の声を思い出すだろうか、とぼんやり思っていた。

東京・六本木、防衛庁。

「西河中尉、私のやろうとしていることは正しいんですかね」川崎はつぶやいた。

川崎はデスクのスタンドだけを点けて、右手の拳銃を見つめていた。南部十四年式乙型。太平洋戦争末期、上官だった男の形見。迷いが生じる時、川崎は拳銃を取り出しては語りかけていた。

「ＦＳＸ－90が飛ぶ、そう思っただけで私は他のことが考えられませんでした」川崎は銃を右手に握ったまま、銃口をのぞきこんだ。

思いは二十四年前にさかのぼる。

一九六五年、前年に東京オリンピックを終え、新幹線が開通し、イザナギ景気や造船ブームの中、国を挙げて産業振興へと突っ走りはじめていた。その年、科学技術庁の付属機関、航空宇宙技術研究所は、垂直離着陸機ＶＴＯＬと短距離離着陸機ＳＴＯＬの二つを主要研究テーマに選んでいる。その後、開発予算の枠が限られていること、民間輸送機への応用という面から開発の方向は一九七四年、ＳＴＯＬ一本にしぼられることが決定する。この研究は一九八五年の川崎重工業製輸送機Ｃ－１をベースにしたＳＴＯＬ実験機『飛鳥《あすか》』の初飛行成功へと結びついた。しかし、断念されたはずのＶＴＯＬ開発は、次期支援戦闘機構想の中に息づいていた。

国産ＦＳＸは、海上自衛隊のヘリコプター搭載護衛艦からの作戦を可能とする垂直離着陸戦闘爆撃機として研究、開発を進められた。レーダーによって発見しにくいステルス性、日本が得意とする電子技術を集大成し、そして何より世界で最強の格闘性能を持った戦闘機となるべく、この航空機は、一九八九年の完成を目指していたが、アメリカの航空機戦略の前に抹殺されかかった。

試作を命じたのは、川崎。日本には存在しない国産ＦＳＸ、開発チームの中においてのみ、『ＦＳＸ－90』と呼ばれる。

川崎は椅子を反転させて、拳銃を水平に構え、窓の外を狙った。左手を銃の後部にそえ、ノッチをつかんで後ろに引いた。遊底が下がり、弾倉の一番上にある弾丸がバネの力で持ち上がる。乾いた音。手入れの行きとどいた拳銃には錆《さび》のかけらもない。左手を放す。遊底は複座バネの力で前進しながら、同時に七ミリ口径の弾丸をくわえこんで薬室を閉じる。静寂が部屋に戻って来る。七ミリ口径の銃弾は、真鍮《しんちゅう》のカートリッジが上部ですぼまっているボトルネック弾だった。世界中どこを捜しても、他でお目にかかれる代物《しろもの》ではなかった。南部十四年式は二度と蘇ることのない亡霊に過ぎなかった。

では、零式艦戦は？　川崎は苦笑するだけだった。

ＦＳＸ－90には、もう一つの意味がある。

第二次世界大戦初期、欧米を震え上がらせたゼロ・ファイター、零式艦上戦闘機は、旧帝国海軍が配備した一九四〇年が皇紀二六〇〇年にあたるところからその末尾をとって『零』式と名づけられた。一九九〇年は、皇紀二六五〇年。末尾は同じく零である。

だが、実際には一年早く、ＦＳＸ－90は飛ぶことになる。電子戦装置の搭載を終え、間もなく武装する。パイロットの訓練も終えた。開発コードＦＳＸ－90試作機は、一個の戦闘機として生まれ変わろうとしている。川崎は銃を下ろし、独りごちた。

零式艦戦が蘇る。

さきほど航空実験団にいる佐木からＦＳＸ－90の組み立てが完了したという報告があった。報告の最後がもっとも川崎を喜ばせた。

『ＦＳＸ－90と呼ぶのはやめました。これからはネオ・ゼロと――』

16

航空自衛隊、岐阜基地。

工藤の左手首でデジタルクロックが午前二時のアラームを鳴らした。水銀灯の白けた明かりの中に車が停《と》まり、楠海に続いてパイロットが降りた。0号格納庫の前には、工藤、亀山、佐木、岡本の他、二十名ほどの整備隊員たちが残って、パイロットの到着を待っていた。

「ついにそろったな」亀山が感心したようにつぶやく。

「何が？」工藤がハッカパイプを転がしながら訊《き》いた。

「幽霊が出る0号格納庫に、亡霊戦闘機、そして、奴《やつ》は——」亀山は唇をなめた。「本物のゴーストみたいな顔してますぜ」

工藤はパイプを噛《か》んで、上下に振った。那須野を知らなければ、工藤も同じ感想を持ったに違いない。那須野の顔つきはそれほどひどかった。水銀灯の白い光の中で見るからだけでなく、顔は透き通るように青ざめており、工藤が覚えているよりはるかに痩せていた。

那須野はオリーブグリーンのジャケットを羽織っていた。プレーンのTシャツにブルージーン、素足にハーフカットのバスケットシューズをつっかけている。那須野はジャケットのポケットからくしゃくしゃになった濃紺のベースボールキャップを引っ張り出し、頭にのせるとひさしを下げ、深くかぶった。車のトランクが開き、運転席の男が素早く外へ出かけたが、那須野が声をかけて男をとどめ、自ら車の後部に回った。トランクの底から黒いダッフルバッグを取り出し、肩にかける。それからヘルメットケースを慎重に左手にぶらさげた。

楠海が車から少し離れたところで、那須野を待っていた。那須野がトランクを閉じると車はまた基地のゲートに向かって走っていく。那須野と楠海は並んで歩いた。

「これは皆さん、おそろいで」楠海は顔をほころばせて、周囲に並ぶ男たちを見渡した。

「できてるぜ、楠海」佐木がにやりと笑う。

「きっちりやっつけてくれると確信していたよ」楠海は佐木に向かって笑い返す。それから那須野を振り返って、皆にいった。「皆さんに紹介させてもらいます。ＦＳＸ－90のパイロットです」

「待った」佐木が声をかける。

楠海が顔を上げた。佐木がにやにやと笑っている。

「もうＦＳＸ－90は無いんだ」

「何？」楠海の顔が険しくなる。

「オレたちは、あの飛行機をネオ・ゼロと呼んでいる」

楠海が口をぽかんと開けて、佐木の顔を見た。

那須野がゆっくりと顔を上げた。ベースボールキャップには、３０２ＳＱの縫い取りがしてある。整備隊員たちの何人かは、脇腹をつつきあって、那須野を指さしていた。３０２スクォードロン――南西混成航空団に所属する第三〇二飛行隊は、那須野がかつて所属していた部隊だった。

那須野は疲れきった表情の整備隊員たちを見た。隊員たちは、軽く頭を下げたり、笑いかけたりする。

だが、那須野の眼《め》には何の感情も見出《みいだ》すことはできなかった。

ジーク・ザ・キラー――工藤は那須野がかつて殺し屋と呼ばれていたことをすぐに思い出した。本物の戦闘機乗り。人が殺せるパイロット。整備隊員たちも、また楠海や佐木、岡本も戦場にいる時のファイターパイロットがどんな顔をしているのか、まったく知らない。

那須野が近付いて来る。工藤と擦れ違いざまに、那須野が訊いた。

「いい飛行機か？」

「ああ」工藤が答えた。

那須野はそのまま工藤の前を通りすぎると0号格納庫に入っていった。誰もが黙って、那須野の背中を見つめたまま、身動《みじろ》ぎ一つしなかった。


那須野は、幅九〇センチほどの狭いコクピットで、スーパービジョン付きのヘルメットをかぶった。窮屈な虫カゴに詰め込まれた巨大な昆虫のようだった。ネオ・ゼロの右側にはタラップがかけられている。工藤はその一番上でコクピットに半ば身を入れるような恰好《かっこう》で、射出座席と那須野を結ぶハーネスを固定していた。最後に射出座席の安全ピンを抜き、那須野に見せる。すでに那須野は酸素マスクと耐Gスーツのホースを機体につなぎ、緊急脱出時に脚を引き寄せ、機体に触れて千切れるのを防ぐベルトを足首に固定していた。

那須野がうなずいた。工藤は那須野の湖水のように澄んだ瞳を見下ろしていた。

ネオ・ゼロは電源車や空気供給装置を必要としない。機内後部に収められている補助動力モーターがペガサスXエンジンを始動させるからだ。那須野が電気系統のメイン・スイッチを入れると計器パネルに光が灯《とも》った。人工水平儀、高度計、コンパスが目覚める。レーザージャイロは瞬時に安定し、人工水平儀の中でブルーと茶色に塗り分けられた球形のパネルが水平になる。計器パネル正面左寄りに設置された大型のCRTディスプレイが一瞬またたいてから、輝きを増し、すぐにエンジン関係の指針を表示した。警報ランプはすべてグリーン。

那須野はスロットルレバーのすぐ後ろにあるスイッチのカバーをハネ上げた。赤いボタンが親指の下にある。押した。座席のすぐ後ろで機内の補助動力装置が回転する低い音が響き、CRTディスプレイの中でエンジンの低速回転計がすぐに反応する。やがてうねるような波動音がカン高いジェットエンジンノイズに変わる。

那須野の眼はエンジン回転計と排気温度計を睨《にら》んでいた。排気温度が急激に上昇、エンジンに火が入った。高速回転計の指針が歩調を合わせるようにせり上がっていく。スロットルレバーが自動的に動いて、アイドリングの位置に来る。シミュレーターで何度も見た光景だが、不思議な感慨は変わらない。まるで透明人間の手がスロットルレバーを操作しているようだった。

エンジン出力が三七パーセントを超えたところで、エンジン始動スイッチから親指を放す。カバーが戻る。

計器パネル上部に取り付けられた大型のガラス板――ヘッドアップ・ディスプレイ越しに前を見る。0号格納庫の大きな鉄扉が左右に開かれていく。

那須野は操縦桿《そうじゅうかん》を前へ倒し、後ろへ引いた。正面に立っている工藤が大きくうなずく。動翼の作動状態を確認しているのだ。それから右へ、左へ倒し、工藤がうなずくのを確認して、最後にフットバアを交互に踏んだ。工藤が両腕で大きな丸を作った。

那須野は操縦桿を握っていた右手を放すと身体《からだ》の右横にあるパネルのスイッチを倒し、風防を閉じた。格納庫を震わせるペガサスXの排気音がくぐもって聞こえた。酸素マスクを流れる自分の呼吸音がはっきりと耳を打つ。

ネオ・ゼロは丸腰だったが、那須野は操縦桿についている兵装スイッチに安全装置がかかっているのをチェックした。右手の親指で無線機のスイッチを入れる。

那須野が滑走許可を管制塔に求めると間髪を入れずに許可の返事がきた。基地中の目と耳がネオ・ゼロに注がれている。那須野は慎重にスロットルレバーを開き、ネオ・ゼロの前輪がわずかに沈んで前進を開始するとすぐにスロットルを閉じた。格納庫の中に置いてあるレンチやスパナー類を吹き飛ばさないためだった。開かれた扉に向かって、静かにタキシングしていく。工藤が右側に寄ってネオ・ゼロの進路を開ける。那須野がちらりと見やると工藤は右肘をはね上げ、完璧な敬礼を送ってきた。那須野はパイロットがよくやるようにスロットルレバーに置いてある左手を挙げて、答礼する。

はじめて、ネオ・ゼロが0号格納庫から外へ出た。耳が痛くなるほどのエンジン音を周囲に響かせながらゆっくりとタクシーウェイを滑走していく。楠海が、佐木が、岡本が後を追って格納庫を飛び出した。ちょうどその時、滑走路灯が一斉に灯り、漆黒の空間に幻の道が浮かび上がる。ネオ・ゼロは光の海を静かに進むクルーザーのようだった。

「飛ぶんですね」亀山は格納庫の入り口で遠ざかる機体をながめていた。

「そうだ」工藤がそっけなく答える。

天候、晴れ。気温一二度、湿度八〇パーセント。風は南西から三メートル――管制塔からの通信がヘルメットの内側に流れ込んでくる。那須野は両足で操縦桿をはさむと右の太ももにつけたノートにデータを素早く書き込んだ。滑走路の東端までネオ・ゼロを転がしていく。駐機場のはずれで、三人のエンジニアが大きく腕を振っていた。

那須野には何の感慨もない。

前輪を動かし、滑走路東端でターン。光の渦がネオ・ゼロの周囲を舞う。那須野の目は計器類に注がれていた。すべての表示はグリーン。二本の光の筋にはさまれた滑走路が目の前に延びている。

「ジーク、位置についた」那須野は酸素マスクの中のマイクロフォンに吹き込んだ。

〝離陸、許可〟管制塔が短く答える。

那須野は了解の合図に無線機のスイッチを二度鳴らした。実際に飛行機を飛ばすのは二カ月ぶりであることを思い出す。ブラジル、深夜の滑走路、F‐5EタイガーII。那須野は溜《た》めていた息をふっと吐き、すべての思いを振り払った。

フットバアを真下に踏みつけ、すべての車輪にフルブレーキング。ほとんど同時にスロットルレバーを一気にフルパワーに叩《たた》きこむ。ペガサスXの咆哮《ほうこう》。機体が細かく震動し、光の洪水がにじむ。じりじりと前へ出ようとするネオ・ゼロにブレーキが逆らう。

ブレーキ、リリース。ネオ・ゼロは弾《はじ》かれたように前へ飛び出し、そのまま、滑走に入った。

二〇ノット。操縦桿は風を感じて、少し固くなりはじめる。那須野の目はヘッドアップ・ディスプレイに表示される速度を見つめている。

四〇ノット。大きく下がったフラップが大気を摑《つか》み、機体を持ち上げようとする。

六〇、八〇、一二〇ノット。速度計の表示がスキップする。滑走路両端の光が流れ、やがて一本の線となる。コンクリートの継ぎ目を拾うたび、機体が揺れる。

ネオ・ゼロを縛りつけていた重力の鎖が徐々に重さを失っていく。那須野はわずかに操縦桿を引く。ネオ・ゼロがはじめて地面を切った。


石川県、航空自衛隊小松基地。

「滑走路灯を切れ」川崎の声がつややかなガラス窓に囲まれた管制室に響いた。

一言で室内の空気が凍りつく。午前三時、漆黒の闇の中でブルーとピンクの滑走路灯に照らし出され、四角い路面が浮かび上がっている。

「しかし――」二佐の階級章をつけた制服姿の男が川崎を振り返った。宿直当番に当たり、今日の航空管制に全責任を負っている。だが、川崎が睨みつけると口をつぐんだ。

「早くせんか」川崎が怒鳴り声を発した。

実際、何人かの隊員が背筋で反応するほどの声だった。さきほど川崎に反論しかけた二佐が低い声で指示を出す。滑走路は幻のように消え、闇が広がった。管制室の誰もがガラス窓に映る自分の顔をぼんやりと眺めている。

「〈ジーク〉、接近」レーダーを担当している空曹長が報告する。「方位二二〇、距離三マイル、アウターマーカー通過、高度五〇〇〇フィート」

那須野の声が管制室の天井に取り付けられたスピーカーから流れ出した。

「こちら、〈ジーク〉。ただいま、滑走路を視認した」

管制室内にいる三十人ほどの男は天井のスピーカーを口を開けて見上げている。目の前には闇が広がるだけで、何も見えはしない。だが、接近中のパイロットは、滑走路を見たと報告してきたのだ。

ネオ・ゼロは存在しない戦闘機だった。その姿を見た者が少なければ少ないほど、都合が良い。

那須野の声が続く。

「着陸許可を要請する」

「えー、スタンバイ」レーダー管制官は当惑した表情で無線のスイッチを切り、当直の二佐を見上げた。

二佐も困った顔をして、レーダー管制官を見下ろしている。

「着陸許可を与えるように」川崎が半ば目を閉じて、低い声でいった。

管制室の誰もが川崎を凝視する。小さな声で、大丈夫かよ、とつぶやく者があったが、川崎は何の反応も示さなかった。

数秒。

「着陸を許可する」当直の二佐がマイクを取り上げて、声を吹き込んだ。

「通信管制」川崎の命令が続いた。

今度こそ、管制室内には波を打つように動揺が広がる。二佐の顔が見る見る赤くなり、固く引き結ばれた口許《くちもと》がぶるぶる震えた。

「どうしようっていうんですか？　何か、あのパイロットに怨《うら》みでもあるんですか、司令」

川崎は正面を見たまま身動《みじろ》ぎもしない。まるで管制室にいるのが自分一人だというように誰の顔も見なかった。説明してやりたかった。だが、何を説明すれば良いのか。存在しない新型、国産ＦＳＸを？　北朝鮮への爆撃行のことを？　生きて帰る可能性の薄い任務のために飛ぶパイロットのことを？――首を振った。知っている人間が少ないほど、苦しむ人間も少なくて済む。

それからの数分間、小松基地の管制室は悪夢に襲われた。墨汁を溶かした液体のような空間から、ファントムやイーグルとはまるで違うエンジン音を轟《とど》かせ、戦闘機が着陸進入してくる。レーダーは、確かにその戦闘機の姿をとらえることができたが、誰の目にも映らない。

着陸。

音だけが滑走路上をすべっていく。東から西へ。通常のアプローチと何ら変わるところがない。管制室員たちが悪夢に叩きこまれたのは、その後だった。滑走路灯に連動して、駐機場へ向かう誘導路灯も消されていたが、音だけの戦闘機は何の障害も感じないように誘導路を走りはじめた。

管制室員たちの視線が見えない戦闘機を追った。正確には音のする方向に目を向けていたに過ぎなかったが。何人かはガラスに顔を押しつけるようにして、目を凝らしたが、やはり何も見えなかった。二佐は額とこめかみに脂汗をにじませながら、川崎を睨みつけている。

川崎がゆっくりと視線を動かした。二人の視線が合う。先に目を落としたのは二佐の方だった。

駐機場の南のはずれにある、格納庫の扉が開き、光があふれ出す。その中に音だけの戦闘機の姿が浮かび上がる。高く飛び出した垂直尾翼、たれ下がった主翼、翼端から伸びている補助脚が見える。何人かが感嘆の吐息を漏らす。

「ハリアーか?」誰かが小声でいった。

「F－1のようにも見えたぜ」誰かが答えた。

川崎はゆっくりと立ち上がり、管制室員たちの顔を見渡した。隊員たちの視線はすべて川崎の口許に注がれている。その唇が動いた。

「皆、ご苦労だった」

川崎はそれだけいうと管制室を出て行った。


誘導路を出て、格納庫前の広い場所に出た時、那須野はスーパービジョンのスイッチを切って、バイザーをはね上げた。人工的に作り出された映像が瞬時に消え、暗い現実の世界に引き戻される。

岐阜を離陸すると、すぐにスーパービジョンのテストを開始、あらかじめインプットされていた小松基地までのルートを液晶パネルに投影された絵として見ていた。小松基地が暗闇に沈んでいようとスーパービジョンには、実際に肉眼で見るのと同じように滑走路が映し出されていた。

格納庫の扉が左右に開いている。ファントムなら三機を収容できる修理用の大きな格納庫に今は一機もない。誘導員もなく、那須野は楽々とネオ・ゼロを前進させ、格納庫の中に入っていった。高い天井に取り付けられた蛍光灯でさえが眩《まぶ》しい。那須野は機体を格納庫のほぼ中央に入れるとブレーキを踏んだ。前脚がわずかに沈み、ネオ・ゼロが停止。那須野は計器を素早くチェックし、エンジンのメイン・スイッチを切った。ペガサスXは燃料を遮断され、回転を止めた。

風防の開閉スイッチを入れる。油圧ジャッキによって、透明な風防が上がる。那須野の指が計器パネルを走り、機内に装備されたタラップを下げる。ネオ・ゼロの胴体前部、右側からハシゴ状のタラップが伸び、格納庫の床から五〇センチのところまで下りる。那須野は電源のメイン・スイッチを切った。ヘルメットに充満していた騒音が消えた。耳鳴りがする。

酸素マスクを引きちぎるように外し、深く息を吐く。ゴムの匂いがする酸素を吸わされてきた那須野にとっては、油臭い格納庫の空気でさえがうまかった。

酸素マスクと耐Gスーツのホースをシートの右側にあるアタッチメントから抜き、ヘルメットから延びている電線を左側の電子装置から外す。それから操縦席でかがみこみ、足首とエジェクション・シートを結んでいるベルト、パラシュートと那須野の身体を結んでいるハーネスをリリースする。那須野はゆっくりと立ち上がり、慎重な動作でタラップを下りた。

格納庫のコンクリートでできた床を踏んで、二度目の吐息。

重い音がして、格納庫の扉が閉まりはじめる。那須野は誘導路に、滑走路に、はじめて目をやった。すべての照明が落とされ、そこには無限とも思える闇が広がっている。那須野はあらためてネオ・ゼロを見上げた。真っ暗闇に無事に着陸させてくれた機体。黒いネオ・ゼロに愛《いと》しさを感じている自分が不思議だった。

足音。

コンクリートの床に響き、ダークスーツ姿の男が近寄って来る。

「ご苦労さまでした」と田代がいった。

「ああ」那須野はヘルメットを脱ぎながら、答えた。頭の中ががらんどうになって、小さく縮こまった脳がその中を転がっているような気分だった。

「それがスーパービジョンですか？」田代が那須野の手元をのぞきこみながら訊く。

「ああ」那須野はまた生返事をした。

田代が再び口を開きかけたが、那須野は無視して、格納庫を出て行った。

17

ヴェトナム社会主義共和国。カムラン湾、ソ連空軍基地。

熱湯と冷水を交互に五回ずつ浴びる。贅肉《ぜいにく》の一片すらない一八七センチの身体《からだ》に生気が蘇《よみがえ》る。昨日の夜は、東洋人の娼婦《しょうふ》と過ごした。出撃前の儀式。ロシュコフはシャワーコックに手を伸ばし、冷水を止めた。

右手で鏡の曇りを拭う。薄いグリーンの瞳が見返していた。

洗面台に置いたコップから入れ歯を取り出し、口の中に入れる。総入れ歯にしたのは、三年前だった。虫歯は一本もなかった。健康な歯をすべて抜き取り、入れ歯にする。任務中に死亡し、歯形から身元を手繰《たぐ》られることを阻止するためだった。義歯は日本製だった。

目の粗いタオルで身体を強くこすりながらベッドルームに戻る。苦笑する。床にラベンダー色のストッキングが転がっていた。ストッキングをベッドの下に蹴りこみ、部屋の隅に置かれた小さなクローゼットの前に立った。新品の下着を手早く身につける。それから中に吊《つ》り下げてあった、上下つなぎのフライトスーツを取り出した。ハンガーにかかっている制服にちらりと目をやる。プレスされていて、手を触れると切れそうなほど線がついている。

唇をへの字に曲げた。

フライトスーツ、飛行用のブーツ、サバイバルジャケット、パラシュートと身体を結ぶコルセット、耐Gスーツを次々に身につけていく。変身。一つひとつの装備を身につけるほどに腹の底が冷えてくるのを感じる。グリーンの目が色を深める。具体的な一人の男が抽象的なパイロットに戻っていく。耐Gスーツのレガースについているジッパーを引き下げるだけで、息がつまりそうになった。

ロシュコフは溜《た》めていた息をそっと吐き、自分の身体を点検した。ヴェトナムに展開している防衛空軍があてがってくれた高級将校用の官舎には強力なジェネラル・エレクトリック社製のエアコンが装備されている。汗をかくようなことはなかった。だが、一歩外に出れば、ニンニク臭い大気にねっとりと抱きとられ、たちまち滝のような汗が噴き出してくることは間違いなかった。その上、赤いほこりのまじった風。何度唾を吐いても赤く染まっている。口の中はざらざら、面の皮が三倍も厚くなったような気がした。

それも終わりだった。二カ月近い待機が終わりを告げようとしている。

昨日の夜、日本にいるクルビコフから連絡が入った。Xデー。ロシュコフはちらりと壁のカレンダーに目をやった。あと二十四時間で、すべてが終わる。

ロシュコフは窓際のライティングデスクに歩みよると引き出しを開いた。中に消音器をつけた自動拳銃とナイフが入っている。

拳銃は二二口径のチェコ製。チェコスロバキアは小火器にかけては、本物の職人の国だった。今まで、ソ連製はもとよりアメリカ製、フランス製の武器でも戦った経験があるが、肝心な任務の時は、必ずチェコ製を選んだ。

ナイフはソ連製で、俗にスペッツナズナイフと呼ばれるものだった。仕掛けがある。握りの部分に炭酸ガスのカートリッジが収められ、安全装置を外して、把手《とって》についているボタンを強く押すと刃だけが飛ぶようになっている。一〇メートルなら下手《へた》な拳銃よりはるかに正確に飛ぶ。

ロシュコフは拳銃を手にすると遊底をいっぱいに引き、弾倉の一番上の銃弾を確認した。遊底を放す。複座バネの反発力で戻りながら、第一弾をくわえこんで薬室が閉じる。銃に安全装置をかけ、飛行服の胸の内側に収める。ナイフを手にする。安全装置がしっかりと刃先を飛ばすボタンをロックしていることを確かめ、ブーツに突っ込んだ。引き出しを閉め、隣の引き出しを開けた。

写真。航空自衛隊の制服を着た川崎が正面から見返していた。

灰皿に写真を入れ、デスクの上に放り出してあったマッチで火を点《つ》ける。写真は刺激臭をたてて燃え上がった。灰を粉々に潰し、トイレに持っていって流す。ロシュコフの顔から表情が消えた。

川崎の顔は脳裏に刻みこんである。それにもう一人。ジーク、ジロウ・ナスノ。いやな目付きをした男だった。ロシュコフの正体に気が付いているような顔つきをしていた。武器取り引き、モサドとの付き合い。クルビコフの資料には、そのように記されている。その世界に生きる人間なら、ロシュコフの正体に気付いても不思議はない。

ロシュコフはライティングデスクの前に戻ると左手首に腕時計を巻いた。スイス製で、キューバ勤務についた時、アメリカ人から巻き上げたものだった。正確無比に時を刻み、無愛想な文字盤が気に入っている。準備は整った。ロシュコフはクローゼットの中身をそのまま残して、部屋を出ていった。

朝鮮民主主義人民共和国、寧辺原子力施設。

「二十六、二十七、二十八――」チェ・ペクスは、口の中でつぶやきながらゆっくりと歩いた。そこで立ち止まり、反射鏡を取り付けた黒い箱を置く。

四階まである原子炉の収まった建物に入るまでは厳重なチェックを受けたが、中に入ってからは比較的簡単に屋上に上がることができた。鉄製の階段を昇る時には何度も後ろを振り返ったが、衛兵は外周を見回すばかりで、誰も見上げようとはしない。しかし、緊張のためにチェは汗にまみれた。

チェは箱を置いて、北側にある妙香山脈を見た。おぼろに霞《かす》んでいる。西端の角から手すりの支柱を数えはじめ、二十八本目のところに鏡を置くように、と弟はいった。チェは屋上に上がって、すぐ西端に来ると妙香山脈の位置を確かめ、それから歩いて三度支柱を数え直した。間違いなく二十八本目だった。弟はその下に二次冷却水のパイプが走っていると教えてくれたが、チェにはまるで興味がなかった。大切なことは、妻と二人で南に渡れることだ。噂《うわさ》通りにひどい場所なら、その後、台湾か、日本に逃げるつもりだった。それでもいい、と弟はいった。

寧辺の原子力施設を囲んでいる建物は、ソ連製の鉄材で造られていた。防錆《ぼうさび》加工が必ずしも十分ではない。とくに風雨にさらされることが多い屋上の手すりは腐食が激しく、ついひと月前に改修工事が行われたばかりだった。チェも弟もそれを知らない。手すりの支柱の間隔は、以前のものに比べると一五センチほど広がっている。チェはそうとは知らず、弟に置くようにいわれた場所から、実際には東側へ四メートルいったところに鏡を設置してしまった。

その真下は、一次冷却水用パイプと二次冷却水用パイプが交差する複雑な構造となっている。

チェはもう一度妙香山脈を見上げ、額の汗を拭うと自分の仕事を確認した。完了。自由へのパスポートを手にしたのだった。

原子炉のある建物から、南に二〇〇メートルほど離れた場所にある管理棟で、焦げ茶色の制服を着た保衛部員が双眼鏡をのぞいていた。部屋は薄暗く、明るい屋上にいるチェに気付かれることはない。保衛部員はチェが何か箱のようなものを置くのをじっと見つめていた。それから大きな肩かけ鞄《かばん》を斜めに吊《つ》り、周囲に視線を飛ばしながら非常階段を下りていくところまでしっかりと見届けた。

保衛部員は机の上の電話に手を伸ばし、受話器を取り上げた。

平壌。

電話、ベルの音。二度目の呼び出し音が鳴る前にメスジャケットをつけた若い男が受話器を取り上げる。相手の声にうなずき、低い声で了解した旨を告げ、受話器を置いた。それから銀色の盆を持ち上げる。

盆の上には、四〇センチほどもある大きな鯉《こい》に人参《にんじん》や高菜の入った甘酸っぱい匂いのする餡《あん》がかかった料理がのっている。男は左手で肩の位置に盆を持つと右手を添えて部屋を出た。廊下には毛足の長い絨毯《じゅうたん》が敷きつめられている。幾何学模様の上を歩く男の足音はまるで響かなかった。

三つ目の部屋、ひときわ大きな樫《かし》のドアを開ける。途端に食器が立てる音と様々な料理の匂いがあふれ出す。部屋には、白い布で覆われた細長いテーブルがセットされ、背広姿の男たちが談笑しながら昼食をとっていた。テーブルについている男は十二人。一番奥に指導者がいる。

盆を持った男は、一礼して部屋に入ると持ってきた料理を、盆ごとテーブルの中央に置いた。テーブルの一番端、入り口に近いところに座っている中年の男、保衛長官が顔を上げる。盆を持ってきた男にすれば、最高位にいる上司だ。男は保衛長官に近寄ると耳元でさきほど受けた電話の内容をささやいた。長官はそっけなくうなずいた。男はそのまま部屋を出て行く。

目の端で、長官が指導者を見上げるのを見た。

ドアを閉じる瞬間、彼が見たのは、指導者が鷹揚《おうよう》にうなずいているところだった。指導者の横には息子がいたが、新しく届いた料理に気をとられているようで、保衛長官と父親のやりとりにはまるで気が付いていないようだった。

ドアを閉じる。廊下に静寂が戻った。

ヴェトナム、カムラン湾。

ロシュコフは格納庫に入っていった。ほぼ中央に大型戦闘機がうずくまっている。地上にいる時には、重心が尾部に寄っており、鈍重そうな印象を受けるが、空中ではアメリカ製の戦闘機を凌駕《りょうが》するほどの機動力を持っている。

ロシュコフは機に歩みよるとソ連機特有のドロ除《よ》けをつけた前脚のタイヤにブーツをのせた。脚柱に三個のランプがついており、無礼な振る舞いを睨《にら》みつけているようだった。ロシュコフは翼の下へと歩を進めた。左翼下に張り出した四角い空気取り入れ口。中には未舗装の滑走路でも作戦できるように小石をファンに飛び込ませないためのネットが張ってあった。翼下の増槽タンク、ＡＡ－２アトゥール空対空ミサイル――ロシュコフは二本の増槽タンクと片翼に四発ずつぶら下がっているミサイルの一つひとつに両手をかけ、乱暴に揺すぶった。

シンプルだが、頑丈な主脚、動翼に手を触れ、異物や傷のないことを確かめる。

機体の後ろ側に回りこんだ。巨大なリューリカＡＬ－31Ｆエンジンの排気口。後方から見るとその戦闘機はかなりの猫背であることがわかる。操縦席を高い位置に置くための設計だった。ロシュコフは目を上げた。垂直尾翼の先端が白っぽいグレーに塗られている。上部には計器着陸システム、レーダー警戒アンテナ、それにフラッシュライトがついていた。

機体の左側から右側へ、ロシュコフの目視点検は続いた。地上整備員を信用しないわけではない。だが、空中でトラブルに巻き込まれるのは、ロシュコフ一人なのだ。

唇を固く結んだまま、点検を続けた。黄色い線で縁取りされた赤い星のマーク、空を飛ぶコブラを図案化した編隊の記章。ロシュコフは記章を見て、鼻を鳴らした。

彼はどの空軍部隊にも所属しないパイロットだった。

「同志少佐」ふいに声をかけられた。

機体前部の右側を点検していたロシュコフが振り返ると黒い油の染みのついたブルーグレーの作業服姿の男が立っていた。にきび跡が顔に残っている。黒い髪、黒い目をした東洋系の顔だちをした男だった。整備員は再び口を開いて、同じ文句を繰り返した。

「同志少佐」

「聞こえている」ロシュコフは目をすぼめて、低い声でいった。

「あの、ヘルメット・マウント・ディスプレイを撤去しろという命令は本当ですか?」

若い整備員の声が震えていた。

「そうだ」ロシュコフは短く答えた。

「しかし――」整備員の声の震えはまだ止まらない。

ロシュコフはきれいに整った歯を見せて、笑った。グリーンの瞳に獰猛《どうもう》な気がみなぎり、若い整備員は口をつぐむ。

東西いずれの陣営でも、現代の戦闘機にはヘッドアップ・ディスプレイと呼ばれるガラス板が装備されていた。計器パネルの上部に取り付けられた半透明のガラス板で、そこに速度や高度、方位、そして照準環などを映し出す仕組みになっている。それを一歩進めたのがヘルメット・マウント・ディスプレイだった。照準環はパイロットがかぶるヘルメットのゴグル部分に映し出され、パイロットが目標を睨むことが即《すなわ》ち照準することになる。左右に一二〇度の範囲にあるものは、機首方位を変えずに照準できた。アメリカの戦闘機に比べ、時代遅れだといわれ続けたソ連機だったが、ヘルメット・マウント・ディスプレイの実用化ではアメリカをはじめ、世界中の戦闘機をリードしていた。いわばソ連軍自慢の兵器でもあった。

だが、ロシュコフはそれを取り外すように命じてあった。航空自衛隊の基地に着陸することになる。あえて最新システムを搭載する必要はない。

ロシュコフは一歩一歩踏みしめるようにして戦闘機の前にまわった。白く塗られたレドームがわずかに下がっているように見える。一五メートル近い全幅、高く突き出た二枚の垂直尾翼。戦うマシンというには、優美に過ぎた。

ロシュコフは満足げに溜め息を漏らす。

ふいに格納庫にベルの音が鳴り響く。出撃、十分前。パイロットは搭乗せよ、という合図だった。

ロシュコフは素早く機体に駆けよると機体の左側に取り付けてあるタラップを上がる。

格納庫の中には、いくつもの足音が錯綜《さくそう》した。エンジンを回転させるための小型ジェットエンジンを積んだ起動車が機体につながれる。電源を供給する太いコードが格納庫の床から引っ張り出され、機体下部につながれた。ロシュコフが狭いコクピットに座ると、さきほどの若い整備員がタラップを駆け上がり、ハーネスを結びつけるのに手を貸す。

無駄な動きのない、慣れた仕種《しぐさ》だった。

ロシュコフは風防にひっかけてあったヘルメットを被《かぶ》り、口許《くちもと》を酸素マスクで覆う。酸素マスクのホースと無線機のコードを右側のコンソールにつないだ。左手がスロットルレバーの後ろに並ぶスイッチを順番にハネ上げて、電源を入れた。正面の計器パネルに設置された大型のＣＲＴディスプレイにエンジン諸元を表示するメーターが浮かび上がる。レーザージャイロが安定して、人工水平儀が地平線を表す。

警報パネルにちらりと目をやった。システム、異常なし。ロシュコフは右拳を高く突き上げ、頭上で回した。起動車の騒音が一段と高まる。間髪を入れずにエンジンスターターボタンを強く押した。まず、右のエンジンが腹に響くような音をたてて回転をはじめる。ＣＲＴディスプレイのエンジン計が反応しはじめる。手を開いた。親指を握る。ついで人差し指、中指、薬指、小指と握りしめてからスロットルレバーを前へ押した。

点火。

格納庫をゆるがす爆音。周囲の光景が歪《ゆが》む。若い整備員はロシュコフのヘルメットを叩《たた》き、タラップを下りていった。準備完了の合図。タラップが外される。ロシュコフはさきほどと同じ要領で、今度は左側のエンジンに点火した。右エンジンはアイドリングセットされ、波動音を響かせる。左側エンジン、点火。回転計に反応。ロシュコフのグリーンの目が計器パネルに注がれる。

異常、なし。

ロシュコフは酸素マスクに仕込んであるマイクロフォンに声を吹き込み、滑走許可を求めた。管制塔からすぐに許可の返事が来る。ロシュコフはスロットルレバーをわずかに前進させ、機体を転がしはじめた。格納庫の扉が左右に開く。コンクリートの継ぎ目を拾って揺れる機体の中で、ロシュコフは最終点検を行っていた。風防を閉じる。格納庫の外に出た途端、強烈な太陽光線に顔をしかめる。

コクピット内を一定温度に保つ空調スイッチを入れ、タキシングしながら、フラップ、エルロン、ラダー、エレベーターと動翼の最終点検を行った。基地全体が地震を思わせるほど揺れる。ロシュコフは計器パネルから顔を上げた。

大型の爆撃機、Ｔｕ－26バックファイアが離陸を開始したのだ。三五メートルに及ぶ可変翼をいっぱいに開いている。後方には、さらに二機のバックファイアがクズネツォフＮＫ－１４４改エンジンを吹かしながら待機していた。機影がかげろうに揺らいでいる。

バックファイアは次々に離陸していった。ロシュコフは滑走路の南端に到着するとゆっくりと乗り入れ、前輪を操作して、北に機首を向けた。

四〇〇〇メートルの滑走路が真っ直《ます》ぐ目の前に延びている。スロットルレバーを叩きこんだ。リューリカが吼《ほ》える。Ｓｕ－27フランカーは弾《はじ》かれたように加速をはじめた。

作戦は開始された。

青森県三沢市、米空軍三沢基地。

「スラッシュです」受話器の底から聞こえてくる声はひどく弱々しく、聞き取りにくかった。

「元気がないな」バーンズは背の高い椅子に身体をあずけ、デスクの上に大きな足をのせていった。

「将軍がそんなに遠くに行っているとは思わなかったもので、苦労しましたよ」

「すべての用意は整ったようだね。さきほどクルビコフから連絡があった。ロシュコフとバックファイア編隊はヴェトナムを離陸したらしいよ。フル装備で――」

「聞いています」スラッシュはバーンズの言葉を断ちきるように口をはさんだ。

「もう一つ知らせたいことがあるんだ」バーンズは相手の口調を無視して、言葉を続けた。「ＣＩＡからの情報によれば、ラビンがペルーを離れ、イスラエルに戻ったそうだ」

「それなら問題ないじゃありませんか」スラッシュは不貞腐《ふてくさ》れたように話す。

「君にまったく無関係というわけでもない。ラビンにいつも付き従っている若いエージェントがいるんだが、その男がペルーからアメリカまでラビンと一緒だったものの、アメリカで別れて日本に向かったらしい」

「らしい、ですか？　頼りになる情報ですな」

「諜報《ちょうほう》機関の仕事はいつでもそんなものさ」バーンズはスラッシュの皮肉をさらりと受け流した。「とにかく、その若いエージェントが日本に向かった以上、我々のミッションとまったく関係がないとは思えない。注意をしてもらいたい」

「わかりました。ところで電話をしたのは、私にもお伝えしたいことがあるからなんです」スラッシュは一度言葉を切り、バーンズが聞き耳をたてるのを待って続けた。「スーパービジョンを見ました」

「聞かせてくれ」バーンズはデスクから足を下ろし、身を乗り出した。「ヘルメットのサンバイザーの部分に小型の液晶パネルの映像を映し出すというのは聞いているが」

「それ以上ですね。スーパービジョンの試作品は二セット作られていました」

「二セット？　なぜ？」

「一セットは三鷹の航空宇宙技術研究所でシミュレーターとして使用されていたんです。例のパイロットはスーパービジョンを装着したまま、何度も寧辺を爆撃してました」スラッシュは言葉を切った。

「それでもう一セットがあの飛行機に搭載されたというんだな?」

「それだけではありません。三鷹のシミュレーターに入っていたデータもそっくりそのままネオ・ゼロのメイン・コンピューターに移植されたんです」

「ネオ・ゼロ?」バーンズが口をはさんだ。

「ええ」スラッシュが口ごもる。「組み立てが完了した時点で、開発コードFSX-90からネオ・ゼロに名前が変わったんです」

「続けてくれ」バーンズは渋い顔でいった。

「ネオ・ゼロは自ら光も電波も発することなく、北朝鮮の地形をトレースしながら、低空飛行ができるってことですよ。ソ連が提供した北朝鮮の武装状況もプリセットされていますから、パイロットの見ているスーパービジョンには、敵のレーダー施設の位置ばかりでなく、脅威度までも表示されるようになっているんです。逃げるべきか、そのまま進むべきか、パイロットではなく、ネオ・ゼロのメイン・コンピューターが判断する」

スラッシュの言葉にバーンズは息をのんだ。

「ジークは——あのパイロットはそれを実際にやったというのか。信じられんな」

「昨日、ネオ・ゼロが小松基地に到着しました。深夜にね、着陸したんですよ」スラッシュの言葉が淡々と続く。

「別に難しいことじゃないさ。夜間着陸なら私も飽きるほど行っている」バーンズは肩を落とした。スラッシュも航空機に関しては所詮素人か――口には出さなかった。

「着陸灯も、滑走路灯もなくて、同じことができますか?」スラッシュはもったいぶっていった。

バーンズは受話器を握りしめた。

「何といった?」

「ネオ・ゼロは真っ暗闇の中を着陸したんですよ。それだけじゃない、まるで明かりのないところで、タクシーウェイを走り、エプロンを抜けて、ちゃんと格納庫の前まで来ましたよ。ネオ・ゼロには光はいらないんです」

バーンズは唇をすぼめて、音のしない口笛を吹いた。

「それで君の妨害工作はうまくいったかね?」

「ええ」スラッシュの声はますます聞き取りにくくなった。「スーパービジョンについている冷却装置の回路に細工をしました」

「どうなるんだ?」

「大体、三時間ほどでスーパービジョン自体が発する熱に本体が耐えられなくなるそうです」

バーンズの耳に航空機の無線チャネルを切り換えるのに似たクリック音が二度、三度と響いた。間髪を入れずに怒鳴る。

「切れ、電話を切れ、スラッシュ」

バーンズは受話器を叩きつけるように置いた。盗聴。誰かが盗み聞きしていたのは間違いない。耳に響く、乾いた音は周波数を探る時に発する同調装置のノイズだった。

バーンズは椅子をくるりと回し、窓の外に目をやった。身じたくはすっかり整っている。モスグリーンのフライトスーツにコルセット、耐Gスーツ、飛行ブーツ。ヘルメットはデスクの上に置かれていた。アメリカ大使館から福生《ふっさ》まで車で移動し、三沢まで極東米空軍の輸送機に便乗した。

窓の外には滑走路が広がっている。眼下に一機の戦闘機が置かれてあった。三人の整備員が忙しく動きまわっていた。増槽タンク、中距離レーダー誘導ミサイルを装備した、F-16ファイティングファルコン。

バーンズはヘルメットを取り上げるとゆっくりと立ち上がった。

東京・桜田門、警視庁。

〝――切れ、電話を切れ、スラッシュ〟そして叩きつけるように受話器を置く音。そこでテープは終わっていた。しわだらけの手が伸び、カセットテープレコーダーのスイッチを押す。三分少々の録音テープだった。

　庁舎三階の狭い会議室は、ブルーがかったブラインドで遮光されていた。換気装置の唸《うな》りが部屋を満たしている。

「これが気になるか」テープレコーダーを止めた男がいった。痩せた、貧相な男。ほとんど白髪になった、油気のない髪が乱れている。黒っぽいスーツ。

「ラビン、といってましたよね」デスクをはさんで座っている男が答えた。警視庁外事一課警部補、長池。

　向かいあっている男は上司である警視だった。

「ラビンという名前がなぜそんなに気になるんだ？」警視は煙草《たばこ》をくわえ、喫茶店の名前が入ったマッチで火を点《つ》けた。

　テープは昨日の夜になって、公安本部から回ってきたものだ。ラビンという名前が出なければ、朝の会議で聞かされたテープに長池は何も反応しなかったに違いなかった。つい先日、この男の身辺を洗ったばかりで、しかも通常のルート以外からの依頼だったためによく覚えていたのだ。気になることはもう一つある。だが、それはまだ上司にいえる段階ではないと思った。

「ラビンというのは？」警視が訊《き》いた。

「ちょっと待って下さい」長池はブルーグレーの背広の内ポケットに手をやると黒革の

手帳を取り出した。

ページをめくる。

やがて捜していたメモを見つけると、長池はラビンの特徴を読み上げはじめた。

18

石川県、小松基地。

那須野は、基地の外れにある緊急発進待機用の格納庫にいた。

スクランブル発進を告げる非常ベルが鳴ったのは、午後十時だった。ベルが鳴るのと同時に左手首のデジタル式腕時計に触れ、ストップウォッチを作動させる。これからの五、六時間ですべてが終わる。日本海沿岸に戻って来る時には、うっすらと夜が明けているに違いなかった。

オレンジ色のジェットスーツに身を固めた六人のパイロットが待機室を飛び出し、エンジンをかけっ放しにしてある三機のファントムに駆け上がる。二十秒とかからなかった。

通常、飛行前点検は数十項目に及ぶが、スクランブル発進の時は七項目だけをクイックチェックする。人工水平儀に内蔵されているジャイロコンパスの安定を確認すると整備班長に向かって準備完了の合図を送る。

二人の整備員が翼の下にもぐりこんで、空対空ミサイルの安全ピンを抜いた。整備班長は、ファントムライダーたちに見事な敬礼を送り返した。

三機のファントムを駆るパイロットたちは、ほとんど同時にスロットルレバーを前進させて、タキシングを開始した。ファントムはエプロンから出たところで、そろってターンし、滑走路にのる。アフタ・バーナ、点火。エンジンの排気口からオレンジ色の炎を噴き出しながら加速し、地を蹴って、離陸する。

ファントム隊とは別の格納庫から出たネオ・ゼロは、岐阜を飛びたった時よりはるかに長い距離を使って、ようやく離陸した。


那須野の他に三機のファントムが飛んでいる。ちらりとバックミラーに目をやって、後続するファントムを見た。通常、スクランブル発進する迎撃戦闘機は二機一組となるが、今日は那須野が抜けた穴にソ連機を迎え入れ、そのまま小松まで引き返すことになっている。大事をとって四機編隊とした。

那須野の駆るネオ・ゼロが先頭を飛んでいる。復路では、そこにソ連機がおさまることになっている。那須野は無線をモニターするだけで、ほとんどの通信は編隊長にまかせていた。那須野と同年配の一佐だった。

〝要撃方式はタイプ2、高度二万フィート、方位三六〇度、フリーストーンにチャネル・クィーンでコンタクトし、誘導を受けよ〟

ヘルメットの内側に仕込んだイヤフォンに小松基地の地上管制官の声が響いた。

〝了解〟隊長機が応答するのが聞こえた。

フリーストーンか──那須野は胸のうちでつぶやいた──遠いな。

房総半島、峯岡山《みねおかやま》にある防空指令所のコールサインだった。無線機の周波数を『Q』に変えるかすかなクリック音がイヤフォンを打つ。

那須野は高度計の指針が二〇〇〇〇フィートを示しているのを確認した。計器パネルから眼《め》を上げた時、フリーストーンから連絡が入った。

〝チーム・ブルー、能登《のと》半島輪島《わじま》沖一一八マイルに進出し、高度二〇〇〇〇《エンジエル二・〇》フィートのまま旋回待機せよ〟

〝了解、ブルーリーダー〟隊長が答え、スロットルを巡航モードに戻して、右旋回に入るように編隊各機に指示を飛ばす。

那須野は操縦桿《そうじゆうかん》をわずかに倒し、右のフットバアをじわりと踏み込んだ。眼はしっかりと隊長機を見据えている。

旋回の二周目に入った途端、二番機の後席員が興奮を押し殺した声でいう。

〝レーダー・コンタクト、ボギー、方位二〇二、エンジェル二・〇〟

〝ブルーリーダーからブルー2、3、4。レーダー・コンタクト。方位二〇二、エンジ

〝エルニ・〇。お迎えするぞ〟

ヘルメットの中で隊長の声が奇妙に歪《ゆが》んで聞こえる。那須野は無線機のスイッチを二度鳴らした。

フリーストーンに連絡する隊長の声が聞こえる。通信を終えると隊長機は二度翼を振り、左翼を沈めて降下旋回に入った。那須野も操縦桿を深く倒して、左のフットバアを蹴った。四機の戦闘機が暗闇の中で航空灯をまたたかせながら、高度を下げる。正面から向かって来る四機の国籍不明機に対し、下方から背後へ回りこもうとした。

目標機は意外に間近だった。

やがて濃い藍色の雲間にぼんやりと浮かぶ航空灯が見えてくる。

馬鹿にしてやがる——那須野は口の中でつぶやいた。

両眼は国籍不明機の翼端灯に吸いつけられていた。堂々と領空侵犯した上に、翼端のフラッシュライトまでが派手にまたたいているのだ。

三機のファントムと、やや離れた空間を単機で飛ぶネオ・ゼロは、三キロから四キロほど離れた目標機のライトを目印に、大きく左旋回を続け、二分ほどで後方に回りこんだ。隊長機が相手の一番の弱点である真後ろ、やや下側にぴったりと自機を誘導する。

那須野は隊長機の斜め前、約一二〇〇〇フィートで高度をとり、目標となる相手の編隊を視野におさめた。

二〇ミリバルカン砲の安全装置を解除し、トリッガーを一段引いた。神経をつまみあげられたように右腕が反応する。機首のガンカメラ用ＶＴＲが作動を開始した。もう一段トリッガーを引けば、二〇ミリバルカン砲は唸《うな》りを上げ、毎分六〇〇〇発の勢いで砲弾を吐き出す。

計器パネルの上部に設置されているヘッドアップ・ディスプレイにゆらめく目標機をとらえた。薄いグリーンに発光している十字線を、相手編隊の先導機に合わせる。スロットルレバーについているボタンを押した。目標機に重なった四角いシンボルが光る。ヘルメットにカン高い電子音。

ロック・オン。

ネオ・ゼロのレーダーが目標を完全に捕捉したことを知らせる。左手の指でスロットルレバーを探り、ロック・オン・ボタンのすぐ横にある敵味方識別装置ＩＦＦのスイッチを入れた。特定周波数を相手機に送る。相手の受信装置が適切に答えるとヘッドアップ・ディスプレイにグリーンの表示が出る。

ソ連機はＩＦＦに反応しない。

相手が現在のままの針路で飛行を続けるなら、三分強で日本の領空に達する。隊長機から前方を行く航空機に警告が発せられた。

〝トゥイ・チェベーリ・ブゾーニェ・イポーニ――〟

まずロシア語で警告を発して、二度目は英語で繰り返される。貴機は日本の領空を飛んでいる。退去せよ——警告は合計四回。それでも相手が飛行を続けると本来なら言葉のフェーズは終了することになる。

〝バックファイアだ〟

那須野のヘルメット内に誰かの声が響く。感嘆の響きが混じっていた。ともに飛んでいるパイロットは、隊長を除けば那須野から見れば十歳も若い隊員ばかりだった。バックファイアに興奮するのも止《や》むをえなかった。

航空自衛隊は、自主規制として、目標機から二〇〇〇フィート以内に接近しないことになっている。ことに早期警戒機E－2Cが導入されてから、自衛隊機はソ連機に近付かなくなった。相手のコクピットが見えるほど近寄るのはまれで、大抵は空の染みのような黒い一点を見るにとどまる。

那須野はクサビ形になって飛んでいるソ連爆撃機編隊の右側、後方、下側を丹念に見た。

発見。

ほとんど同時に隊長機が唸る。

〝Su－27《にじゅうなな》だ〟

垂直尾翼に赤い星のマーク、その後ろにもう一つシンボルマークが描かれている。暗くて、よく見えない。那須野はわずかにスロットルを前進させ、機速を高めた。操縦桿を倒し、右のフットバアを踏む。接近する。目を細める。マークがちらつく。見えた。蛇のような形をしたシンボルだった。何を意味するのか、那須野にはわからなかった。

〝ブルーリーダーから、ブルー2、3、4。第二フェーズに入る〞隊長の声が淡々と響いた。

パイロットは泣いたり、叫んだりしない。自分の機が墜落しかかっている時でも落ち着いた声で状況報告をすることができる。パイロットにとって、最大の敵は目の前を飛行する敵機ではない。パニックだった。

「了解」那須野は離陸以来はじめて口を開いた。

スロットルレバーを前進させる。エンジンの回転数が毎分八〇〇〇から一万二〇〇〇に上がり、ネオ・ゼロは押し出されるように編隊の前に突出した。

「目標機までの距離、一〇〇〇」那須野がいった。ネオ・ゼロの機体全部に仕込んであるフェーズドアレイ・レーダーから発する電波がしっかりとバックファイア編隊、右端のSu－27をとらえている。「ロック・オン中」

〝了解、気をつけて〞隊長の声は本当に心配そうだった。

「距離、八〇〇。修正、右二度」再び那須野が報告した。

〝了解〟無線機にかすかな空電が混じる。

那須野はわずかにフットバアを踏んだ。機首がスライドする。

「距離、六〇〇」

那須野は操縦桿を握っている指を開き、また閉じた。操縦桿は軽く握ることが鉄則だった。トリッガーにかけたままの人差し指が震える。目標機は照準装置の中で、ぐんぐん大きくなった。ネオ・ゼロはバックファイア編隊のやや後ろに位置を占めている後続機、ロシュコフの駆るSu－27を目指して、真《ま》っ直《す》ぐに突っ込んでいった。

「五〇〇、四八〇、四六〇――」那須野がカウントダウンする。「四二〇」

やがて、Su－27のシルエットが眼前にはっきりと浮かび上がる。那須野は操縦桿を前に入れ、緩降下に入った。ネオ・ゼロの姿をできるだけ見せたくない。スホーイの下に潜りこむ。高度差は約五〇フィート。那須野はロシュコフ機を見上げた。レーダー上ではスホーイとネオ・ゼロがぴったりと重なっているはずだ。

ファントム編隊隊長の警告がカタカナで喋《しゃべ》っているようなロシア語からなめらかな英語に切り替わる。ソ連の爆撃機編隊はゆったりとした機動で左に旋回をはじめ、航空自衛隊の編隊はそれを見届けると右に針路を変える。ロシュコフが航空自衛隊ファントム編隊の先導機になり、ソ連機編隊のしんがりを那須野が務める恰好《かっこう》になった。

〝グッド・ラック〟声をかけてきたのは、隊長機の後部座席員だった。

那須野は振り返って、離れていく航空自衛隊機の夜間灯を見た。

さまざまなシーンが、顔が、フラッシュバックする。小さな乳房を露出させたまま微《ほほ》笑《え》んでいたリンダ。ペルーの酒場で別れを告げたチャン、ハイファ。ハンカチを差し出す田代。制服姿の川崎。工藤は記憶の中でも寡黙だった。コンピューターのキイボードを得意げに叩《たた》く楠海。那須野を見てすくみ上がった佐木と岡本。疲れきった表情の亀山――那須野は口許《くちもと》を引き締めた。

〝レッドリーダーから、ブルー4。レッドリーダーから、ブルー4。ブリーフィングをはじめる。用意はいいか？〟

「聞こえている。続けてくれ」那須野はソ連機のリーダーに答えた。

〝我々は今朝鮮半島の西二〇〇キロの地点を方位〇〇〇で飛行中だ。約一時間でウラジオストックに到着するが、その二十分前に空中給油を行う。ブルー4の編隊離脱は、ウラジオストック到着十分前になる。了解か？〟ソ連隊長機の英語はひどくなまりがあった。

「了解、ウラジオストック到着十分前に編隊を離脱する」那須野は復唱した。

那須野はスロットルレバーを握っていた左手を放すと計器パネル中央にマウントされているCRTディスプレイに伸ばした。

画面の横についている小さなノブをつまみ、クリック音を確かめながら回す。エンジン関係の計器を映し出していた画面が切り替わり、両翼の形を示す台形が表示された。兵装。那須野は素早くチェックした。

翼に三カ所ずつ設けられたハードポイント、胴体に近い二つには燃料を詰めた増槽タンク、一番外側に武器を吊り下げていた。空対地ミサイル・マベリック改各一発、空対空ミサイル・サイドワインダー改各一発、機首下部の二〇ミリ機関砲に六八〇発の砲弾、そして胴体下に二〇〇〇ポンド爆弾を搭載していた。いずれの兵器にも安全装置がかけられており、ブルーで表示されている。

那須野はCRTの操作ノブを、さらにもう一クリック動かした。燃料。座席後部と翼内に固定タンクがあり、一万一〇〇〇ポンドを搭載している。その他、二二〇ガロン入りの増槽タンクを四本吊り下げていて、その合計重量は五八〇〇ポンド弱になる。機内、機外の燃料総重量は一万六〇〇〇ポンドを超え、再燃焼装置を持たないネオ・ゼロの場合、これだけの燃料で約五時間飛行することができた。那須野が離陸してからすでに一時間以上が経過している。最初は増槽タンクの燃料から消費するようにセットしていたため、四本のタンクから八〇〇ポンドずつ、約五五パーセントが燃えていた。

ウラジオストック到着二十分前、ソ連機から空中給油を受ける時には増槽タンクは四本とも空になり、機内タンクの残量が一万ポンドほどになっているはずだった。ソ連機からは、消費した六〇〇〇ポンドを受け取ることになっていた。燃料計器をチェックする。CRT画面に表示されている四本のタンクはピンクとブルーの二色に分けられ、指針はほぼ半分を指していた。胴体タンクはピンク一色で燃料が満載されていることを示している。

空中給油は一回で済む予定だった。寧辺爆撃を終える頃には四本のタンクはすべて捨てており、機内タンクの燃料で飛びはじめている。それから寧辺上空で旋回して、日本に帰るまでは補給なしで飛ぶことができる。ただ、北朝鮮軍の防空網を避けるために激しい空戦機動を強いられれば、当然燃料消費率もはね上がる。ソ連は往路ばかりでなく、復路でも空中給油機を飛ばすと約束していた。

那須野は中央のCRTを再びエンジン系統の計器表示モードに戻し、隣にある、やや小さめの画面に目を向けた。戦術ディスプレイ、赤外線モニターの表示装置、詳細レーダーディスプレイを切り換え式で映し出す画面だった。今は戦術ディスプレイモードになっている。

那須野機の周囲を三機の巨大なソ連機が囲んで飛行している様子をつぶさに観察することができた。作戦が開始されれば、それは赤外線モニターとしてセットされる。

楠海がネオ・ゼロのメイン・コンピューターにプリセットした北朝鮮の地形図を頼りに低空飛行を続ける。それに自ら電波を発することは敵に位置を知らせてしまうことにもなる。ソ連機と遭遇するまでレーダーを使用していたが、今はスイッチを切ってあった。

〝レッドリーダーからブルー4、レッドリーダーからブルー4〟ソ連の隊長機が声をかけてきた。〝ウラジオストックまであと二十二分。給油の時間だ〟

「了解」那須野はスロットルレバーに左手を置いた。

先導機の両脇をかためていた二機のソ連機が左右に分かれ、間隔を広く取る。那須野は目を凝らした。先導機の胴体下部に大きな燃料タンクが吊り下げられているのが見える。

〝時速四〇〇キロ……、訂正、二二〇ノットへ。カウントダウン、三、二、一〟隊長の合図とともにソ連機がぐいと近寄って来る。

那須野はほとんど同時に翼の上に設けられているスピードブレーキを開き、機速を殺した。前のめりになり、身体《からだ》にハーネスが食い込む。エンジン回転数は落とさなかった。一定の速度以下になるとうねるような空気の抵抗力が増し、エンジンに負担がかかる。

ネオ・ゼロに搭載されているペガサスXは、このシリーズのエンジンの中では最新鋭で、とくに燃料消費効率が向上している。ファントムに搭載されている二基のJ－79エンジンが毎時八〇〇〇ポンドの燃料を食うのに対して、ペガサスXの燃料消費はその半分以下だった。だが、空中給油の際にはスピードブレーキを開いたり、閉じたりしながら速度を調節し、エンジン出力は巡航時よりも上げておかなければならない。この間の燃料消費率は毎時六〇〇〇ポンド、一分で一〇〇ポンドの燃料を消費した。空中給油を受ける時にはどんなタイプの戦闘機も同じように燃料消費効率を大幅に落とすから、いわば必要経費といえる。

速度が落ちれば、当然翼の揚力も小さくなり、安定しにくい。その上、巨大なバックファイアの翼で乱された大気がネオ・ゼロの小さな機体を翻弄する。時々、空気流剝離によって生じた見えない波がネオ・ゼロの機首を叩いた。那須野は唇を引き結んで、懸命に操縦桿を操る。握りしめてはいけない。極度の緊張に身体が小刻みに震える。

ネオ・ゼロがぐらりと揺れ、機首が下がった。心臓がおかしな音をたてる。那須野は操縦桿を引き、機首を上げた。その途端、バックファイアの翼が切りさいた空気の断層に突っ込み、吸い寄せられる。目の前にバックファイアの下腹が迫る。心臓が食道を駆け上がって喉から飛び出しそうになる。手のひらで操縦桿を押した。

ヘルメットと酸素マスクの中は、暑苦しい。背中を冷たい汗が流れ、虫が這《は》いずっているようで不快だった。

那須野は操縦桿を左手に持ち替えるとシートの右側にあるスイッチ類に手をやった。小さなカバーのついたトグルスイッチを倒すと機首の一部が開き、一メートル半ほどのプローブが飛び出す。

テレライトパネルにグリーンのランプが灯《とも》り、プローブ固定を知らせた。那須野はスロットルレバーについているレーダー・レーザー制御スイッチでレーザー光線による近接編隊支援モードをセレクトした上でスーパービジョンのスイッチを入れた。

ネオ・ゼロの機首上部に装着されているレーザー光線発射装置から撃ち出されたレーザーがソ連機の胴体に反射する。それを発射機と対になっている受光部が受け止め、コンピューターが解析することで彼我の位置関係をスーパービジョンに映像化する。スーパービジョンのセンターに十字が切られており、ネオ・ゼロのプローブを示していた。

右やや上に赤いV字が表示されている。それがソ連機のドローグの位置だった。那須野は操縦桿をわずかに引き、右のフットバアを踏んで、その二つの電子記号を重ね合わせる。のろのろと接近する。手袋の中は汗まみれだった。

那須野機はドローグをとらえた。その瞬間、画面全体が赤く点滅し、耳障りな警告音が鳴る。V字のやや上に×印が出ている。給油用のホースがねじれている。給油ができないばかりでなく、そのままではねじれたホースが元に戻ろうとする拍子にネオ・ゼロの機首を叩くことさえある。那須野はスピードブレーキを開き、瞬時にして機体を後ろへ下げた。V字がスーパービジョンの中で不気味に旋回した。安定するのを待って、再びチャレンジする。今度はうまく挿入することができた。

「ブルー4、給油口の差し込みを終えた」那須野はマイクロフォンにいった。

〝給油開始〟隊長が答える。

スーパービジョンの中に映っているV字がグリーンに変わり、燃料の供給がはじまったことを告げる。毎分一〇〇〇ポンドの量でJP－5燃料がネオ・ゼロのメイン・タンクに供給されはじめた。燃料はメイン・タンクをへて、補助タンクに回る。スロットルレバーのスーパービジョン制御スイッチをさぐり、燃料カウンターを表示させる。給油には約七分かかる。那須野は機を安定させることに集中した。

やがて燃料カウンターがピンク一色に染まり、ネオ・ゼロは再び航空燃料を満載した状態に戻った。那須野は給油終了を告げ、素早く機体を後退させた。

〝ウラジオストックまであと十二分。これより降下に入る〟隊長が告げた。

那須野は受油プローブを引き込み、スーパービジョンを押し上げた。ソ連機に一瞥《いちべつ》をくれる。ネオ・ゼロのスピードブレーキを使って、さらに編隊の最後尾に下がる。左右に開いていたソ連機編隊がもとの密集隊形に戻り、そろって機首を下げた。

ちらりと計器パネル右端にある時計に目をやった。

午後十一時五十七分。

作戦開始は予定より三分早かった。

19

朝鮮民主主義人民共和国。

第三防空部隊に所属する二十八歳の大尉、イ・テウは、左右を見渡しながらMiG－21Mフィッシュベッドを飛ばしていた。

午前零時。

咸興湾《ハムフン》に面する基地を出発して、ソ連国境まで北上するルート。深夜の哨戒《しょうかい》任務とはいえ、共和国南部や中国との国境付近をパトロールするのに比べれば気持ちは楽だった。海岸線上を飛ぶ。海側にも陸地側にも光はない。つややかな風防にヘルメットをかぶった自分の姿が歪《ゆが》んで映っているだけだった。

イの駆るMiG－21Mはマッハ二クラスの超音速戦闘機だった。MiG－21の原型機が飛行したのは一九五六年。四十年近く前に設計されたジェット戦闘機だったが、現在でも空軍力の弱い小国にとっては、安価、小型、軽量で操縦性の素直なMiG－21は主力戦闘機の地位を占めている。朝鮮民主主義人民共和国空軍は百五十八機のMiG－21

を保有しており、空軍戦闘機の半分強を同機が担っている。

イはMiG－21Mが好きだった。デルタ型翼は両端が一六メートル弱しかない。ファントムやイーグルに比べれば確実に二回りは小さな機体だったが、旋回性能、上昇性能に優れている。それに小さいということは、肉眼でもレーダーでも発見されにくい。

惜しむらくは――イは任務が終わった後、酒を飲みながら一人思うことが多かった――電子装置が時代遅れだ。

ちょうど南大川の河口にかかった時、その電子装置、R2LハイフィックスAレーダーが反応した。乱気流に逆らって機首を下げた瞬間、ショックコーンの中に収められたレーダーアンテナが何かをとらえたのだ。

イ大尉は顔をしかめて、計器パネル中央のレーダースクリーンを見つめた。反応はごく微弱で、しかも数秒で消えた。故障かな？　イの脳裏にいつものように疑念が湧く。それでも一応は形式通りに基地に連絡することにした。

「深夜便01からゴールポスト、深夜便01からゴールポスト。応答願います」イの声は窮屈な酸素マスクの中で妙にくぐもっていた。

〝ゴールポスト、深夜便01、どうぞ〟無線機からのきびきびした声がイヤフォンに聞こえる。

「現在位置、北緯四〇度三〇分、東経一二八度一五分。レーダーに敵味方識別不明機らしきエコーあり。地上レーダーに感知あるか？」

〝感知なし〟レーダー管制官は言下に否定した。〝地上レーダー部隊からの報告は何もない。クラッターではないのか？〟

「わからない。反応があったのは、ほんの一瞬だった」イは正直に答えた。「これから旋回して付近を捜索したい。許可を求める」

〝待機せよ、深夜便01〟

イはマスクの中で舌打ちした。無線機からは空電の音だけが聞こえている。地上管制官はレーダー室の後方に座っている上官に許可を求め、その上官が電話で地区司令部に問い合わせをするのだ。少なくとも許可が出るまで数分はかかるだろう。

イはスロットルレバーを後ろに引いて、エンジンの回転をしぼった。機速が目に見えるほど落ちてくる。MiG－21Mのもう一つの欠点は航続距離が短いことだった。ツマンスキーR－25－300エンジンが恐ろしく大食らいな上、機体に搭載できる燃料は二五〇〇ポンドほどでしかない。飛んでいられる時間はせいぜい二時間だった。

ほぼ二分後、レーダー管制官から応答があった。

〝ゴールポストから深夜便01へ、ゴールポストから深夜便01へ。捜索は許可された。通報した地点に引き返し、識別不明のレーダーエコーを捜索すべし。ゴールポスト、アウト〟

無線は音をたてて切れた。

イは思いきり顔をしかめ、操縦桿《そうじゅうかん》を叩きこんでからフットバアを蹴飛ばした。Mi G－21Mは二分で二〇キロ以上飛んでいる。さっきの反応が敵機のものだとして、再び捕捉することができるだろうか？　イは急に不安になった。敵機を見つけられなければ、任務を放棄して遊んでいたともいわれかねない。後悔が胸を苦しくする。

暗闇の中を小型戦闘機を飛ばしながら、イは低い声で罵った。


日本海上、南大川河口付近にたどり着いたところで、電子音がヘルメットの内側に響いた。那須野は計器パネルをチェックし、二二〇ガロン入りの増槽タンクのうち二本が空になったのを確認した。ソ連編隊を離脱して約一時間。海上を高度一五〇フィートで飛行してきた。低空飛行を続けると燃料消費が一段と激しくなる。空気の濃度が高まり、抵抗が強くなるからだった。

那須野は二本の増槽を切り放した。燃料を五分の一使ったことになる。重量は約三〇〇〇ポンドほど軽くなり、それは燃料消費効率を上げるには都合が良かった。

その時、レーダー警戒装置が耳障りな電子音を発した。背筋を硬直させる。自ら電波を発するのは自殺行為なので、とりあえず受信用の赤外線センサーを作動させた。

ネオ・ゼロの機体にちりばめられたセンサーが周囲を球状にモニターした。反応。那須野は顔をしかめた。心臓の鼓動が速くなる。警戒を表す音が頭蓋骨の中に反響する。

後方、上空?

那須野はスーパービジョンの切り換えスイッチを入れ、上半分に後方視野を映し出した。赤紫の像が見える。シックス・オクロック・ハイ――真後ろの上方、戦闘機だった。すぐにネオ・ゼロのメイン・コンピューターが敵機の方位、高度、速度を弾《はじ》き出し、スーパービジョンに表示する。敵機の種類まで特定することはできなかったが、大体の想像はついた。北朝鮮の空を飛び回っているのはMiG－21だ。それ以外の戦闘機は貴重品といってもいい。

ネオ・ゼロは高度一五〇フィートを三〇〇ノットで飛んでいた。南大川の上を北西に向かっている。

スーパービジョンの内側には北朝鮮地上軍のレーダーサイトが表示されたが、いずれもブルーで脅威度は低い。ネオ・ゼロが接近すると、ブルーからイエローへと変化したが、赤みがかることはなかった。すり抜けるといずれのレーダーサイトの色もブルーに落ち着く。

ネオ・ゼロは自動操縦モードで飛行していた。地形をトレースする電子情報に基づき、高度一五〇フィートを保持したままで、斜面を駆けあがり、谷を駆け下りる。MiG－21のレーダーでは、自機より下方を飛んでいる航空機を捕捉できない。レーダー波が地上にも反射し、画面が真っ白になってしまうからだ。

　那須野は、わずかの間、戦術ディスプレイに航路図を投影した。陸地に入ってから第一旋回地点である赴戦湖に達する前に北水白山の北側を越えなければならない。標高一五〇〇メートル程度の高地に過ぎなかったが、北水白山《ブクスベク》のふもとには発電地帯が広がっており、レーダーサイトが設けられている。当初の計画では支障になるようなレーダーではなかった。しかし、ＭｉＧ－21がつけてくるとなれば話は別。赴戦湖の上空で旋回するネオ・ゼロがミグにとらえられるのは間違いない。

　那須野は兵装のマスタースイッチを入れ、赤外線追尾式ミサイル・サイドワインダー改の弾頭部を冷却しはじめた。右手で操縦桿を握り、左手をスロットルレバーにかける。右手の親指で自動操縦の解除スイッチを探り、切った。フットバアがふいに生き物のようにうごめき、操縦桿が細かい震動を伝えてくる。ネオ・ゼロは再び那須野の両手に戻ってきた。

　那須野はスーパービジョンの上部に映るミグの機影を睨《にら》みつけながら、唇をなめた。操縦桿をわずかに引く。ネオ・ゼロは機首を上げ、上昇を開始した。

〝ゴールポストから深夜便01へ。敵味方識別不明機を捕捉した。貴機からの方位三三五、不明機の現在位置、北緯四〇度四二分、東経一二七度五三分。高度、一五〇〇〇メートル。

速度、時速六〇〇キロ。西北西に向かって飛行中、赴戦湖に向かっている〟ゴールポストの声が緊張を伝えてくる。

イは了解した旨を短く告げるとフットバアを踏み込み、操縦桿を叩《たた》きこんだ。最初にレーダーコンタクトを得た地域から北へ上り、鷲徳山上空で旋回しかかっていたところだった。MiG－21は鋭く左旋回するとエンジンを全開にして北西に飛んだ。速度計の指針が面白いように上昇し、すぐにマッハ一を超える。衝撃波。イはちらりと高度計に目をやった。高度八〇〇〇メートルで、緩降下中だった。

ゴールポストが告げた敵機の高度を思い浮かべる。

赴戦湖の手前で一五〇〇メートルといえば、そのあたりの標高にほぼ等しい。

相手は地面にはりついているのか？　イは考えごとをしながらも機械的に手を動かしていた。空対空ミサイルAA－2アトゥールの弾頭シーカーを冷やし、敵機の排気口から流れる赤外線を感知できるようにする。

〝深夜便01、深夜便01、こちらゴールポスト〟

「深夜便01、ゴールポスト、どうぞ」イは酸素マスクに左手をそえて、位置を直しながらいった。

〝不明機は赴戦湖上空で左に旋回。機首方位を二四五に変更。妙香山脈の北壁に向かっている。貴機からの距離は約六〇キロ、方位二七七、高度一七〇〇、貴機は高度を三〇きたてる。
〇〇へ。速度、そのまま。方位二七七に取れ〃ゴールポストの声が機関銃のようにわめ
「深夜便01、了解」イは操縦桿を倒し、さらに高度を下げた。墨汁の中に沈み込んでい
くような気分だった。高度計に目をやる。「深夜便01、高度三〇〇〇、方位二七七」
〃あと三分で貴機レーダーで不明機を捕捉できるはずだ。ゴールポストから深夜便01へ
下命、目標を捕捉しだい撃墜せよ。繰り返す、目標を捕捉しだい撃墜せよ〃
「深夜便01、了解」
イは酸素マスクの中で口許《くちもと》を強張《こわば》らせた。ゴールポストは何をあわてているのだろう？　頭の中に航空図を描き、不明機の針路を延長してみる。長津湖、長津のミサイル基地――いずれも大した目標ではない。
妙香山脈北壁。レーダーサイトと旧式の対空砲火陣地が設けられているだけだ。思いは山脈沿いに南下する。
相手はジェット戦闘機。足が早い。ヘリコプター遊撃隊が展開している竜林里《リョンリムリ》、山岳貿易の中継地東新《トンシン》、レーダー基地熙川《ヒチョン》。さらに南へ香山《ヒャンサン》を越える。背中を冷気が撫《な》でていく。イは不明機の意図を察知した。
寧辺。
原子力施設爆撃に向かっているのだ。無線機のスイッチを入れ、ゴールポストを呼び

出しかける。だが、その手が止まった。ゴールポストも同じ想像をしたのだ。朝鮮民主主義人民共和国には爆撃目標たりえるものは多くない。その筆頭はやはり寧辺だろう。

一介の空軍大尉にすぎないイが知るよしもなかったが、北朝鮮北部に点在する空軍基地から武装した戦闘機が次々に離陸していた。イが駆るのと同じMiG－21Mが十個小隊、四十機が中国と韓国それぞれの国境沿いに二手に分かれて散開し、さらに新鋭のMiG－29フルクラムが二個小隊、八機上がり、不明機の捜索にあたっていた。


第二の湖、長津湖。その南側には長津のレーダーサイトがあり、さらに南方一〇キロにミサイル基地がある。ソ連製のSS－20地対空ミサイル。妙香山脈の北側にまわりこむために高度をとらなければならなかった。レーダーサイトにとらえられる。その後の手順はシミュレーターでうんざりするほど繰り返していた。

那須野は操縦桿の左側についている兵装セレクターレバーに親指をかけ、空対地ミサイル・マベリック改を選択した。安全装置を解除する。

スーパービジョンの下半分は前方を、上半分は後方一二〇度の地形を投影している。操縦桿を引く。高度計の針がじりじりと上がった。レーダー警戒装置が作動し、長津のレーダーサイトに捕捉されたことを告げた。

シミュレーターによる訓練との違いは、実際にミサイルが飛んでくることだけだ。那須野は何度も自分にいい聞かせた。

警報が耳に痛く響いた。

七時と八時の間、左後方に赤黒く四角いレーダーサイトが見える。マベリック改は、後部ロケットの噴射口近くに四枚の羽根を持っている。後方、側方にある目標を攻撃する場合、その羽根が展張して速度をゼロにするか、もしくは一度垂直に上昇してから反転する。方法はネオ・ゼロのメイン・コンピューターが決定した。

長津レーダーサイトの赤が明るさを帯びてくる。スロットルレバーについている照準ボタンをさぐった。オン。那須野の視線が向いている方向に四角い照準環が現れる。照準環の中心にレーダーサイトをとらえ、中指でボタンを押した。一段、照準固定。二段、照準環が輝きを増し、スーパービジョンの中央付近に『ロック・オン』の表示。

短い咳込《せきこ》むような電子音。

スーパービジョンの上半分を見上げる。ミグが真っ赤に染まって迫っていた。電子警戒音が短く断続的に響くのは、敵機のレーダーが索敵モードに固定され、狭い範囲内をスウィープしている証拠だった。電波を感じるたびに鳴る警告音が切れ目なく聞こえるようになった時、相手がネオ・ゼロにロック・オンしたことを表す。ヘルメットが汗でずり落ちた。

イはついに待望のオーラルトーンを聞いた。MiG－21Mの機首に収まっているハイフィックスAレーダーが識別不明機をとらえたのだ。AA－2アトゥールは弾頭が冷却され、いつでも発射できる状態にあった。目標までの距離は約八キロ。イはスロットルレバーを前進させ、機速を上げた。すでに燃料は残り飛行時間にして十五分を示していたが、最寄り基地までなら、十数キロでしかない。目標機を撃墜し、英雄になって帰還することができる。

ヘルメットの中に別のオーラルトーンが響く。AA－2が敵機の排気口をとらえた。イはミサイルの安全装置を外した。

那須野はマベリック改を発射した。空対地ミサイルは音をたててラックを外れ、自由落下に入る。コンピューターが一度切り離してからロケットモーターに点火する方を選んでいた。マベリック改の点火まで数秒。スーパービジョンの中で、長津レーダーサイトのやや後ろにオレンジ色がまたたく。SS－20、発射。同時にマベリック改が点火され、レーダーサイトめがけて一直線に飛翔《ひしょう》した。

ヘルメットの中に響く警戒音が耐えがたくなった。切れ目のない音が耳を襲う。後方から飛んでくるミグがネオ・ゼロをロック・オン。那須野は視線を上げ、スーパービジョンに映るミグを睨んだ。スロットルレバーの照準装置に中指をかける。いきなり二段目まで押し込む。時間がなかった。操縦桿の兵装セレクターレバーを近接空戦モードに入れる。サイドワインダー改が発射状態になった。

ネオ・ゼロは間もなく妙香山脈の北側を越え、何の遮蔽物もない空間に飛び出す。ミグのミサイルは簡単にネオ・ゼロをとらえるだろう。躊躇《ちゅうちょ》している間はない。那須野は操縦桿のトリッガーを引いた。サイドワインダー改のロケットモーター点火、ラックを焦がしながら飛び出し、垂直に上昇する。

ネオ・ゼロの黒い機体は闇の中、妙香山脈の壁から空中に飛び出した。

那須野は間髪を入れずに操縦桿を倒し、フットバアを踏み込む。ネオ・ゼロは見えない壁に衝突したように上昇を止め、妙香山脈の稜線《りょうせん》にそって斜めに降下した。

ＳＳ－20が真後ろに迫る。

那須野は恐怖に駆られ、スロットルレバーを全開の位置にもっていった。ペガサスXが咆哮《ほうこう》し、ネオ・ゼロが蹴飛ばされたように加速する。急旋回を切りたくなる。こらえた。ＳＳ－20の旋回半径の内側にもぐりこむことはできない。

脅威度は明るい赤。

危険、危険、危険――電子音がわめく。

近接信管が作動するまであと十二、三秒。両側には巨大な壁、山肌。方向転換も不可能。ミサイルの影が大きくなる。

那須野は目を閉じて叫び声を上げた。

近接信管が作動する寸前、真っ赤に燃えていたミサイルの色が急速に褪《あ》せた。マベリック改が長津のレーダーアンテナを吹っ飛ばしたに違いなかった。


イは信じられないものを見た。暗闇の中にかすかに光る物体を見たと思ったが、それはレーダーで確認している目標機から見て、真横に飛んでいった。しかも火の玉は長く尾を引きながら長津のレーダーサイトめがけて飛んでいく。真横に飛ぶ空対地ミサイルなど聞いたことがなかった。

イはマベリック改に見惚《みと》れて、ネオ・ゼロから発射された空対空ミサイルがわずかな排気炎を吐きながら、上昇していくのを見落としていた。

長津のレーダーサイトが火を噴き、イは我に返った。目標機までの距離、約四キロ。敵機が山の稜線を高速で飛び出す。赤外線追尾式ミサイルにとっては絶好のポジションだった。イが本物の戦闘を目の当たりにするのは、これが初めてだった。パラボラアンテナは一部分が欠けただけでも本来の能力を発揮することができなくなる。あるいは、さきほどの攻撃で死人が出たかも知れない。祖国を守るという言葉が初めて実感できた。猛烈な殺意がわき上がってくる。操縦桿についている引き金に指をかけた。不明機がアメリカ機であれ、韓国機であれ、今のイには関係がなかった。

殺す――渇きにも似た激しい衝動も初めての経験だった。
敵機は大胆にも針路を変更せずに直進している。まるで撃って下さいと尻を振っているようなものだった。
死ね――それがイの発した最後の言葉だった。
ネオ・ゼロのサイドワインダー改は、ＭｉＧ－21の操縦席を引き裂き、爆発して胴体を真っ二つにした。

那須野は、溜《た》めていた息を吐いた。

長津のレーダーサイトとミグは始末した。あとは妙香山脈に沿って、低空飛行で一直線。寧辺原子力施設まで一二五キロ。時間にして十五分。那須野は竜林里と呼ばれる町の上空で、ネオ・ゼロをわずかに左旋回させ、妙香山脈の北側に横たわる闇の空間に機体を沈めていった。

動悸《どうき》は、おさまらなかった。

20

朝鮮民主主義人民共和国、寧辺付近。

「さ、兄さん、早く」保衛部の制服に身をかためた弟がいった。

チェ・ペクスは弟の声にうながされるように土間に下り、布製の靴をはく。元は白かったものが長い間にほこりと汗でグレーになっている。靴の横には何度も修繕した跡があった。チェは土間に立って、もう一度部屋を見返した。

指導者が写っている写真三枚はそのままに置いていく。持っていくものはほとんどなかった。いつもの鞄《かばん》に粗末な衣類を数着、缶詰が三つばかりに大根と人参《にんじん》の種子が入っているだけだった。この長屋に住むようになって十五年、チェの財産といえば黒い肩かけ鞄に収まっているわずかばかりの品物でしかない。

いや――チェは弟の後に従いながら腹の底でつぶやいた――財産は自分と妻の生命だ。

狭い路地を弟の後ろについて歩く。首をうなだれていた。弟が保衛部の制服を着ているためにかえってその光景はありふれたものになった。路地を抜け、やや広い通りに出るとエンジンをかけっ放しにしたソ連製の高級車ジルが停《と》まっていた。運転席には肩幅の広い男が座り、後部座席にはチェの妻が小さくなっていた。

「兄さんは後ろに座って下さい」弟がささやくようにいった。

チェはわずかにうなずいて、ジルの後部座席に滑り込む。所々穴のあいたビニールのシートに尻を落ち着ける。妻がすぐに抱きついてきた。チェは車のドアを閉め、妻の細い腰に手を回した。弟が助手席に座ってドアを閉じるのと同時にジルは走り出した。弟はすぐにダッシュパネルの下に取り付けてある無線機のスイッチを入れる。スピーカーからは緊迫した早口の指令が次々に流れだした。

「どうしたんだ？」チェが後ろから声をかけた。

「今夜、武装した航空機が侵入したんですよ。上層部は大混乱だ」弟の声は弾んでいる。

「兄さんが仕掛けた反射板めがけて、爆弾を落とすつもりなんです」

「私が仕掛けた？」

チェは自分が寧辺原子力施設の屋上に置いた黒い箱を思い出した。その時になってはじめて猛烈な恐怖が襲ってきた。高熱を発した時のように身体《からだ》が震え出す。妻がしっかりと抱きとめてくれなければ、叫び出したかも知れない。

チェは固く目を閉じた。

「尾《つ》けろ」助手席に座っている男が命じた。

運転席の男はうなずいただけで、重いクラッチをミートさせる。車は静かに滑り出した。街灯がぽつり、ぽつりと立っているだけの暗い道を運転席の男はライトを点《つ》けることなく運転した。前方五〇〇メートルほど先を走っている車は点灯している。尾行する車に気がついている様子はなかった。

助手席の男はダッシュパネルを開くと中からチェコ製の短機関銃を取り出した。三〇発の七ミリロシアン弾が詰まったバナナ型弾倉を引き出す。街灯の光に照らされて、真《しん》鍮《ちゅう》の薬きょうが鈍い金色に輝いた。

前を行くジルが舗装された四車線のハイウェイにかかる。左にウィンカーを出していた。

「奴《やつ》ら、雲田《ウンジョン》に向かうようですね」運転席の男が低い声でいった。

「ああ」助手席の男は短機関銃の点検に余念がない。

雲田は寧辺から見ると西に五〇キロほど行ったところにある漁港だった。南への脱出路としてはあまり人気がない。平壌に近く、警戒があまりに厳しい。

「本部へは連絡しますか？」運転席の男が訊《き》く。

「いや」助手席の男は短機関銃に弾倉を叩《たた》きこみ、遮るように答えた。「定時連絡は済ませた。あとは奴らが落ち着く先を突き止めて、脱出ルート側にいる人間も一気にひっとらえるんだ」

男の手の中で短機関銃が鈍い光沢を放っていた。

航空自衛隊小松基地。

着陸後、滑走路の南端で三機のファントムが右に折れ、ロシュコフだけが管制塔の指示で左に曲がって、基地のはずれにある格納庫に誘導された。目の前で両腕を振っている地上誘導員の動きに合わせて、ロシュコフはゆっくりとSu－27を転がしていった。

ロシュコフの機が格納庫にすっかり入りきったところで、地上誘導員は両腕を左右に大きく開く。ロシュコフはフットバアを真下に踏みつけ、機体にブレーキをくれた。未整備の滑走路にも着陸できるように設計されている、長い前脚の緩衝装置が沈み、Su－27が停止した。地上整備員が右腕で喉をかき斬るような仕種《しぐさ》をする。ロシュコフはスロットルレバーを手前に引き、燃料の供給弁を閉じた。二基のリューリカAL－31Fエンジンが哀《かな》しげに泣いて、静かに止まった。ヘルメットの中にはまだ金属音が残っているような気がする。

格納庫の中には十四、五人の整備隊員がいて、スホーイをぐるりと取り囲んでいた。そのうちの一人が降機用のタラップを押して、スホーイの右側に横づけにする。

ロシュコフが風防の開閉スイッチをはね上げる。油圧装置が低いうなりを発しながら、丸いキャノピーを押しあげた。酸素マスクのホースと無線機につながるコードを操縦席の右側から引き抜き、マスクを口許《くちもと》から外して、胸にある金具に固定する。ヘルメットを脱いだ時にタラップを押してきた整備員が操縦席まで登ってきた。にきび跡が残る男だった。

「ようこそ、航空自衛隊へ」若い男が英語でいった。「あなたの飛行機の面倒をみます。私、テクニカル・サージャントのカメヤマです」

ロシュコフはうなずいて、ロシア語でいった。

「長い時間飛行してきて、くたくたに疲れているんだ、お前のようなむさくるしい男じゃなくて、できれば可愛《かわい》い女のコを付けて欲しいところだが、それもままならないのだろうから、せめて熱い風呂とコーヒーくらい与えてくれよ」

亀山が絶句する。ロシュコフは意地の悪い笑みを浮かべると英語に切り換えて、礼をいった。亀山の表情がゆるんだ。ロシュコフがヘルメットを差し出し、亀山が受け取る。パイロットと地上整備隊員。まるで旧知の間柄のように、二人の動作はスムーズだった。亀山がタラップを下り、飛行チャート図の入った飛行バッグを提げてロシュコフが続いて降機した。

コンクリートの床を踏んでも、まるで床が波をうっているような気がした。ロシュコフは首を二、三度大きくめぐらし、肩に残る緊張をほぐした。ふっと息を吐き、目を上げた時、正面に立っている大柄な男に気がついた。初老の鋭い目つきをした男、川崎。

ロシュコフはしゃんと背を伸ばし、素早く敬礼する。

「ソ連防衛空軍、ロシュコフ少佐、ただいま到着いたしました」

「ご苦労」川崎が答礼しながら、低い声でいった。「部屋を用意してあります。そちらの方でコーヒーでも飲んで、少し休まれるとよい。ブリーフィングは三十分後でよろしいかな？」

「一時間後で、いかがでしょう。私も意外にくたびれております、閣下」ロシュコフは腕を下ろした。

川崎がうなずいた。

「お心づかいありがとうございます」ロシュコフはにやりと笑った。

ロシュコフは案内された一室で装備を解き、白いシーツが敷かれたベッドにごろりと横になった。

格納庫で川崎と別れた後、佐官クラスの将校二人と士官食堂でコーヒーを飲んだ。底が透けて見えるような薄いコーヒーに砂糖とミルクをたっぷり入れて飲む自衛官を不思議な思いで見ていた。ロシュコフはブラックのまま飲んだが、舌の上に粉っぽい感触が残り、まずかった。食事は断った。食堂を出て、将校の一人が部屋に案内するといった。

ブリーフィングまで一休みされたいでしょうと気のいい笑みを浮かべ、その士官がいう。ロシュコフは礼をいって、後に従った。両手にはヘルメットと書類鞄をぶらさげている。廊下ですれ違う下士官の誰もが丁寧に敬礼する。その度にロシュコフは鞄を持ち替え、答礼しなければならなかった。

ロシュコフはベッドの上に仰向《あおむ》けになった。両手を組んで頭の下に入れる。天井には蛍光灯が下がっている。

ロシュコフはベッドの上で寝返りを打った。左手首の腕時計を見る。

再び目を閉じ計画を思い浮かべる。

川崎や那須野をまじえた会議が終わった翌日、バーンズ、クルビコフと話し合った時のことだった。

『日本の新型戦闘機は帰って来ない』バーンズがいった。

『確かなことですか?』ロシュコフが訊き返す。

バーンズがにやりと笑って計画を話しはじめた。

『まず、寧辺爆撃が終了した頃、スーパービジョンに仕掛けた妨害工作によって、日本機は目を失う。次に——』バーンズはクルビコフに向かってうなずいた。『爆撃行の後に北朝鮮軍の猛烈な追跡に遭う。その上、偽装を目的とするウラジオストックから復路のバックファイア編隊が飛ばない。そして、最後の保険は私自身だよ、ロシュコフ少佐』

テーブルを挟んで、クルビコフとロシュコフが眉を寄せた。バーンズは自分が三沢基地から飛び、万が一、すべての罠《わな》を那須野が潜《くぐ》り抜けてきても日本海上空で捕捉し、撃墜すると約束した。それからクルビコフに目を向け、頼みたいことがあると付け加える。

クルビコフは言葉を発することなく、眉を上げただけだった。

『川崎の暗殺と小松基地の攪乱《かくらん》』バーンズの口調は淡々としていた。

クルビコフとロシュコフは顔を見合わせて、にやりと笑った。最初にこの計画を聞かされてから、小松基地に着陸したSu－27の始末を考え、ジェット戦闘機を操縦できるスペツナズ隊員、ロシュコフが選ばれたのだった。

『ジークが戻って来るころ、小松基地が半身不随になっているのが一番望ましい。つまり――』

言葉を継ごうとしたバーンズをロシュコフが遮った。

『派手に暴れれば、良い。そういうことですね？』

バーンズは満足そうに微笑《ほほえ》んだ。

取り引きは成立した。来年の早い時期、イラクがクウェートに侵攻することは、米ソ軍部の間では周知の事実だった。ソ連がどのような立場で戦争に関与するか、アメリカと事前の取り決めをしておく必要がある。財政上の理由だけでなく、中東に参戦するわけにいかない理由がいくつかある。その時、アメリカとの連携プレーは欠かせないのだ。アメリカに貸しを作ることがソ連の国益につながる。バーンズとクルビコフは別れ際に握手をしたが、ロシュコフは背を向けて会議室を出た——。

ロシュコフは目を開いて天井の蛍光灯を見つめた。

作戦開始まで、あと四十分だった。

つやのないグレー塗装をほどこされたSu－27が、蛍光灯の光を浴びてうずくまっていた。格納庫の中に残っているのは、工藤と亀山、それに岡本の三人だけだった。川崎の命令で他の人間は格納庫から退去していた。工藤はハッカパイプを転がしている。唇の端を右から左へ、左から右へ。考えごとをしている時の癖だった。

「どうしたんです？　おっかない顔してますよ」亀山が隣に来て声をかけた。

「奴、ミサイルに安全ピンを打たなかった」工藤がひどく聞き取りにくい声で答えた。

「変ですね」亀山は屈託がない。「でも、それが奴らの流儀じゃないんですか？」

「そうかな」工藤はそうつぶやくと翼の下に入った。

「工藤さん」亀山があわてて工藤の背中を追う。「勝手にさわっちゃダメですよ。将軍に怒られますよ」

工藤は右手の拳でミサイルを叩《たた》きはじめた。信管の埋めてある頭部から中央、後尾へと手をすべらせていく。鈍い音。だが、ミサイル胴体の中央を叩くあたりからはっきりと音が変わった。

「これは――」亀山がうめいた。

工藤は隣のミサイルも同じように慎重な手つきで叩いていった。二発目も同じ。頭部付近を叩く時には中身がぎっしり詰まっていることを連想させる鈍い音をたてているのが、後部を叩きはじめると途端にがらんどうの筒を叩いているようなカン高い音に変わる。亀山はスホーイの反対側に回りこんで、工藤と同じようにミサイルを叩きはじめた。二本のミサイルをチェックしたところで、工藤に声をかける。

「こっちも同じですよ」亀山がいった。

「どうかしたんですか？」離れた場所でスホーイをスケッチしていた岡本が寄って来る。

「ミサイル」工藤はハッカパイプを胸のポケットにしまいながら答えた。「弾頭には炸《さく》薬《やく》が詰まっているようだが、後ろ半分は煙突と同じ、空っぽだよ」

「燃費を良くするために重量を軽減したんじゃないですか？」岡本が眼鏡《めがね》の奥で細い目をきらめかせていった。

「もしそうなら、弾頭部も空でいいはずだ。ソ連だって酔狂でこんなことをやっているわけじゃないだろう」工藤は亀山に声をかけた。「工具箱持って来い。ナンバー8」

「八番、了解」亀山がかろやかに答えた。八番工具は、ソ連機の規格に合うよう規格をメートル単位とした工具が入っている。

「何をするつもりです？」岡本が訊いた。

「バラす」工藤の表情は厳しかった。

「そんな――」岡本は絶句した。

21

寧辺、北方一〇キロ。

長津湖から西へ、五〇キロほど離れた竜林里上空で左へ三〇度旋回し、妙香山脈の北斜面上空一五〇フィートを飛び抜ける。レーダーサイトは、妙香山脈の頂上に三〇キロの間隔をおいて設置されていたが、いずれもネオ・ゼロより高い場所に位置しており、低空を飛ぶネオ・ゼロを捕捉するにいたらなかった。

最終旋回から十五分、東新、熙川、香山のレーダー施設のそばをすり抜けてきた。

那須野はスーパービジョンのセレクターを爆撃モードに切り換えた。

爆撃機のパイロットにとって、風の問題は決して小さくない。どれほど詳細に天候情報を入手していたとしても、爆弾をリリースする直前、ほんのちょっとした風が弾道を狂わせることがある。ネオ・ゼロのメイン・コンピューターは風による弾道への影響をリアルタイムで計算し、機体の軌道を微妙に変化させる。

画面表示が一変する。それまで左側を圧するようにそそり立っていた妙香山脈のイメージが薄くなり、横に長い長方形のイメージが現れた。長方形は白く輝き、わずかずつ小さくなりながら、無数に重なって見える。ネオ・ゼロの軌道を表現しているのだ。

長方形の回廊はうねりながら、右上へと延びていた。ネオ・ゼロが突進するのに合わせ、長方形が接近して、那須野の周囲を取り囲む。自分の身体《からだ》がだんだんと小さくなり、一点に収束していくような感覚にとらわれた。那須野は長方形をクリアするようにわずかに操縦桿《そうじゅうかん》を引き、右へ倒しながらフットバアをじわりと踏んだ。胃袋が下がる。ネオ・ゼロが上昇しているのを内臓で感じる。

ネオ・ゼロは、寧辺の手前一〇キロの地点で高度三〇〇〇フィートまで上昇した。那須野は主攻撃スイッチの最終安全装置を解除し、二〇〇〇ポンド爆弾の信管を活性化させる。三〇〇フィート。スーパービジョンの下方に映っているデジタル高度計が3、0、0、0を表し、フラッシュした。レーザー照準装置、オン。画面中央に十字線。ネオ・ゼロの機首下部から発射されたレーザー光線が原子力施設の屋上に置かれた反射鏡をとらえた。

スーパービジョンの下端に赤い輝点。ターゲット、インサイト。

那須野はリテイクルと赤い輝点が一致するように、操縦桿を入れ、スロットルレバーを叩《たた》きこんでフルパワーをかけた。ネオ・ゼロが軌道の頂点でおじぎをするように機首を下げ、鋭角の軌跡を描きながら反転した。リテイクル、赤い輝点、リテイクル、赤い輝点――那須野の目がスーパービジョンの中で素早く上下する。間隔が狭まった。

四角い飛行コースの左右、下方にオレンジ色の染みが広がる。寧辺原子力施設を取り囲む対空砲火陣地のレーダーが一斉にネオ・ゼロをキャッチしたのだ。右で、左で、真っ赤に燃える炎のイメージ。機体が不気味に震動する。那須野は歯を食いしばった。うめき声が漏れる。

自動爆撃モードに切り換える。グリーンランプが灯《とも》り、爆撃モード移行完了を確認。ほとんど同時にリティクルと赤い輝点が一致した。

ロック・オン。

ネオ・ゼロは高度三〇〇〇フィートから真《ま》っ直《す》ぐ降下を開始する。

北朝鮮の対空砲火陣地には、一〇〇ミリや二三ミリ連装砲が若干混じるだけで、大半は小火器中心だった。威力、弾速ともに時代遅れの兵器には違いなかったが、はりねずみのように巡らされた八千基の対空砲の威力は想像をはるかに超えていた。スーパービジョンの視野全体が淡いオレンジ色に染まるほどだった。那須野は四角い爆撃コースだけに注目し、降下を開始する。高度計の表示が逆転していく。

二五〇〇、二〇〇〇、一五〇〇――。

爆撃突入降下を開始したパイロットはほとんど対空砲火を気にしなくなる。

目標までの距離、六キロ、五・五キロ、五キロ――。

いかに爆撃直前の直線進入時間を長くとるかだけに腐心する。操縦桿、中立。ネオ・ゼロがふいに揺れ、一瞬で二〇〇フィート失った。身体がふわりと浮き、小便が漏れる。唾を飲みこもうとして、果たせなかった。口の中がすっかり渇ききっている。

高度一二〇〇フィート、水平飛行。

目標まで四キロ。ネオ・ゼロはフラメンコダンサーのように機体を揺らしながら、目標めがけて突進した。速度三〇〇ノット。

その時、ふいに那須野の視界が真っ白になった。耐えがたい熱を感じて、思わず目を閉じる。

反射的に身体が動き、操縦桿を思い切り右へ倒しながら、腹につくほど引いた。右のフットバアを蹴り、左手はスロットルレバーの外側についているノズル指向レバーをはね上げていた。右に上昇旋回しかけたネオ・ゼロの腹にペガサスXエンジンの推力が加わる。推力ベクトル変換。ネオ・ゼロは機首を鋭く巡らし、寧辺原子力施設の手前一・五キロで爆撃コースから逸《そ》れた。

目を襲う熱はもはや耐えがたくなっていた。左手でノズル指向レバーを元に戻し、そのままヘルメット横についているスーパービジョンの緊急リリースボタンを押した。小さな破裂音がヘルメットの内側に弾《はじ》ける。スーパービジョンがヘルメットから切り離され、操縦桿を握る右手にぶつかった。何が起きたのかわからなかった。妙に冷たいコクピットの空気が火照ったまぶたに心地好《ここちよ》い。だが、ほっとする間もなく、機尾の一〇〇フィート後方で対空砲弾が炸裂《さくれつ》。衝撃でネオ・ゼロは機首を下げた。

追い風に主翼の空気が剝離する。失速、きりもみ降下。

那須野は操縦桿を中立に保ったまま、左の方向舵《ほうこうだ》を使った。ネオ・ゼロが右回りできりもみに入りそうになっている。

ネオ・ゼロは互いに逆転する二つのファンを内蔵するエンジンで慣性モーメントを打ち消しあっているため、きりもみに入りにくい機体だった。だが、一旦きりもみに入ってしまうと今度はあっという間に高度を失い、完全失速のまま地面に叩きつけられることになる。

ネオ・ゼロの方向舵はきりもみ機動に抵抗した。那須野の精神はパニックの深遠をのぞきこみながら、何とか踏みとどまっていた。

心臓が笑う。

吐き気がした。

耐Gスーツが高圧コンプレッサーの空気で膨らみ、容赦なく大腿《だいたい》部の血管を圧迫する。ネオ・ゼロは背面飛行姿勢のまま、左翼を高く突き上げていた。

対空砲火に機体が震動する。あらゆる警報がヘルメットの中に充満している。フットバアが固くなった。胃袋が断ちきられそうなGが幾分和らいだ。操縦桿を右から左へなぎ払う。エルロンが風を噛《か》んだ。ネオ・ゼロが操縦席を上にして、降下姿勢のまま起き上がった。

胸の底が縮むような別種の警報。地面に接近しすぎている。

心臓がまた笑った。

電子音。プル・アップ、プル・アップ、プル・アップ——那須野はあわてて操縦桿を引いた。

ネオ・ゼロがはじかれたように機首を上げる。高度は三〇フィートを割っていた。那須野は再びノズル指向レバーに手をかけ、推力ベクトル変換をかけた。機尾に詰まっている制動傘《さん》を開く。ネオ・ゼロは見えない壁に衝突したように速度を緩め、胸の前で交差しているハーネスが、那須野の身体に食い込んだ。

ようやく水平飛行に戻った時、那須野は肩で大きく息をしていた。額に噴き出した汗がこめかみを伝って首筋に流れ落ちる。目の中にも汗が入り、ちくちくと痛んだ。かすむ目で計器パネルに一瞥《いちべつ》をくれる。

機首方位〇〇六、ほぼ真北を指していた。高度七〇フィート、上昇中。

周囲に高い樹木でもあれば、一瞬にして粉々になる。下半身がぐしゃぐしゃに濡《ぬ》れている。汗か、失禁のためか、よくわからない。

はっきりしていることは、スーパービジョンが故障したこととネオ・ゼロの胴体下にはまだ二〇〇〇ポンド爆弾がぶら下がっていることだけだった。

　那須野はつややかな風防越しに天を見上げ、絶望の叫び声を上げた。


　航空自衛隊小松基地。

「工藤さん、こりゃ――」亀山が語尾を濁らせた。

　工藤は唇の端から端へハッカパイプを転がしながら、分解したばかりの直径八センチの弾頭部を見つめていた。二人の顔にはじっとりと脂汗が浮かんでいる。

　空対空ミサイルの構造は、東と西でもそれほど大きな違いはない。元々、ソ連製の赤外線追尾ミサイルは、アメリカの傑作ミサイル『サイドワインダー』をデッドコピーしたものだ。弾頭先端には、赤外線を感知するレンズがはめこまれ、その奥に冷却装置がある。さらに後部に動翼の制御装置、炸薬《さくやく》、ロケットモーターの推進燃料となっており、小さな動翼を動かすユニットは構造が簡単で強いGにも耐えられるよう頑丈な造りになっていた。

　だが、二人が分解したミサイルは、弾頭部のレンズこそ付いていたものの、本来ミサイル動翼の制御ユニットがあるべき部分には、赤いランプのついた小さな箱がついているだけだった。弾頭を冷却する液体フロンが入っているはずのボンベも見当たらない。

黒い箱からは赤、青、緑、黄色のリード線が二本ずつ延びており、炸薬が収まっている丸味を帯びたケースにつながっていた。

「時限爆弾ですか?」亀山がかすれた声で訊《き》いた。

工藤はうなずいた。

不発弾処理班を呼ぶつもりはなかった。実際、それほどの時間もない。工藤は迷っていた。すぐに格納庫から退避し、様子を見ることを考えた。空対空ミサイルの炸薬が爆発した時の威力を思い浮かべる。四発。それに燃料を満載したスホーイ。背中に悪寒が走る。

ミサイルが同時に爆発したら――同じ機の翼に搭載されている以上、一発が破裂すれば他の三発も誘爆するのは間違いない――機体も耐えられまい。スホーイはそれ自体が超大型のナパーム弾のようなものだった。

「ロシア人を呼べ」工藤はパイプを動かした。

亀山は格納庫の電話に飛びついた。


寧辺上空。

赤いランプが暗闇の中にぽつんと浮かんでいる。

那須野はぼんやりとながめていた。すべてを投げ出してしまいたかった。目を動かす。見慣れたネオ・ゼロの計器パネル、警告灯がずらりと並んだテレライトパネル、兵装スイッチ類、操縦桿、スロットルレバー。両足はフットバアの上にある。機体が震動した。ふいにオレンジ色の炎が目の前に出現し、消える。

頭を振った。視界の中で、計器パネルの蛍光が揺れ、尾を引いた。

左手で計器パネル中央にあるメイン・ディスプレイの制御スイッチを切り換える。兵装。空対空ミサイル残弾、一。空対地ミサイル残弾、一。二〇ミリ機関砲弾、六八〇。そして、二〇〇〇ポンド爆弾、一。胸の底を冷たい手でさらりと撫《な》でられる。

制御スイッチをもう一度操作する。燃料。胴体近くに下がっている残り二本の増槽タンクは空になっていた。左手をスロットルレバーの後ろに戻し、燃料系統操作パネルに置いた。機外タンクから機内タンクへポンプを切り換え、そのすぐ後ろにあるトグルスイッチをはね上げる。鈍い音とともに二本のタンクが切り離される。燃料は機内タンクにあるだけ、飛行時間にして約三時間。本来なら帰途についているはずだった。

メイン・ディスプレイの制御スイッチを元に戻す。六×六インチのディスプレイは、ナビゲーションモードとなり、ネオ・ゼロの現在位置を示す。ぼんやりと薄緑色に浮かび上がる地形図。中央の白い輝点がネオ・ゼロで、寧辺を示す赤い表示は、後方約一五キロにあった。那須野は爆弾を抱えたまま、寧辺から遠ざかろうとしていた。

目を上げる。赤いランプに見えたのは、計器パネルの上に設けられているガラスの板、ヘッドアップ・ディスプレイに映っている文字だった。

ＨＯＴ
爆弾の信管が活性化されたままであることを示している。

心臓が痛いほど鼓動し、血液を送り出していた。全身の細胞に新しい血とアドレナリンが供給されるのを感じた。酸素マスクの中で息を深く吸い、吐いた。呼吸。耳元をこするように聞こえる。

太ももの付け根あたりにスーパービジョンのディスプレイ部が落ちている。計器の淡いランプに照らされていた。内側、液晶パネルが貼ってある部分が白くなっていた。那須野は両足で操縦桿をはさむとスーパービジョンの破片を持ち上げた。計器に近付け、焼けただれた液晶パネルをはがしてみる。パネルは細かい断片になってぼろぼろとはげ落ちた。

中には半導体がびっしり並んだ基板が入っていた。その一カ所が黒く焦げていた。那須野は右手の指先で黒い部分を擦《こす》ってみた。ねばつく感触。糸を引く親指と人差し指。チューインガムが貼りつけてあった。簡単な妨害工作だった。一枚の三分の一にも満たない量のチューインガムで、スーパービジョンはあっさり破壊されてしまったのだ。

怒りがこみあげてくる。

スーパービジョンのディスプレイは耐Ｇスーツについている大型ポケットにしまった。戦闘機のコクピットには小物入れがない。窓を開けて捨てるわけにもいかない。床に放り出せば、急激な機動の際に浮かび上がって、どこにぶつかるかわからない。

右手を操縦桿に、左手をスロットルレバーに戻す。ちらりとナビゲーション・ディスプレイに目をやる。寧辺から離れること、二二キロ。ヘッドアップ・ディスプレイに視線を戻す。赤い表示はそのままだった。

二度、短く息を吐いた。腹の底に力をこめる。

那須野は操縦桿を左に倒し、思い切りよく左のフットバアを踏みこんだ。寧辺に向かって一八〇度の旋回を切るために——。


小松基地。

「ロシュコフはどこだ？」顔いっぱいに汗を浮かべた亀山が訊いた。

士官用宿舎の入り口に弾倉を抜いたM1カービンを持った衛兵が立っている。

「ロシュコフ少佐」衛兵が訂正した。

「そんなことはどうでもいい、奴《やつ》はどこにいるんだ？」亀山は衛兵の襟首をつかんだ。

「よせよ」衛兵が右手で亀山の腕を押す。「何をそんなにあわてているんだ？」

「奴の積んでいるミサイルに時限爆弾が仕掛けられているんだ」

「時限爆弾？」衛兵はぽかんとして訊き返す。「お前、気は確かか？」

亀山は何もいわずに顔をぐいと近付けた。衛兵は背中が総毛立つのを感じた。

「部屋で寝ているはずだ。一階の一番南端だよ。三十分ほど前に部屋に入ってから出て来ない」

「本当だな」

「俺は一時間前から歩哨《ほしょう》当番なんだ。間違いないよ。この隊舎の入り口はここだけだからな」

「ありがとう」

亀山は衛兵の首から手を放し、素早く中に入っていった。


金網をのりこえるのは造作もなかった。軍事基地の主電源室だというのに歩哨の一人も立たせていない。つくづくこの国が平和をむさぼっているのを感じた。

グレーの塗装がほどこされた鋼鉄製のドアには、頑丈な鍵がついている。だが、構造は簡単でノブについている鍵穴に細身のナイフをねじこみ、強く蹴っ飛ばすと中でシリンダーの壊れる音がした。そのまま、ナイフをひねるとかすかな音がしてロックが外れた。中には変電装置がずらりと並び、唸《うな》るような音をたてている。本体には日本語と英語で『危険』と記されている。左右に視線を飛ばした。目当てのものを見つける。笑みがこぼれ、完璧にそろった白い歯が薄暗い電源室の中に浮かんだ。

消火器。

長さ六〇センチほどの赤い大型ボンベが三本あった。そのうちの一本に手を伸ばす。慣れた手付きで安全ピンを抜いた。入り口まで戻り、ボンベを逆さまにするとV字状になったバーを強く握った。消火液が飛び散り、変電装置にふりかかる。

鈍い爆発音がして、青白いスパークが飛んだ。

消火液を順番に大型トランスにかけていく。次々に火を噴いた。基地内にサイレンが鳴り響き、男たちが呼び交わす声が交錯する。空になったボンベを思い切りトランスの一つに叩きつけ、外に出た。

周囲の水銀灯が消え、基地の半分が闇に沈んでいた。電源室は二つにわかれているに違いないと思ったが、大して気にとめなかった。パニックを起こすのが目的だった。

ロシュコフは黒いセーターに黒ズボンという恰好《かっこう》で、顔にも黒い塗料を塗っていた。氷のようなグリーンの瞳が闇の中で光る。ショルダーホルスターから消音器をつけた拳銃を引き抜き、姿勢を低くしたまま、小走りに司令本部に向かった。

ドアを叩き、何度か名前を呼んだ。しかし、返事はなかった。亀山は鍵のかかったドアを蹴って開け、中に入った。照明は消えていたが、窓から差し込む水銀灯の光に照らされ、飛行服をつけたまま誰かがベッドの上で寝ているのはわかった。

「失礼しました」亀山はたどたどしい英語でいった。「緊急事態なもので、こんなご無礼をいたしまして——」

そこまでいって首をかしげる。ベッドの上の人影は動く気配もない。亀山は壁際についているスイッチを入れ、蛍光灯を点《つ》けた。ベッドの上で飛行服を着ていたのは、丸めた毛布だった。

衛兵を呼ぼうと振り返った時、部屋の電気がふっと消え、周囲にサイレンの音が響き出した。心臓が喉から飛び出しそうだった。

亀山は廊下を走り出した。

工藤の禿《は》げ上がった額から玉の汗が転がり落ちる。こめかみ、頬へ。だが、拭う間も惜しかった。すでに二本のミサイルの弾頭部が開かれ、床に黒い箱が置いてある。時限装置の構造は比較的簡単で、緑、黄色、赤の順でリード線を切断すれば安全に取り外すことができた。最後まで工藤を悩ませた青のリード線はダミーで、単なる目くらましに過ぎなかった。だが、八センチほどの円筒部の中で、五センチばかり奥に入ったところにある時限装置に指を伸ばし、リード線の色を一本ずつ確認しながら、ニッパで切断する作業は恐ろしく時間がかかった。

三本目のミサイルの弾頭レンズをドライバーを使って外し、黒い箱を確かめる。ランプが点いていた。いまだにスホーイが導火線のついた大型ナパーム弾であることに変わりない。

パイプの端を食い千切らんばかりに強く噛む。あごがくたびれてきた。全身が冷たい汗で濡れている。食いしばった歯の間からうめき声が漏れる。

緑と黄色の線を切り、黒いテープを巻いて絶縁していった。赤い線を左手の中指と人差し指でつまむ。右手で握ったニッパの刃先をそろそろと近付ける。汗が目に入り、まばたきした拍子にぬるぬるするニッパが右手をするりと抜けて、床に転がった。

その時、格納庫の照明が消えた。原因を考えている余裕はない。落ちたニッパを拾うために腰をかがめている間に四方の壁の一部が開き、非常灯が点く。いつ攻撃を受けるとも知れない軍事基地としては当然の設備だった。

再びミサイルの弾頭部をのぞきこんだ工藤は口汚く罵った。斜め上から差す非常灯の明かりは、ミサイルの開口部の中に影を落としていた。

リード線の所在はぼんやりとわかるが、色の識別はできなかった。工藤は間髪を入れずに壁際の工具棚に駆け寄り、懐中電灯を取り上げた。

黒い染みのような、いやな予感が胸中に広がっていった。

22

寧辺原子力施設警護隊。

パク軍曹は南一五分隊隊長だった。分隊にはソ連製の二三ミリ連装機関砲が配備されており、弾薬もたっぷりと支給されていた。つい十分ほど前まで凄《すさ》まじい勢いで発射され、轟音《ごうおん》に満ちていたのが嘘《うそ》のようにしずまりかえっている。

「隊長」無線機にはりついている若い二等兵が声を張り上げた。「敵機は香山手前で旋回したそうです。こっちに向かっています」

「そうか。皆、今度こそぬかるなよ」パクは声をかけた。

砲についている三人の兵員、それに弾薬を補給する二人、無線機の一人が若い声で応えた。六人の部下、パクにまかされているすべてだった。

パクは金策《キムチエク》工業大学の工学部を卒業したエリートだった。大学では電子工学を専攻、成績も抜群だったが、住民再登録事業で母方の曾祖父《そうそふ》が韓国からの移民であることが発覚、彼の成分は急落した。軍の研究施設でコンピューターのシステムエンジニアとして働いていた彼は、三年間の人民軍使役についた後、寧辺警護隊に配属された。頭脳明晰《めいせき》ではあったが、身体《からだ》の弱かった彼にはつらい過去だった。

パクは砲にはりついている照準係の伍長《ごちょう》を呼んだ。二人は何かにつけ相談し合う仲で、仕事でもプライベートなことでもよく話し合っていた。

「砲の動きを記録してあるか？」パクが訊《き》いた。

「はい、隊長。さっきと同じ動きで良ければ、寸分違《たが》わずに再現することができます」

伍長が自信満々に答える。

「敵機が寧辺原子力施設を狙っていることは間違いない。それに——」パクはしばらく考え込んだ。「私は一介の陸軍軍人に過ぎないから、奴《やつ》がどんな爆弾を搭載しているか知るよしもない。しかしな、滅茶苦茶に動きまわっていた敵機が寧辺に近付いたところで真《ま》っ直《す》ぐ飛ぶようになったと思うんだ」

「私にもそう見えました」

二人の脳裏には探照灯の光の中であざやかに旋回した黒い戦闘機の姿が焼き付いていた。とくに伍長は自ら照準環をのぞいていただけに印象が強烈だった。真っ直ぐに飛び込んできた敵機をとらえ、完璧な見越し角をとって発射を命じた瞬間、信じられないほど急激な旋回を切って、敵機は闇にのみこまれてしまったのだ。

「今度こそ奴は寧辺を叩《たた》くつもりだろう」パクがいった。「私はちょっとした計算をしてみたのだが――」

そういってパクは黒革の手帳に書きつけた数字を伍長に示した。小さな数字が几帳《きちょう》面《めん》に書き込まれた手帳をちらりと見て、伍長は苦笑した。

「私にはわかりませんよ、隊長」

「うん」パクはうなって頭をかいた。「ここに書いてみたのは、敵機の針路が一定で、高度を約六〇〇メートルと想定した場合、さっきの砲の動きに合致することを表したものなんだ。それから二分後の相手の位置を割り出すと――」

「どこを撃てばいいんですか？」伍長がさえぎる。

パクは顔を上げた。伍長が笑っている。パクは手帳を閉じ、笑みで応えた。難しい理屈は必要ではない。パクは伍長が信頼できる砲手であることを再確認し、無駄弾を撃たずに敵機を迎撃できる場所を伍長に教えた。

那須野は主兵装スイッチが入りっ放しになっているのを確認した。爆弾の信管は活性状態にある。レーザー照準装置のスイッチを入れ、近接空中戦モードになっていた攻撃管制システムを爆撃モードに切り換えた。ヘッドアップ・ディスプレイ下端に赤いダイヤ型のマークが現れる。レーザー反射鏡の位置を示している。寧辺原子力施設までの距離は一六キロだった。

那須野は寧辺原子力施設の手前、二キロの地点から直線侵入をするつもりでいた。時間にして十数秒のことだが、一生を使いきってしまうほど長く感じられることだろう。爆撃照準器をセッティングする。爆弾の種類、二〇〇〇ポンドレーザー誘導弾。投下モード、高度三〇〇〇フィートからの緩降下進入。航空機の降下角、三〇度。速度、六〇〇ノット。投下高度、一〇〇〇フィート——指が半ば自動的にテン・キイを叩いていく。六〇〇ノット、マッハ一で爆撃突進をかける。

ヘッドアップ・ディスプレイ越しに前方を見やる。探照灯が放つ太い光の柱が無数に暗い空に突きささっている。スーパービジョンを付けていた時には見えなかった光景。背筋が寒くなる。時折、地上でオレンジ色の光がまたたく。待ちきれない対空砲火陣地が無駄に弾丸を消費しているのだ。ヘルメットに連動しているレーダー警戒装置が短い警報を送ってくる。接近するにつれて警報と警報の間隔が短くなっている。

光の絨毯《じゅうたん》が腹の下に敷かれていく。オレンジ色のまたたきがきつくなり、ネオ・ゼロの周囲で対空砲弾がはじけた。不気味な震動を繰り返しながら、機体が爆風に翻弄される。音は聞こえない。時々、鋭い音がして小さな破片がキャノピーを叩くのがわかる程度だった。

操縦桿《そうじゅうかん》を前後、左右に激しく動かし、フットバアを交互に踏みつける。ジンキング。針路を不規則に短く変更することで、相手の照準を邪魔する方法だった。もっともジンキングの最中は爆撃照準をすることはできない。スーパービジョンを使用していれば、全自動爆撃装置が慣性航法装置と連動して、どんなに細かな動きも爆撃照準に取り入れ、レーザー照準装置の方向を規制し、ロック・オンをかけたままにしている。だが、今度の場合はそうはいかなかった。

最後の二キロは、コース、高度を一定にしたまま飛行せざるをえない。ネギを背負《しょ》った鴨《かも》。対空砲火陣の目の前で間抜けな尻をさらして飛ぶことになる。

激しいジンキングに、ハーネスでシートに縛りつけられているはずの身体が風防の枠や左右のシステムパネルに打ちつけられる。痛みを感じている余裕すらなかった。

空中で炸裂《さくれつ》する砲弾のフラッシュに眩惑《げんわく》されないように目をすぼめ、顔をしかめて飛行する。闇の中でネオ・ゼロは生き物のように身をくねらせ、砲火の隙間をついて飛んだ。探照灯の光芒《こうぼう》に浮かび上がる機体。両翼が左右にひらひらする。

那須野は酸素マスクの中で恐怖の叫び声を張り上げ、スロットルレバーをフルパワーに叩きこんだ。燃料計の指針が凄まじい勢いで回転し、ペガサスXエンジンの咆哮《ほうこう》が周囲を圧倒する。機体が音速を超え、翼の端に生じる衝撃波が赤く燃える大気を粉々にうち砕いた。

「ソニックブームだ」パクは顔を上げた。敵機は音速を突破した。あわてて伍長に声をかける。「砲身角、修正。右へ一五度、右へ一五だ」

「はい、隊長。右一五へ、砲身角修正」伍長が闇の中で答えた。

見越し角を大きく取ることで、相手の目の前へ砲弾を撃ち上げる。パクは祈るような気持ちで暗い空を見上げた。見越し角の計算も、相手の高度も大雑把な計算に基づいているに過ぎない。砲撃管制コンピューターどころか、満足なレーダー支援もない。武器は鋭い勘と熟練した技術だった。

「当たれ」パクは口の中でつぶやいた。


目標に向かって攻撃突進をかけるネオ・ゼロのエンジン出力計はレッドゾーンを指している。ジンキングによる対空砲火回避をしながら、なるべく敵の不意をつくように機動していく。

二度目の突入は、一度目に比べてはるかに危険だった。敵もネオ・ゼロの機動をある程度察知することができる。一度目と二度目とで、爆撃進入モードの変更が許されるのならまだしも、まったく同じ高度、コースで突っ込むのだ。一回目と違うのは速度だけだった。

眼下の白、黄色、オレンジ色の光が一瞬に吹っ飛ぶ。

目標であるべき巨大な原子力施設は闇に包まれてまったく見えなかった。だが、照準器の中の目標イメージがだんだんと赤みを増し、光り輝くようになる。那須野がわずかに操縦桿を引いただけで、ネオ・ゼロはハネ上がり、小高い丘を一気に越えた。右に変針し、すりばち状になった隣の山の壁伝いに高度を下げる。

敵機の爆音が手を伸ばせば届きそうなところに聞こえているというのに、まだ射撃を開始しない第一五分隊に向かって、周囲の将校たちから突き刺すような視線が送られた。パクはあっさりと無視した。読みは正しいはずだ。自分に何度もいい聞かせる。部下たちはパクの射撃命令を待って、じっと待機していた。

腕時計に目をやる。敵機が定針するまであと十秒。

九、八、七、六、五、四、三、二、一——パクは声を限りに叫んだ。

「撃て」

ソ連製の二三ミリ連装砲が火を噴き、金色の薬きょうが次々に吐き出される。砲身が一発撃つごとに後退し、青白い硝煙が周囲にたちこめた。目を開いていられないほど、刺激の強い煙。涙がこぼれる。どの顔もすすけて、真っ黒だった。四発に一発の割合で混合されている曳光弾《えいこうだん》の帯が中天に延びる。

パクは顔を上げた。敵機に命中させることができたか、否か。不明だ。しかし、持てる力のすべてを出しきって成し遂げた仕事の満足感が心を満たしていた。

針路一八二、高度一〇〇〇フィート。目標にロック・オン。レーザー照準装置の十字線と目標の赤いイメージが重なり、瞬時フラッシュする。最終安全弁、解除。那須野は操縦桿についているトリッガーに人差し指をかけた。

ラスト十数秒。恐怖の時間。

その瞬間、右翼端が爆発し、粉々になって飛散した。那須野は本能的に左のフットバアを踏み、操縦桿を引く。目標へのロック・オンは外れなかった。わずかに飛行に影響を受けたものの致命的な損傷にはいたらない。二三ミリ対空砲弾が翼端をかすめていったのだ。

那須野は目を下げて、テレライトパネルを見た。警告灯、なし。

あと十秒。

心臓の鼓動が喉のあたりにある。

七秒。長い。

那須野の身体の中では大量のアドレナリンが燃焼し、時間がゆっくりと流れていくような気がした。

五秒。

機体と自分の身体が一体になったような気がする。ヘッドアップ・ディスプレイの表示だけを見つめる。

三、二、一——那須野はトリッガーを引き絞った。

ネオ・ゼロの胴体下から二〇〇〇ポンド爆弾を吊り下げていたラックが火薬によって破断する。投弾。軽くなった機体がふわりと浮き上がる。那須野は操縦桿を倒し、腹につくほどいっぱいに引いた。フットバアを蹴り、ノズルの方向を瞬間的に変更する。

プル・アップ。

二〇〇〇ポンド爆弾はレーザー光線に誘導された方向へ落ちていった。

小松基地。

工藤は喉の渇きをおぼえた。懐中電灯の尻をくわえているために開きっ放しになった口からよだれがあふれ、あごをつたって制服の胸に黒い染みがついていた。格納庫の照明はまだ非常灯のままで、電源の回復がいつになるのか、皆目見当がつかなかった。

四本目のミサイルのレンズを外し、左手で受け止めようとした。が、汗ですべってコンクリートの床に落ち、カン高い音をたてて砕け散った。かまってはいられない。弾頭部をのぞきこんで、喉から心臓が飛び出しそうになるのを感じた。

赤いランプが点滅している。三本のミサイルを分解した時にはまったく見られなかった。時限信管が作動を開始したに違いなかったが、あえて無視した。手のひらの汗をズボンの尻にこすりつけ、右手にニッパを持った。緑のリード線を左手でつまみ上げる。ニッパの刃先を近付けた。はさみこむ。右手に力をこめた。

その一瞬前、目の前が真っ白になった。

工藤が最後に意識したのは、自分の胸が誰かに押され、空中を飛んでいることだった。スホーイの四本目のミサイルが炸裂《さくれつ》し、オレンジ色の炎が機体の燃料タンクを貫いた。爆発音は衝撃波となって小松基地全体を揺るがし、曇天の空に向かって駆け昇る。スホーイは胴体の真ん中からくずれるように破壊され、工藤が分解したミサイルも次々に誘爆していった。

寧辺。

ネオ・ゼロから投下された爆弾は寧辺原子力施設の屋上に置かれたレーザー光線反射パネルを直撃した。強化鋼一体成型のBLU－109爆弾は、一・五メートルの厚さがある寧辺原子力施設の天井を貫通し、なお潰れなかった。

爆弾は天井を破って施設内に侵入した後もほぼ直線の弾道を描いた。原子炉から延びている一次と二次の冷却水が流れるパイプが複雑にからみあっている場所で、爆弾の後部に取り付けられたソーンEMIの多機能爆弾用信管MFBFが作動、瞬時にして施設内をオレンジ色の火の玉で埋めつくした。

すべての窓から火柱が噴き出す。

一キロほど離れた場所では、警護隊のパクが茫然《ぼうぜん》と見上げていた。寧辺原子力施設の最後だった。


操縦桿を中立に戻し、高度一五〇〇フィートで那須野は水平飛行に入った。針路〇二〇で中国国境に向かっている。速度は五六〇ノット。北朝鮮軍のレーダーが完全にネオ・ゼロを捕捉していたが、スーパービジョンを失った今はレーダーの有効圏より下を飛行することは望むべくもなかった。

爆撃を終えてから、急激な上昇旋回で寧辺上空を離脱した那須野は、そのまま北方へ針路をとった。ウラジオストックから南一〇〇キロの地点で再びソ連空軍と合流し、日本へ向かうためのルートに乗らなければならない。

無線機の周波数を北朝鮮空軍の周波数に変えてみる。英語はほとんどなかった。時折、ミグという言葉が混じり、迎撃戦闘機隊が離陸しているのがわかる程度だった。

ふいに爆発音を聞いたような気がして、那須野は顔を上げた。無意識に口をついて出てきた言葉にぎょっとする。

「どうかしたか、工藤？」

朝鮮民主主義人民共和国、北西部。

「ちょっと停《と》めてくれないか」チェの弟が助手席でいった。

雲田の港にぶつかったところでハイウェイを下り、左折した。一行が乗る漁船はさらに北へ二五キロほどいったところにある定州《チョンジュ》という町で待機している。黒塗りのジル、運転席に座っている男も韓国安全企画部の人間だと説明された。後ろにはチェと妻が座っている。車がブレーキをきしませて停まった。左手は海で、荒れたコンクリートの防波堤上の道路を車は走っていたのだ。

「どうした？」チェが不安そうな顔をして声をかけた。

「ごめん、小便なんだ。兄さんは大丈夫かい？」弟が屈託なくいう。

「オレも付き合うよ」チェは急に尿意をおぼえて、車のドアを開けた。

保衛部の制服を着た弟が先に車を出て、海べりに立った。ズボンの前を開いて放尿する。チェが隣に並んだ。海を見る。

「オレ、ほとんど海を見たことがなかったな」チェは解放感を味わいながらいった。

「ずっと山の中で暮らしていただろう。海なんて遠い世界だったものな」

「韓国に行けば、毎年海水浴ができるさ。冬はスキー。兄さん、スキーをしたことがあるかい」弟は先に終え、ズボンのチャックを上げながら後ろに下がった。

「スキーなんて、夢のまた夢さ」チェは笑った。

スキーや水泳は軍事訓練以外でするものではなかった。弟の声を後ろに聞きながら、チェもズボンのチャックを引き上げる。

「スキー道具って、いくらくらいするものかね」チェは振り返りながらいったが、最後まで口にすることができなかった。

弟が厳しい表情で、今来たばかりのハイウェイをうかがっている。

「どうした？」チェは押し殺した声で訊いた。

「車が尾《つ》けてきているような気がして」弟はしばらくの間、身動《みじろ》ぎもしなかった。「行こう。ここまで何の障害もなかったからね、かえって不安になったのかも知れない」

チェは弟が無理矢理浮かべた笑顔に応えながら、車に戻った。

23

小松基地司令本部。

　地下に侵入したロシュコフは、発電室を捜し歩いた。狭い通路を二度、三度と往復してようやく目当ての部屋を見つける。司令本部の入り口には歩哨《ほしよう》が二人立っていただけで、闇の中から襲いかかったロシュコフの蹴りと手刀で一瞬にして昏倒《こんとう》した。首の骨を折って二人を殺害する。入り口のすぐ左手にあった地下室への階段を下りた。発電室に入るまで誰とも会わなかった。

　ロシュコフは発電装置の制御パネルを見つけるとメイン・スイッチを切った。うなりを生じて回転していた発電用タービンが静まりかえる。ショルダーホルスターから拳銃を引き抜き、制御パネルに向かって引き金をひいた。鈍い発射音。三発でパネルが火を噴いた。ズボンのポケットに突っ込んである銃弾を取り出し、拳銃に補弾する。銃を右手に持ったまま、廊下に出た。非常灯の明かりもバッテリー式に切り換えられたため、弱々しい。

廊下に足音がこだまする。階段をあわてて下りて来る靴の音が交錯した。ロシュコフは左膝をつき、右膝を立てた姿勢を取ると、右手を音のする方向に伸ばした。拳銃を握る右手を包み込むように左手をそえる。M1カービンを持った基地護衛部隊員が三人、階段をあわてた様子で駆け下りてくる。非常灯の明かりで十分だった。三人が廊下に飛び出したところで、ロシュコフは拳銃を発射した。消音器にかき消され、銃声は響かない。

一発目がしんがりにいた男の右目を撃ち抜く。二発目が真ん中の男の頭を砕いた。三人目は弾倉の入っていないライフルを放り出すとくるりと背中を向けた。ロシュコフは容赦なく、三人目の首の後ろに銃弾を叩《たた》きこんだ。

倒れた男たちの側《そば》に歩みより、床に転がるライフルを取り上げた。いずれも古い型の米軍M1カービンだった。ロシュコフは死体を探り、彼らが太もものポケットに突っ込んでいたバナナ型弾倉を抜き取った。どの弾倉にも二十五発ずつ三〇〇カービン弾が装塡されている。拳銃をショルダーホルスターに戻し、両手に一挺《ちょう》ずつライフルを持つ。安全装置を兼ねるセレクターレバーを全自動に入れた。

しばらく耳を澄ましていたが、他の足音が聞こえないことを確認すると、死体をまたぎ、足早に階段を上がった。

一階には男たちの呼び交わす声があふれていた。ロシュコフはそれを聞いて、廊下に面した小さな部屋に飛び込んだ。ドアに身体《からだ》をつけ、保安部員たちが行ってしまうのを待った。廊下に静寂が戻った時、ようやく部屋の様子が目に飛び込んで来る。応接室らしく、低いソファが向かい合わせにすえられている。ガラス戸のはまった棚に何本かの酒瓶が並んでいる。なじみのあるウオトカの瓶を見つけて、にやりと笑った。

ロシュコフは棚からウオトカの瓶を取り上げるとキャップを外して、一口飲んだ。強烈なアルコールの刺激が喉を焼き、口を離した時には思わず溜《た》め息《いき》が漏れた。悪くなかった。わずかな間、瓶を見ていたが、それから中身を周囲にぶちまけはじめた。他のウイスキーやバーボンの中身も同様、カーテンやソファ、テーブルにまき散らす。ライターを出して火を点《つ》けると鈍い爆発音とともに燃え広がった。再び両手にライフルを構えて応接室を出る時には、煙が充満し、炎は激しい勢いで天井を焦がしはじめていた。二階に通じる階段に達した時、本部内には非常ベルの音が鳴り響いていた。

朝鮮民主主義人民共和国、平壌。

保衛部は、市の中心部にある十五階建てのビルを占領している。長官室は最上階と地下にあった。今は最上階で通常の任務体制にあった。月に二度の訓練日には地下司令室で執務をする。

「それでは君の存在はアメリカにはまったく知られていないわけだな」長官は受話器を

耳にあてたまま、嬉《うれ》しそうにいった。

「アメリカも長官のお書きになったシナリオの通りに動いています。日本も、韓国もすべては計算通りです」電話の声がいった。

「いやいや、これもすべては偉大なる指導者のお導きだよ」長官は浮かんでくる笑みをかみ殺して応じた。

「それで、奴《やつ》はうまくやったのですか？」

「ああ、見事に爆撃を果たした。チェが置いたレーザー光線の反射鏡にずばりと命中させたよ。あんな男なら、我が空軍にも一人欲しいところだな」

「奴は組織には向きません。はぐれ狼《おおかみ》なんです」

「まあ、いいさ。あのパイロットもそれほど長くは生きていられまい。我が空軍大隊が北方の中国国境付近に追いつめている。せいぜい三十分ほどで決着がつくだろう」

「バーンズ准将は三沢基地に行きました」

「なぜ？」

「最後の保険だそうです。万が一、貴国の空軍が〈ジーク〉を撃ちもらした場合に備えてね。日本海上空で撃墜する用意をしておくといってましたが――」電話の声が歪《ゆが》んで聞こえた。

長官は鼻を鳴らした。

「無駄なことを。我が空軍は、百機からを投入しているんだ。逃げられるものか」

その時、受話器からベルの音が漏れてきた。

「どうした？」長官が訊《き》いた。

「ロシュコフが暴れているんでしょう。では、これで」

相手が受話器を置く音が聞こえた。長官は静かに電話を切った。ほとんど同時にベルが鳴る。最初のベルが鳴り終わらないうちに長官は受話器を取り上げていた。

「はい」

「チェは間もなく港に到着します」相手は挨拶もなく、いきなり切り出してきた。自動車電話特有の音声が途切れる電話だった。

「安全企画部も一緒だな？」

「そうです。チェの妻も一緒です」

「逮捕しろ」保衛部長官は淡々といった。「南へ向かう船に到着したところで安全企画部員もろとも捕捉するんだ。失敗は許されない」

「わかりました」

「とらえきれない時には殺せ。企画部員も、船にいる連中も一人として生きて帰すな」

「わかりました」

長官は受話器を叩きつけるように置いた。

北朝鮮北部——。

MiG－29フルクラム四機小隊が中国国境にほど近い忠満江《チュンマンガン》上空で、寧辺原子力施設を爆撃した敵機を追尾していた。MiG－29のレーダー『スロット・バック』は一〇〇キロ先の目標を捕捉することができる。敵機の機影はコクピットのレーダースクリーンにはっきりととらえられている。先導機を駆る小隊長が興奮を無理矢理押し殺した声でいった。

「敵機発見、方位〇三〇、高度二・〇」

小隊長のヘルメットの中に部下たちが発する、了解の声が一斉に響いた。

四機のMiG－29はいずれも敵機をレーダーにとらえたのだった。二番機が地上管制官に連絡する声が聞こえる。それから小隊長は二度翼を振ると左翼をぐっと沈め、右降下旋回に入った。三機もそれに続き、暗闇の中で航空灯をまたたかせながら、高度を下げる。右前方を飛ぶ敵機に対し、下方から背後へまわりこもうというのだ。目標機は意外に間近だった。四機のMiG－29は一三、四キロほど離れた目標機の後方にまわりこんだ。小隊長が敵機の一番弱点である真後ろにぴったりと自機を誘導する。

二番機は小隊長機の後方約一キロ。二番機はさっそく三〇ミリ機関砲の安全装置を解除した。

あと三分と少しで中国の領空に達する。その前にＭｉＧ－29が搭載している短射程赤外線追尾式ミサイルＡＡ－11『アーチャー』の弾頭部がロック・オンするはずだった。

二番機のパイロットは隊長が発する降下命令をヘルメットの内側に聞きながら、操縦桿《そうじゅうかん》を前へ倒した。地面に向かい、ＭｉＧ－29が加速する。

「目標までの距離、六〇〇〇」小隊長がいった。「ロック・オン中」

「了解」二番機のパイロットはマスクの中で口許《くちもと》をゆがめた。

「距離、五八〇〇」と小隊長。

「了解」

二番機のパイロットはわずかにフットバアを踏んだ。機首が右にスライドする。小隊長機はスロットルを絞り、二番機の後ろに占位すると高度を取った。小隊長がバックアップにまわり、二番機がリードする。

「距離、五六〇〇」二番機のパイロットの声が淡々と響く。

二番機のパイロットは操縦桿をぐっと握った。トリッガーにかけたままの人差し指が震える。目標機は照準装置の中で、ぐんぐん大きくなった。四機のＭｉＧ－29は敵機を目指して、まっすぐに突っ込んでいった。距離、四〇〇〇メートルで敵機の排気口から流れる大量の赤外線をキャッチした。

ロック・オン。

一瞬の出来事だった。敵機の右翼から地上に向かってミサイルが放たれ、それに目を奪われた瞬間、照準器にとらえていた敵機が蛇が鎌首をもたげるように機首を大きく起こしたのだ。

二番機のパイロットはぽかんと口を開けて、敵機の機動に見入った。

ゆったりと飛んでいた目標機が急激に立ち上がった。二番機の速度はマッハ〇・九。敵機が急ブレーキをかけ、空中で棒立ちになったために、その胴体めがけて突っ込む恰《かっ》好《こう》になった。二番機のパイロットは半ば本能的に左のフットバアを踏み込んで、機首を激しく振った。風防にヘルメットを叩きつけられ、気が遠くなる。それでも操縦桿を払い、ＭｉＧ－29を横転させた。

敵機は進行方向に対して一二〇度も機体を起こしていた。敵機のわき、一五メートルほど左を四機のＭｉＧ－29がすり抜ける。

レーダー警戒装置の警報が絶え間なく耳を打つ。音と音の間隔が段々と短くなり、敵機が接近していることを知らせた。操縦席の左側にあるレーダー管制スイッチに手を伸ばす。前方一二〇度の幅で二秒間レーダー波を照射した。ヘッドアップ・ディスプレイに前方から迫る機影が映じた。その数、ざっと二十機。後ろから追いかけてくる北朝鮮空軍機の数ははっきりしないが、無線を傍受した感じでは四機から六機と考えられた。

前から迫り来るのは中華人民共和国空軍機だった。

那須野は計器パネル中央のディスプレイに映し出される地形図に目をやる。中国国境まであと三分。

集安《ジーアン》。

中国と北朝鮮の国境にある、人口三万人の町。ネオ・ゼロの詳細地形図には、そこに石油の備蓄基地があることを示していた。ほんの数分前まで那須野は自分の死を信じて疑わなかった。後方から接近して来た北朝鮮空軍機は約一〇〇キロ離れた場所からレーダー波を送ってきていた。とても逃げ切れる相手ではない。もし、集安の石油備蓄基地に気付くのがほんのわずか遅かったら、那須野は操縦桿を引いて宙返りを打ち、ＭｉＧ－29編隊と対峙《たいじ》していたはずだった。

勝算があったわけではない。ただ、後ろから撃たれるのを潔しとしなかったのだ。

中国が国境付近に警戒部隊を送るのは予測できる。北朝鮮空軍機が飛び回っているのだ。黙って見過ごすはずがない。そう思ってレーダーを操作した。相手もネオ・ゼロのレーダー波を受け、こちらの正確な場所をつかむはずだった。

再び二秒間レーダーを作動させる。

中国機は一斉に針路を南東に取り、真《ま》っ直《す》ぐ向かって来ている。会敵まで二、三分というところか——那須野は酸素マスクの中で唇をなめた。ひどい喉の渇きに苦しめられていた。
レーザー照準装置、オン。暗闇を不可視光線が切り裂く。ヘッドアップ・ディスプレイに標的の姿が浮かび上がる。距離、四・五ノーチカルマイル。マベリック改にはきつい距離だった。操縦桿を倒し、急降下に入る。ＭｉＧ－29が追尾してくるのを尻に感じる。身体がふわりと浮き上がり、胃袋の底が持ち上げられ、ひっくり返りそうだった。
三・七――。ヘルメットの下から汗が流れ出し、目が痛む。拭っているひまはない。
三・二――。中国軍機が遅い。赤外線追尾式ミサイルがいつ後方から飛んでくるか？　それればかりが気になる。マベリック改の最終安全装置を解除し、空対地戦闘モードに切り換える。
二・七――。ヘッドアップ・ディスプレイに赤いランプ。ヘルメットに低い電子音、オーラルトーンが響く。
マベリック改が石油備蓄基地のどこかにロック・オンした。液化ガスが詰まっているはずの、丸いタンクを捜す。空対地ミサイルはたった一発しかない。左翼下のサイドワインダー改で地上攻撃をするのは無理だ。
二・〇――。レーダー警報とオーラルトーンがヘルメットの中で騒々しい音をたてている。
速度が上がり、音速圏に移行する。機体は濡《ぬ》れた犬が身体を震わせるように細かく震動した。Gジャンプ。衝撃波が起こり、それを打ち消そうとする機体の反応だった。

レーダー警報が連続的に鳴りはじめた。

一・六——。那須野は操縦桿についているトリッガーを引き絞った。マベリック改が右翼から外れ、闇の中でブルーに輝く炎の航跡を残しながら吸い込まれていった。ほとんど同時に那須野は操縦桿を思い切り引き、ノズル指向レバーを一気に中立の位置まで引き戻した。推力ベクトル変換をかけ、通常の上昇機動よりはるかに小さく旋回しようとする。ネオ・ゼロはヘビー級ボクサーのアッパーカットを食らったように機首を上げ、空中で棒立ちになった。

ヘッドアップ・ディスプレイに表示されるGメーターの表示が瞬時にして7から8・5、9とはね上がる。血液が頭から下がり、視界が暗くなる。軽度のブラックアウト。意識が遠のく。推力ベクトル変換を長く行うと速度が奪われる。戦闘機の足が遅くなるのは致命的だった。気力をふりしぼって、ノズル指向レバーを前に倒す。意志の力というより、速度を失うことの恐怖が勝っただけだった。

レーダー警報装置が沈黙した。北朝鮮機がネオ・ゼロを避けるために散開したに違いなかった。右のフットバアを蹴っ飛ばし、操縦桿を前に叩き込む。

暗い大地にオレンジ色の巨大な火の玉。

マベリック改が集安の石油基地に命中したのだ。同時に新たなレーダー警報がなる。

中国機がロック・オンをかけてきた。タイミングはこの上なく完璧だった。無線機の周波数を北朝鮮空軍が使用しているバンドに切り換える。聞こえたのは絶叫だけだった。

オレンジ色の炎——MiG－29を駆る二番機のパイロットは信じられぬ思いで前を見つめていた。例の敵機が地上にある中国の石油備蓄基地をミサイルで攻撃したのだった。何ということを——二番機のパイロットは文字通り背中が総毛立つのを感じた。小隊長の警告が耳に入る。操縦桿を引いた。機首を上げる。その時、レーダー警報が鳴った。MiG－29がロック・オンをかけられている。

首をめぐらした。暗黒の虚空。

ふいに目の前を光が走った。

ミサイル？

絶叫。操縦桿を左に倒し、左フットバアを踏み込む。中国機のミサイルはMiG－29の胴体中央を貫き、エンジンを爆発させた。

24

小松基地管制室。

「将軍、こちらへ」

声をかけられ、川崎は四カ所ある管制室の出入り口の一つから廊下に連れ出された。右腕を田代がつかんでいる。

管制室の中に銃声が響く。

「放せ」川崎は乱暴に腕を引いた。

「将軍、危険すぎます。私と一緒に来て下さい」田代の右手にはずんぐりした回転式拳銃がぶら下がっていた。

「どうしたんだ、そんなもの？」川崎はあごで銃をしゃくった。

田代は右手を持ち上げ、寂しそうな笑みを浮かべた。

「似合わないのは百も承知ですがね。私の任務はあなたを護衛することでもあるんです」

「一体、何が起こっているんだ？」

「わかりません。南端の格納庫でロシュコフが乗ってきたスホーイが爆発したと思ったらこの有り様です」

「爆発した？」

田代はうなずいた。

「工藤が死にました。亀山がロシュコフの部屋を訪ねた時には、奴《やつ》はもういなかったそうです」

「いない」川崎はおうむ返しに言葉を発するのが精一杯だった。

背後から断続的に銃を発射する音が聞こえる。川崎にも馴染《なじ》みの深い音。航空自衛隊が使用しているM1カービンを連射している時の銃声だった。

「ロシュコフが？」川崎は乾いた唇をなめた。

「ええ」田代は銃を右手に構えると川崎の肩に手をかけた。「行きましょう、将軍。我々も長居は無用です」

「どこへ？」

「どこでもいい」田代のこめかみに血管が浮かび上がった。「ここ以外ならどこでもいいんですよ、将軍」

川崎は田代の全身から発せられる匂いを嗅ぎとった。口の中にひろがる錆《さび》のような血の味。恐怖。

「君、銃を撃てるのかね？」川崎がぼそりと訊《き》いた。

田代は銃を見ていたが、ゆっくりと首を振った。

非常灯の暗がりの中、視線を飛ばすと司令室の入り口付近に折りかさなるようにして、ブルーの制服を着た男たちが三人倒れている。廊下には弾倉の入っていないライフルが転がっていた。銃を構える前に撃たれたに違いなかった。

あの男がいたら、と川崎は思った。

那須野治朗がかつてジーク・ザ・キラーと呼ばれたのは、空中戦で敵機を落としたからではない。パイロットの中でもためらわず、良心の呵責《かしやく》を感じることもなく人を殺せる男だけが撃墜マークを機体につけることができる。空でも、地上でも、その心根が変わることはない。那須野なら考える前に撃っているだろう――川崎は田代の先に立って歩きはじめた。


管制室に飛び込んだ時には、暗い部屋の中で男たちが走り回っていた。

入り口にいた三人の歩哨《ほしよう》を簡単に射殺し、薄青い煙をたち昇らせるM1カービンを両手で抱えたロシュコフは、左手に持って腰だめにした銃を連射しながら右から左へなぎ払った。銃弾がレーダーコンソールを破裂させ、コントロールパネルではねて、火花を散らす。

受話器を取り上げた男の背中に二発叩《たた》きこみ、腰につけたホルスターから拳銃を引き抜こうとした男の胸板を撃ち抜いた。

一挺目《ちょうめ》の銃が空になり、それを捨てたロシュコフは右手のライフルを両手で保持した。誰もが管制装置のかげで頭を抱えている。誰も動かなかった。ロシュコフは数分で十人の男たちを撃ち殺し、空になった弾倉を抜いた。

一人が立ち上がって、ロシュコフに飛びかかってきた。ロシュコフは銃をくるりと反転させると銃床で男のあごを砕き、返す手で素早く弾倉を叩きこんだ。

何人かが腰を浮かしかけている。ライフルの銃口が流れるように動き、中腰のまま茫《ぼう》然《ぜん》としている男たちの顔面に次々に銃弾を撃ちこんでいった。頭が破裂し、間抜けな面をつけた顔が粉々になる。

ロシュコフが管制室に入るのとほとんど同時に出て行った二人の男。それが標的であることは間違いなかった。

ロシュコフは銃床を肩につけるとフルオートのまま、弾丸を大きなガラス窓に叩きこむ。鋭い金属音。ガラスが細かい破片になって、右へ左へゆっくりと飛び散った。風が吹きこむ。レーダーコンソールの上から舌なめずりするようにまたたいていた炎が風にあおられて立ち上がる。破裂音。燃えるコードがたれ下がって、その下にかくれていた男の首筋に落ちる。男は絶叫しながら立ち上がった。ロシュコフは銃を向け、三点射する。男の首は肩から上が一瞬で失われ、銃弾を食らった反動でレーダーコンソールの向こう側に吹っ飛んだ。新たな悲鳴が上がった。

ロシュコフはライフルに新しい弾倉を差しこみながら、管制室を出た。

朝鮮民主主義人民共和国、北西部。

黒塗りのジルが漁港の片隅に停車した。運転席の男がキイをひねってエンジンを止める。静寂が押しつつんだ。とろりとした黒い水をたたえた港に二百隻もの漁船が並んでいた。チェ・ペクス、妻、弟、そして運転席の男が次々に車を降りた。

「大丈夫なのかい？」チェが弟に訊いた。

「心配ないさ」弟は周囲に目を配りながらいった。

船の手配をしたのは、運転席にいた男だった。彼は警備員が詰めている電話ボックスのような箱の前に行った。

運転席の男が二、三言交わし、警備員が何度かうなずいて、防波堤の先端を指差した。弟の視線が自然とそちらに向く。心臓が凍りつきそうになった。港の一番外海よりには保衛部の巡視艇と魚雷艇がグレーの船体を浮かべていた。どちらの船の上でも人が動きはじめている。周囲は漆黒の闇から濃いブルーへと変じている。弟は右手で腰につけたホルスターに手をやった。マカロフ自動拳銃。確かな手触りに少し安心する。運転席の男が戻ってきた。

「あの警備室に詰めている奴も我々のエージェントです、ご安心下さい」運転席の男がいった。

「船の場所を訊いたのか？」弟が訊いた。

「逆です」運転席の男はおかしそうに笑った。「間抜けな奴でして、船の場所はこっちが教えてやったくらいですよ。もっともそれだけ我々の船が目立たないということでもあるのですが」

弟はふいに不安を感じた。焦燥感が胸の底を焦がす。

「急ごう」

運転席の男が先頭にたって歩きはじめる。目指す船は魚雷艇や巡視艇とは反対側の防波堤沿いにあるということだった。その時、警備員がウォーキートーキーを机の下から引っ張り出して、何ごとか喋《しゃべ》ったことに四人とも気付いていない。チェは妻の背中に手をまわし、支えるようにして歩を進めた。

「あの船です」運転席の男がいう。

弟は顔をしかめた。木造の小さな船の上で小柄な男が立っているのが見える。四人は二分ほどで船に到着した。

「すぐ出航の準備をしてくれ」弟は防波堤の上から声をかけた。

「準備はできて――」船上の男はいいかけて、口をつぐんだ。その目が弟を通りすぎて、後ろを見ている。

弟はゆっくりと振り向いた。すでにホルスターのボタンを外し、マカロフの銃把を握っている。焦げ茶色の制服を着た保衛部員が立っているのが目に入った。

「無駄な抵抗はしないことだな」保衛部員は静かにいった。たった一人だった。

「どういうことだ？」弟は拳銃に手をかけたが、抜くようなことはしない。「我々は平壌まで移動するだけのことだ。移動命令書も持参している。問題はないはずだが」

「我々は寧辺からずっとお前たちを尾行しているんだ。だから無駄な抵抗をするなといっているだけでね」保衛部員は渋い笑みを見せた。

その後ろに短機関銃を両手で保持した保衛部員が立つ。さらに左右をぐるりと取り囲むように焦げ茶色の制服が並んだ。その数、ざっと三十。

運転席にいた男が突然奇妙な叫び声を上げるとホルスターから拳銃を抜いた。船の上の男が船倉に声をかけた。ごましお頭の中年男が顔を出し、周囲の状況を見てとるとすぐに引っ込んだ。船上の男がもやい綱にかじりつく。弟がひざまずき、チェは妻の肩を抱くようにしてコンクリートの防波堤の上に伏せた。

保衛部員たちの短機関銃が一斉に火を噴いた。

運転席の男は銃を半ば抜きかけた恰好《かっこう》で胸と腹をずたずたに撃ち抜かれた。腹の傷からぬめぬめと光る内臓が飛び出す。船の上にいた男は胸と腹に一発ずつ短機関銃弾を受け、海に落ちた。船倉からごましお頭が飛び出してきて、海に逃れようとしたが、背中を一文字に撃たれた。

弟がすらりと拳銃を抜いて、隊長らしい男に狙いを定めようとした。伸ばした右腕が鉄の棒で殴られたような衝撃を感じる。銃が乾いた音をたてて転がった。右腕が肘から少し先で折れ、ぶらりとたれ下がる。

チェが顔を上げた。弟と視線が合う。チェは夢中で転がっているマカロフに手を伸ばした。

保衛隊長の手の中で短機関銃が吼《ほ》えた。チェは銃を両手で握ったまま、目を閉じた。身体《からだ》が動かない。だが、弾丸はチェの身体にはかすりもせず、かわりにすぐ後ろで湿った音がした。振り返る。

妻が見返していた。目が哀《かな》しそうにうるんでいるが、ぽつんと小さくなった瞳が何も見ていないのは明らかだった。妻の鼻から下、あごまでが銃弾に弾《はじ》き飛ばされ、歯茎から白い歯が見える。

チェは保衛隊長に視線を向けた。保衛隊長が薄く笑みを浮かべている。また、短機関銃が発射された。

弟が顔面を砕かれて後ろへ吹っ飛んだ。

チェはゆっくりと立ち上がった。右手に握った銃を静かに水平に持ち上げる。保衛隊長はにやにや笑いを引っ込めなかった。銃を構えた。

笛の鳴る音を聞いた。少なくともチェにはそう聞こえた。左の脇腹に強烈なパンチを食ったようだ。次いで右膝。倒れかかりながらも、銃の引き金をひいた。チェの手の中でマカロフが弾けた。保衛隊長が大笑いする。チェの放った弾丸は足元のコンクリートを削ったに過ぎない。

また笛が鳴った。今度は喉に衝撃がきた。チェには、首の横から入った銃弾が頸骨《けいこつ》を砕いて頭頂部から飛び出したことは意識できなかった。

保衛隊長が渋い表情になった。

小松基地司令本部一階。

玄関を入ったところに吹き抜けがあり、二〇メートル四方ほどの開けた空間がある。川崎と田代は煙がたちこめる玄関ホールで本部庁舎を振り返った。ロシュコフが放った炎は木造の古い建物全体に燃え広がっていた。

茫然と見上げる川崎の肩を田代が押し、二人は外へ向かいかけた。川崎の足元が爆《は》ぜ、木の床がまくれ上がる。二人が同時に振り向いた。

Ｍ１カービンを肩づけしたロシュコフが煙の中から現れた。一八七センチの長身が周囲を圧倒する。川崎は真っ直《ます》ぐにロシュコフのグリーンの瞳を見返した。

田代は、銃をぶら下げたまま、茫然とロシュコフを見つめている。

「派手にやってくれたもんだな」川崎は英語でいった。

「任務だ」ロシュコフは照星の向こう側で凄味《すごみ》のある笑みを浮かべた。

田代の手から拳銃が離れ、床に転がる。川崎の視線がちらりと床の銃を追う。ロシュコフはきれいに整った歯を見せて、にやりと笑った。Ｍ１カービンの銃口は川崎の胸をポイントしていた。

川崎は歯を食いしばった。ロシュコフは引き金にかけた人差し指に力をこめた。

その時、グレーの塊が右側から飛び出して来て、ロシュコフに体当たりを食らわせた。瞬間的な動きに十分な抵抗ができないまま、ロシュコフが後ろへ弾き飛ばされる。カービンが一度だけ火を噴く。ガス圧が十分でなかったために薬きょうがカービンの機関部に詰まった。

グレーの塊と見えたのは、一人の男だった。ジャンパーにすり切れたジーンズ、足には黄色のバスケットシューズをはいている。金髪をクルーカットにした若い男だった。若い男は立ち上がろうとするロシュコフのあごに靴を飛ばした。ロシュコフは身体を引くのと同時に右の拳を突き出した。

金髪の男が後ろへ下がって避《よ》けた。

ロシュコフは左手で持った銃を叩きつけるように投げ出し、男が左へ飛ぶのを見ながらショルダーホルスターから拳銃を引き抜いた。

金髪の男が悲鳴を上げる。ロシュコフの手の中で消音拳銃が揺れた。金色の薬きょうを弾き飛ばす。男のジーンズからほこりが舞い上がり、血が飛び散った。

ロシュコフは身体を起こし、再び銃を構えた。金髪の男が左の太ももをおさえ、壁づたいに立ち上がる。ロシュコフの拳銃を見つめていた。

銃声。

ロシュコフの右手が粉々になって吹っ飛び、銃が床に転がった。

川崎が田代の拳銃を持っていた。金髪の男は足をひきずりながらロシュコフに近寄ると床に転がった拳銃を蹴飛ばした。傷口に響いて、大袈裟《おおげさ》に顔をしかめる。ロシュコフは目を見開いて、手首から先がなくなった、自分の右手を見つめていた。

金髪の男が川崎に近付き、右手を差し出す。ぬらぬらと光る血で汚れていたが、まるで気にするでもなく、川崎は男の手を握った。

「ありがとう」川崎がいった。

「いいえ。もっと早く来るつもりだったのですが、そうすればこんな騒ぎにならずにすんだのに残念です」金髪の男がいった。

「君は？」

「ハイファといいます」金髪の男は渋い笑みを見せた。「信じる、信じないはどちらでも結構ですが、イスラエルのエージェントでしてね。ラビン大佐と一緒に働いています」

「ラビン？　じゃ、那須野の知り合いかね？」

「そうです。ジークが日本について間もない頃、イスラエルの駐日大使館を通じて大佐に連絡がありました」

「何と？」

それからハイファは那須野が会議の席上で会ったロシュコフという男にキナ臭いものを感じて連絡してきたのだといった。ラビンは南米にいたハイファをすぐに呼ぼうとしたが、麻薬組織との金銭トラブルのためにハイファの出発が遅れたのだった。

「ジークはラビン大佐に頼みました」ハイファがいった。

川崎は眉を上げた。

「あなたを護衛するようにいったのです」ハイファが無言の問いに静かに答えた。

「どうして私がここにいるとわかったのかね？　ここに入るのも簡単ではなかったはずだ」川崎が当然の疑問を口にした。

その時、ハイファの視界の隅を光が飛んだ。川崎を突き飛ばすのが精一杯だった。身体をねじ曲げようとして果たせなかった。ロシュコフの左手にスペッツナズナイフのグリップが握られている。刃先はハイファの右の脇腹に深々と突き刺さっていた。ハイファは右手で傷口をおさえ、がっくりと膝をついた。川崎は銃を持ち上げ、目の高さに構えるとたて続けに引き金を絞り落とした。

一撃でロシュコフの頭半分が吹き飛び、二発目が首の付け根ではねた。三発目がどこに飛んだか、川崎にはわからなかった。ロシュコフの身体がゆっくりと後ろへ倒れるより早く、川崎は怒鳴った。

「田代、衛生班だ。衛生班を早く呼べ」

ハイファは急速に薄れゆく意識の中で、日本で死ぬことになったソ連エージェントの死体を見つめていた。

朝鮮民主主義人民共和国、南大川上空。

那須野は操縦席の中でハーネスにがんじがらめに縛りあげられながら、それでも言葉にしようもない満足感にひたっていた。

集安の石油基地を攻撃し、中国空軍と北朝鮮空軍の間に大規模な空戦を引き起こし、その混乱の中で反転、旋回して狄踰嶺《チヨギユリヨン》山脈を越えて南下、狼林《ランリム》区の小規模なレーダー施設を機関砲で攻撃した後、針路を変更、長津湖上空に出た。それからは往路と同じく南大川の上を飛び——スーパービジョンを失った那須野が障害物がなく飛べるのは川か海の上だった——間もなく、日本海に達しようとしている。

スーパービジョンにはりつけてあったチューインガム。妨害工作。どこかで今回の作戦が破綻しているのは確かだった。ソ連機編隊が迎えに来るとは思えなかった。

計器中央のディスプレイに燃料状況を表示する。残量、三五〇〇ポンド。時間にして約一時間飛べる。だが、北朝鮮の領海を離脱した地点で高度を上げ、燃費をかせぐにしても日本まで到達できるか疑問だった。救援信号を打電して、脱出を余儀なくされるだろう、と那須野は思った。海上自衛隊がヘリコプター搭載艦を派遣してくれれば、ネオ・ゼロを失うことなく、着艦して見せる自信はあったが、それは望むべくもない。

ネオ・ゼロは不可能な作戦をやってのけたのだ。

那須野にはそれで十分だった。


朝鮮民主主義人民共和国、平壌。

重い樫《かし》のドアを開いて、保衛部長官が飛び込んでくる。

男は分厚いまぶたを持ち上げて、ものうげに長官を見た。

「中華人民共和国が五分前に宣戦布告をしました」長官の顔にはびっしりと汗が浮かんでいた。

「引き上げさせよ」男が低い声でいった。

「は？」長官が口を半ば開いたまま、訊き返した。

「すぐに我が軍を引き上げさせるのだ。中国国境での挑発行為は聞いている。その原因についても、だ」男は言葉を切った。保衛部長官の顔が青ざめている。「だが、今は中国とことを構えるわけにはいかない。これから二時間、我が軍には一切の行動を禁ずる。車両の移動も許されない。わかったか？」

「はい」長官は背筋を伸ばしたまま、何度もうなずいた。

「それから通信部にすぐホット・ラインをつなぐようにいってくれ」

「は？」

「ソ連書記長と中国首相にすぐにホット・ラインをつなぐのだ」

保衛部長官はよろよろと部屋を出ていった。

その後ろ姿を見ながら、男はもの思いに沈む。保衛部長官は優秀ではあるが、所詮は手足に過ぎない。

それでいいとも思う。アジアのことを包括的に考えられるのは結局自分しかいないのだから――。

25

日本海上空。

「こちらは〈ジーク〉」那須野はマイクロフォンに声を吹き込んだ。「現在地、北緯三八度三分、東経一三二度二〇分、竹島《たけしま》の北五〇マイル」

無線機を受信に切り換える。ヘルメットの内側に仕込んだイヤフォンには低いノイズが流れるだけで返事はない。

同じことを繰り返す。それでも小松基地に詰めているはずの川崎からは何もいって来なかった。那須野は何度か深く呼吸すると気持ちをしずめた。小松基地までの距離は二六八マイルで、残存燃料は約二〇〇〇ポンド、飛行時間にして四十分になる。ネオ・ゼロの速度は巡航の四〇〇ノット、時速七四〇キロだった。那須野はヘッドアップ・ディスプレイの表示に目をやった。目標到達までの時間が三十五分となっている。ソ連機による復路の燃料補給をえられなかったが、機内燃料だけで何とか石川県沖まで達することはできそうだった。

本来の作戦では小松沖一〇〇キロの地点で連絡を入れ、ネオ・ゼロを放棄、海上保安庁の巡視船に救助される手筈《てはず》になっていた。那須野は小松基地に所属するパイロットの一人として登録され、夜間訓練飛行中に位置喪失し、訓練機から脱出したことになっている。すでに巡視船は那須野を捜しているはずだった。

胸のうちに酸っぱい匂いのする不安が広がりはじめる。スーパービジョンにチューインガムが貼りつけられ、復路にやって来るはずのソ連機もなかった。次々にわきあがってくる思いを、軽く頭を振ることで捨て、操縦計器に集中する。

計器パネルの左上部にある四インチ四方の戦術電子戦ディスプレイに赤ランプが点滅しはじめたからだった。これはネオ・ゼロが航空機の機上レーダーに照射されていることを示している。那須野は敵味方識別装置ＩＦＦのスイッチを入れ、航空自衛隊の識別コードを打電した。だが、相手は沈黙したままだった。無線機のスイッチを自衛隊の周波数から国際航空周波数に切り換える。途端に相手の声が飛び込んできた。

ロシア語。

だが、それは那須野にも馴染《なじ》み深いセンテンスだった。

〝貴機は日本国国境を侵犯しつつある、退去せよ。繰り返す、貴機は日本国国境を侵犯しつつある、退去せよ――〟

手順通り、同じ台詞《せりふ》が英語で繰り返された。相手機は航空自衛隊だった。

那須野は頭に血がのぼり、顔が火照るのを感じた。

ＩＦＦをビルト・イン方式で素早くチェックする。故障、なし。もう一度応答電波を発信した。相手はまるでロボットのように同じ台詞を繰り返した。那須野は無線機のスイッチを入れた。

「こちらは〈ジーク〉。航空自衛隊の所属機だ。ＩＦＦを確認せよ」

〝ＩＦＦに反応なし。日本領空から退去しないかぎり、撃墜する――〟

撃墜？　那須野の頭から血がひいた。思わず日本語で怒鳴りつけた。

「いい加減にしろ、オレの機には燃料がほとんどない。小松基地まで先導しろ」

相手が沈黙した。そして再び退去命令を繰り返しはじめた。那須野ははじめて気が付いた。ネオ・ゼロを捕捉しているのは航空自衛隊機ではない。

相手が日本語で怒鳴り返してきた時、三沢基地に展開する米空軍第三八八戦術飛行隊の少佐は沈黙せざるをえなかった。三沢に勤務して三年。相手が日本語を使っていることは理解できたが、怒鳴り返すほどのボキャブラリーは持ち合わせていなかった。

ちらりと後方、やや上を飛んでいる編隊僚機を振り返る。少佐の機と同じく、ブルーグレーの塗装を施されたＦ－16ファイティングファルコン。それには国防総省に勤めている作戦司令、フランクリン・Ｆ・バーンズ准将が乗っていた。将軍自ら操縦桿《そうじゅうかん》を握っている。バーンズ准将から航空自衛隊機になりすまし、日本領空の西端まで飛ぶようにいわれた時には疑問が浮かびかけたが、軍人の習性で敬礼を返して受令していた。実働部隊は命令に対して疑問を持ったり、考えたりしない。

少佐は仕方なく、英語で領空侵犯を告げ、退去命令を繰り返した。

バーンズは無線でのやりとりを聞きながら、先導機を駆る少佐が困惑しているのを感じた。

ジークは喧嘩《けんか》上手だ——酸素マスクの内側でにやりと笑う。スロットルレバーについている目標設定ツマミを操作し、レーダー・ロック・オンをかける。ヘッドアップ・ディスプレイに相手の諸元があらわれた。

400、1、144——目標機の速度は四〇〇ノットで一Gの直線飛行中。自機と目標機との航路の交差角は一四四度。

20・0、1030——目標機の高度、二万フィート。彼我の接近速度は一〇三〇ノット、時速一九〇〇キロ。

そして目標機と自機の間にある距離は四〇マイルほどにすぎない。このままでも二分ほどで衝突することになる。バーンズは無線機のスイッチを米軍の暗号通信に切り換え、編隊僚機に話しかけた。

「まわりこむ。降下しろ。後方、下から目標機に接近する」

僚機が無線機のスイッチを二度鳴らして、了解の合図を送ってくるのと同時にバーンズはスロットルレバーを前進させ、アフタ・バーナに点火した。F－101エンジンが吼《ほ》え、二メートルに達するオレンジ色の炎を排気口から吐き出した。二機のファイティングファルコンは蹴飛ばされたように加速を開始し、降下していった。


ヘルメットの内側にレーダー警戒装置の警報が響き、那須野は喉を鳴らした。相手が誰であるにせよ、本気としか思えない。ロック・オン。次にミサイルが飛んでくることになる。だが、今の那須野にはなすすべはなかった。燃料は刻一刻と減少していく。真《ま》っ直《す》ぐに飛んで、小松までぎりぎりの量だ。回避運動をするだけの余裕はない。

だが、ロック・オンはしばらくすると外れた。那須野はレーダーのスイッチを入れた。約四〇マイル先に相手機をとらえる。

ネオ・ゼロに残っている兵器はサイドワインダー改が一発。二〇ミリ機関砲弾が二〇〇発あまりだった。四〇マイルという距離はサイドワインダー改の有効射程をはるかに超えている。スロットルレバーについているスイッチを左手の中指で操作して、相手にロック・オンをかける。攻撃するため、というより相手の諸元を知りたいためだった。

那須野はかすかに眉をしかめた。相手は降下を開始した。下方からまわりこむつもりなのだろうと思ったが、やはり対抗策は浮かばなかった。

バーンズは操縦席の右側についているサイドスティックをわずかに右に倒し、後ろへ引く。右のフットバアを踏む。ファイティングファルコンは機首を上げ、ゆったりした上昇旋回に入った。ハーフミラーのヘッドアップ・ディスプレイ越しに前方を注視した。

わずかに白みはじめた空にネオ・ゼロの黒い機体が浮かび上がっている。下方から接近したのは肉眼でネオ・ゼロをとらえたかったからだった。電子戦は味気ない。どんなに優れたレーダーもパイロットの肉眼ほど正確に相手機の状況を知らせてはくれなかった。

ネオ・ゼロの下方、五〇メートルまでに接近する。濃いブルーの空を背景に、ネオ・ゼロの様子が子細に見てとれる。右翼端が欠けて、ギザギザになっている。機外タンクは一つも残っておらず、翼下のパイロンにはミサイルが一発だけ残っていた。細身の形状からそれがサイドワインダー改であることはすぐにわかった。

バーンズは無線機のスイッチを入れた。

「やあ、ジーク。長い旅をご苦労だったな」

〝やあ、ジーク。長い旅をご苦労だったな――〟

イヤフォンに太い声が響いた。那須野は誰がそばに来ているのかを知った。後方を照射するレーダー波がネオ・ゼロのメイン・コンピューターで解析され、相手が二機であること、デッド・シックス——真後ろ、やや下を飛んでいること、そして彼我の距離が五〇メートルほどでしかないことを知らせてきた。バーンズは簡単にネオ・ゼロを撃墜できる位置についている。

那須野は無線機のボタンを押した。

「計算違いだったな、バーンズ」

〝そう〟くぐもった無線機の声だった。バーンズはあっさり認めた。〝お前が帰ってくるとは思わなかったよ、ジーク。北朝鮮の奴《やつ》らがあっさり始末してくれるものと思っていた〟

「生憎《あいにく》だったな、奴らはオレにかまっているほど暇じゃなくなったのさ」

〝どういうことだ？〟バーンズが訊《き》いた。

那須野は喉の奥で押し殺した笑い声をたてた。

「その分じゃまだ情報部の話を聞いていないな。奴らは中国と戦争をはじめたんだ。まぎれこんだゴキブリ退治をしている余裕はないよ」

〝何をした、ジーク？〟

「そのうち、情報部が教えてくれるだろう」

那須野はじっとりと汗を浮かべていた。スロットルレバーをじりじりと前進させ、ネオ・ゼロの速度を上げる。七〇〇ノットから八〇〇ノットへ。

〝下手《へた》な小細工をするな、ジーク〟今度はバーンズがせせら笑う番だった。〝いまさらスピードを上げたところで航空自衛隊は救いに来ない〟

不思議だった。日本領空に入って、すでに数分経過している。とっくにスクランブル機が周囲を飛び回っていいはずだった。

「すべてはお前の筋書きだったのか、バーンズ？」那須野はそう問いかけながら、兵装の安全装置を解除した。たった一発残ったサイドワインダー改の弾頭を冷却しはじめる。作動状態になるまで十数秒。

〝そうだ。我々と韓国、ソ連が共同で行った作戦さ。極東地域の安定をはかるためには、どうしても北朝鮮の原子力施設を破壊する必要があった。それもすべて隠密裏《おんみつり》にな〟

「いい迷惑だぜ、バーンズ。お前たちアメ公はそうやって、他人の家に土足で上がりこんでくる。いい加減目を覚ませよ。お前たちが正義じゃない」

〝すべては世界の自由と正義のためさ。ジーク、貴様だってそのためにこの作戦で飛んだのだろう？〟

那須野は弾《はじ》かれたように笑った。

「笑わせるな、バーンズ。日本には守るべきものが何もない。正義も自由も、ない。オレは戦闘機乗りだ。自分がナンバーワンのパイロットだと思っている。それを証明するために飛んだんだよ」

ヘッドアップ・ディスプレイに変化が表れた。二機のファイティングファルコンのうち、後方の右を飛んでいる一機がわずかに針路を変え、ネオ・ゼロから離れていく。ネオ・ゼロが攻撃を受けた時の破片を避けるためだ。

那須野は真後ろにいる一機がバーンズであることを確信した。バーンズもまた戦闘機乗りの一人なのだ。ここまできて、他人に那須野を撃墜させるとは思えなかった。ファイターパイロットは誰もが自分をナンバーワンだと思っている。那須野はじっとその動きを見守った。サイドワインダー改の弾頭部は冷却を終えている。言葉のフェーズは終わりを告げるようだ。

バーンズが操縦桿を揺すって合図を送ると、編隊僚機は右側に離れていった。バーンズはスロットルレバーをわずかに戻して、機速を緩め、ネオ・ゼロの後方に下がった。ヘッドアップ・ディスプレイ越しにネオ・ゼロの機影を見つめる。操縦桿を引いた。ファイティングファルコンが上昇する。ネオ・ゼロのエンジンが吐き出す後流を受け、震動した。真後ろに占位したのだ。操縦桿についている三段切り換え式の兵装選択スイッチを機関砲モードにした。近接空戦モード、照準がボア・サイトに自動的に切り替わる。

ネオ・ゼロはまったく動きを見せなかった。機体を揺すれば音がするほど燃料が減っているに違いなかった。余計な機動をしている余裕はないのだ。ターキーシュート。バーンズはマスクの中で笑みを見せる——ジークに個人的な怨《うら》みはない。一撃で操縦席を粉砕し、あっさりと地獄へ送ってやろう——バーンズは胸のうちでつぶやいた。

操縦桿をわずかに引いて、高度を取った。そして倒す。ファイティングファルコンの機首が下がり、眼下のネオ・ゼロが正面に来る。レティクルに囲まれたネオ・ゼロの周囲にグリーンに光る照準環が迫る。

距離、二〇〇〇フィート。機関砲で相手を攻撃する時には自機の機首と相手の尾翼が接するほど近寄る必要がある。命中させる時の鉄則だった。

バーンズはスロットルレバーを叩《たた》きこみ、アフタ・バーナに点火した。ファイティングファルコンが加速し、一気に距離を詰める。

ネオ・ゼロの黒い機体が照準環からはみ出しそうになっている。ガン・クロスは胴体の中央から操縦席付近に寄って揺れた。バーンズは操縦桿についているトリッガーを一段引いた。クリック感。ガンカメラが作動を開始する。もう一段引くだけで、バルカン砲は毎分六〇〇〇発の割合で二〇ミリ弾を発射する。人差し指に力をこめた。マスクの中につぶやく。

「ソ・ロング、ジーク」

〝ゾ・ロング、ジーク〟ヘルメットの内側に響く。

気障《きざ》な奴だ、と那須野は思った。殺《や》るならあっさり殺ればいいものを――那須野はノズル指向レバーにかけた左手を押し出した。ネオ・ゼロの噴射ノズルが一斉に下を向き、瞬間的にホップする。機速が一気に落ち、那須野は自分の身体がハーネスに締めつけられるのを感じた。ヘルメットに充満していたレーダー警報が沈黙する。

ファイティングファルコンが機関砲を発射、曳光弾《えいこうだん》の帯が延びる。わずかに早くネオ・ゼロが短く上昇する。光の帯は虚《むな》しく、空を切り、続いてファイティングファルコンが飛びこんだ。

バーンズが野太い悲鳴を上げた。いまいましいジャンプジェットめ――口の中で罵り声を上げ、加速したままで離脱を図る。操縦桿をなぎ払い、フットバアを蹴っ飛ばす。スロットルはアフタ・バーナ位置のまま、ファルコンが加速する。胸の底が痛むほど苛《いら》立《だ》たしい。編隊僚機を呼んだ。バックアップしろ、と怒鳴る。黒い戦闘機を撃墜せよ、ただちに撃墜せよ、と。

那須野は操縦桿を叩きこみ、ノズル指向レバーを元の位置に入れ、同時にスロットルを全開にした。とぼしい燃料が一気に減っていく。サイドワインダー改の弾頭シーカーがファイティングファルコンの排気口をとらえる。那須野は操縦桿の発射ボタンを押した。圧搾空気が漏れるような音とともに空対空ミサイルがパイロンを焦がしながら発射される。

ファイティングファルコンはマッハ一を超えて、さらに加速していた。バーンズは後部警戒レーダーの悲鳴を聞いた。

バーンズの編隊僚機はわずかな間に将軍の機が危険にさらされたのを見た。すぐに操縦桿を入れ、降下旋回し、ホップアップしたネオ・ゼロに下方から照準した。距離が短い。操縦桿の兵装セレクターを近接空戦モードに入れ、機関砲の照準をかける。

ロック・オン、明瞭なオーラルトーン。

ためらわず、トリッガーを引いた。オレンジ色の帯がファイティングファルコンの機体左側から延び、黒いシルエットになったネオ・ゼロに吸いこまれていく。空を背景に、ネオ・ゼロから破片が飛び散るのが見えた。

那須野は操縦桿を倒したが、間に合わなかった。

もう一機のファイティングファルコンが下から照準している。回避旋回をしかけたネオ・ゼロの胴体下部に激しい震動が来た。

エンジン・コンプレッサー、胴体中央燃料タンク、被弾。

テレライトパネルに一斉に警告灯がともった。

ペガサスXが断末魔の咆哮《ほうこう》を上げる。

操縦桿が利かない。左側の水平尾翼が吹き飛ばされ、ネオ・ゼロはバランスを失った。

バーンズは操縦桿をいっぱいに引き、右のフットバアを思い切り踏みしめていた。五セント貨の外周をなめるような急旋回。ミサイルの機動をかわすにはそれしかない。頭に血が上り、計器パネルを見つめる視界が赤くなる。脳の中で血管がふくれあがった。バーンズは叫び続けた。恐怖の叫びに他ならない。サイドワインダー改の速度はマッハ五に達していたが、ファイティングファルコンの速度もマッハ一・六を超えている。ゆっくりと近付いてくる。バーンズはバックミラーに映るミサイルを見た。ラセン状の白い煙、大きく弧を描き、迫ってくる。

バーンズは叫び声をあげた。ミサイルの近接信管が作動し、サイドワインダー改はファイティングファルコンの五〇フィート後方で破裂した。破片がバーンズの乗機を引き裂く。バーンズは左手でシートの横についている緊急脱出レバーを探った。どこにもレバーを感じない。首をねじ曲げて、シートの横を見る。左腕が肘から先で切り落とされていた。歯を食いしばった。両足の間にもう一つ補助レバーがあるはずだった。

爆発音がする。計器に目を走らせる。エンジン・コンプレッサーが悲鳴を上げているのがわかった。時間はない。

バーンズは右手でエジェクション・シートのリリースハンドルを引いた。

小さな爆発音が何度も続き、その度にネオ・ゼロが震動する。那須野は操縦桿を握っていたが、もはやなすすべがないことを知っていた。燃料タンクに火が回れば、すべては終了する。

目の前が白くなった。爆発音が聞こえた。

どこか遠くで——。

エピローグ

アメリカ合衆国、ワシントンDC。

「本当か?」

アメリカ合衆国大統領は執務椅子にがっくりと背をあずけた。縁なし眼鏡《めがね》を外し、ブラジリアンローズウッドのデスクに放り出すと右手で目と目の間を強くもんだ。年齢相応の皺《しわ》に囲まれた口許《くちもと》から神の名が漏れる。

「間違いありません、大統領」デスクの前に立っている男が決まり悪そうに答えた。

男はNSAの長官で、たった今入ったばかりの偵察衛星の情報を大統領に報告するためにやって来たのだった。その報告は大統領自身、待ち焦がれていたものでもある。北朝鮮上空をフライパスする衛星が寧辺原子力施設周辺を撮影してきたものだった。

「本当に寧辺付近では放射能が検出されていないのか?」大統領はNSA長官に向かって確認した。

「はい、大統領閣下。間違いありません。寧辺付近にはまったく放射能が検出されておりません」

「爆撃が行われなかったということかね？」

「いいえ」ＮＳＡ長官は言葉を切って、唇を嚙《か》んだ。「爆撃は行われました。別の監視衛星が爆発をキャッチしております。それは正確に寧辺原子力施設付近でしたし、爆発の規模も二〇〇〇ポンド爆弾のものに違いありませんでした」

「それでは、どういうことなんだ」大統領は椅子から身体《からだ》を起こし、デスクに両肘をついて長身のＮＳＡ長官を見上げた。

「つまり――」ＮＳＡ長官は下を向いて、それからゆっくりと続けた。「寧辺の原子炉は稼働していなかったということに――」

長官の言葉をさえぎって、大統領が溜《た》め息《いき》を漏らした。

「それに、もう一つ悪い知らせがあります」長官がおそるおそる言葉を継いだ。

「何だね？」大統領のグレーの瞳に強い光が宿る。

「日本海沖でバーンズ准将の乗った戦闘機が行方不明になりました」長官は早口でいった。

「奴《やつ》には、その方が良かっただろう。我々をとんだ愚行に巻き込んだのだからな。責任をとらされるよりは――」

大統領はそういいながらデスク上のインターコムに手を伸ばした。秘書がすぐに応答する。インターコムに向かって、緊急安全対策会議の招集をかけるように指示すると再び椅子に背をあずけた。


朝鮮民主主義人民共和国、平壌。

「相手が出ました」保衛部の長官が受話器を両手で差し出した。

男は鷹揚《おうよう》にうなずくと受話器を取り、耳にあてた。蛍光灯の明かりの下、厳しい光を放つ目が執務室の隅に注がれている。保衛部長官は黙礼し、退出した。

男はデスクの上に広げられた書類に目をやった。細かいハングルを読むためには眼鏡の助けを借りなければならなかったが、書類についている写真ははっきりと見てとれた。

一枚の写真には黒人が写っている。ペンタゴンの庁舎から出てくるところを撮影したもので、制服をきちんと着ていた。空軍准将、フランクリン・F・バーンズとある。今度の作戦はアメリカが企画したことになっている。作戦立案をしたのがバーンズだ、と。

もう一枚の写真に目をやった。アメリカ製の戦闘機の操縦席でカメラのレンズを見返しているパイロットの写真だった。日本人。当時は航空自衛隊のパイロットで、一等空尉だった。那須野治朗という男だったが、男にはどうでも良いことだった。

そして、白髪の男。日本の将軍、川崎——。

鼻を鳴らして、写真を放り出した。書類の一番下に、アメリカから〈スラッシュ〉と呼ばれたトリプル・スパイが写っている。その男の親は北朝鮮から四十年以上も前に送り込まれた夫婦だった。日本に渡る二人を祝福したことをかすかに覚えている。二人とも一人息子を残してすでに死んだと聞いた。

すべては、国家指導者であるこの男が描いた絵図だった。

スラッシュを使って、まずアメリカ側に日本製の新型戦闘機の情報を流し、次いで寧辺爆撃行を画策させる。寧辺の原子力施設は完成していたが、プルトニウム生成に移行する段階で国の経済が破綻した。ソ連は急速な軟化政策の下、供与を拒否していた。そればかりか原子炉建設の資金まで請求してきたのだ。寧辺が稼働していないことを知っているのは、指導者とわずかな側近だけだった。

受話器から声が漏れてきた。同時通訳を通す、もどかしさは我慢しなければならない。

相手は日本の議員だった。

「やあ、お久し振りです」男は朝鮮語でいった。

相手からも無沙汰をした非礼を詫《わ》び、直接電話をいただいて光栄だという返事がかえってきた。男は笑い、お互いさまだと答えた。

用件に入る。寧辺の原子力施設が何者かに爆撃されたことを告げた。電話の向こう側で相手が絶句する。本当か、と訊《き》き返しもしない。おだやかに事件の経緯と証拠となる書類を持っていることを告げた。

「しかし、私としては我が国と貴国の関係を悪化させるのが望みではない。すべてを闇に葬りたいと思っている。まあ、お互いの妥協点が見出《みいだ》せればの話だが――」男はそういって笑った。

「とにかく事が事だけに十分な対応をしなければいけませんでしょうな」相手の声はぼそぼそとしていて、聞き取りにくかった。「それで、なぜ私にそのことを？　首相ではなく」

「あなたが貴国で一番の実力者だとお聞きしているからです」男の言葉に相手が乾いた笑い声を上げる。

「近々、貴国を訪問させていただいた方がよろしいかと考えています」相手の声には媚《こ》びるような響きがあった。「私どもの国と貴国との間には、悲しい過去を清算し、互いの誤解を解く必要があるものと思います」

「同感です」男は答えた。「それに、我が国はますます発展をしておりまして、何より強力なパートナーを捜してもいるのです。両国の誤解が解消され、再び友好な関係となれば、アジアの発展のためにこれ以上のことはないと思います」

「ほう」相手が警戒するのが手にとるようにわかった。「で、何をすれば？」

男は沈黙した。

ソ連の急速なデタントは、ヨーロッパ全土に波及した。一九九二年、ＥＣが市場統合される中で、ソ連が自国の立場を独自に保つためには、市場経済体制への移行を欠かすことができない。アメリカを中心とする環太平洋圏、ＥＣを中心とする欧州圏の二大経済圏が世界の覇者として君臨する。白人社会の大同団結。残るは人種間闘争であり、日本を含め、アジア圏は追随する立場に追いやられることは明白だった。

二大圏の狭間《はざま》で、確固たる地位を確保し、民族自決の地盤を形成するためには朝鮮半島を中心とした共栄圏をアジア全土に確立する必要がある。その過程で日帝の持つ財力と技術力を利用することが三大経済圏体制擁立の早道であるに違いなかった。

幸い——受話器を耳にあてたまま、男は薄く笑った——現在の日本にはアメリカのご機嫌うかがいばかりに汲々《きゅうきゅう》とする手合いしかおらず、アジアの盟主たる地位に固執する方向を打ち出す指導者はいない。

アメリカがソ連に接近し、デタントの波がアジアに押し寄せるのに乗ずる。そこでまず朝鮮半島、ウラジオストックを中心とするソ連領、そして日帝が北方領土と主張するいくつかの島、そして日本を結ぶ小規模市場経済圏を成功させることだ。その上で我が主体思想を根底に置いたまま、半島の統一を図り、市場経済の中心的地位を占めた時点から再び力の時代を到来させれば良い。

貨幣が剣に勝ると思いこんでいるのは、日本ぐらいのものだ。だが、自らの思いが実現するまでに時間がかかることは十分承知していた。

「アジアの一員同士、手を握ることからはじめることにしましょう。過去は清算されなければならないものではありますが、今は未来を考えるべきです。互いの理解が深まる中で、悲しむべき過去は徐々に融解していくものと信じます」

「手を握る、ですか？」相手がゆっくりと訊いた。

「両手を結び合い、肩を抱き合うまでにはまだまだ時間がかかります。互いに相手の片手を握るところからすべてをはじめようではありませんか」

「片手を、ですね」相手は男の言葉をようやく理解したようだった。

男は執務室でにやりと笑った。

総計五十億ドルの援助が手に入ることになるだろう。


石川県、小松基地。

「将軍、ここにいらっしゃったのですか」

部屋のドアを開けて入ってくるなり、田代がいった。川崎の執務室は司令本部から二〇〇メートルほど離れた第二庁舎の一階にある部屋だった。元々、小松基地司令部とは関係を持たないために、正規の執務室ではない。空いている将官クラス用の執務室を臨時で使用しているに過ぎなかった。五メートル四方ほどの狭い部屋で、応接セットはなく、入り口とは反対側にある窓を背にして、木製のデスクが置かれているだけだった。

川崎は入り口に椅子の背を向け、窓のほうに目をやっていた。椅子がかすかに揺れていることでそこに誰かが座っているのがわかる。田代は本部での騒動の後、スホーイが爆発した格納庫に行っていた。工藤の死体を見たが、上半身は完全に吹き飛ばされており、血まみれのズボンをはいた足があっただけだった。

「それにしても危ないところでしたね」田代はそういいながらデスクに近付いた。デスクの上には田代の持っていた回転式拳銃が置いてある。さきほどロシュコフを射殺した拳銃だった。銃を見つめたまま、田代は言葉を続けた。「あいつはどうやって入ってきたんでしょうね。イスラエルのエージェントだなんて、いい加減なことをいってましたが――」

「いい加減なことじゃなく、事実だがね」

ふいに後ろから声をかけられ、田代はぎょっとして振り向いた。暗がりの中に男が立っている。マッチを擦る音がして、オレンジ色の炎に煙草《たばこ》をくわえた顔が浮かび上がった。

「長池――」田代は口を半ば開いて、つぶやいた。「どうしてお前がここに？」

「ハイファと一緒に来たんだよ。オレはすぐに格納庫の方へ行ったから、司令本部の騒動には間に合わなかった」

「お前が？　なぜ？」田代の口からは質問ばかりが出てくる。

「ハイファがジークと呼ばれる男から聞いたことを警視庁の外事課にタレこんできた。とても本当のことだとは思えなかったがね、オレも今度のことではちょっと気になることがあって、別口で捜査はしていたんだ」

「気になることって？」

「スラッシュと呼ばれるスパイがいる」長池は唇の端に煙草をぶら下げていった。

「スラッシュ？」田代は無理に笑みを浮かべようとしたが、顔が強張《こわば》ってうまくいかなかった。「何のことだ？」

そういいながら、デスクの上の拳銃に手をそろそろと伸ばした。長池は何の反応も示さなかったが、椅子がくるりと反転して、川崎が顔を向けた。田代の動きが凍りつく。

「なぜ、ネオ・ゼロが、いや、その前段階であるＦＳＸ－90の存在をバーンズが知ったか、それを考えてみるべきだったよ」川崎は静かにいった。「あの飛行機を知っている人間はごくごく限られている。君はもちろん二年以上も前から知る立場にあったがね」

振り向いて川崎を見た田代は、心臓が異様に大きく鼓動するのを感じた。川崎の右手には古ぼけた拳銃が握られている。それが南部十四年式と呼ばれる、旧日本軍の拳銃であることはすぐにわかった。

「賭けをしたんだよ、田代」長池が後ろから声をかけてきた。「空将補はご自身の手で結末をつけたいといわれてな。オレも立場的にはまずいんだが、結局認めたよ」

「賭け？」田代は川崎の顔を真っ直《ます》ぐに見たまま、後ろの長池に訊いた。

「そうさ」長池が説明する。「彼が持っているのは古い拳銃でね、銃弾もその当時のものだそうだ。撃発すれば、彼は自分の手で決着をつけられる。しなければ、オレがお前に手錠を打つ」

「馬鹿な」田代の声がかすれた。

「それにもう一つ」長池の声は淡々と続いた。「お前が手を伸ばしかけている拳銃にも一発だけ弾丸が残っているそうだ。オレでもいい、将軍でもいい、運が良ければ殺して脱出することができるかも知れない」

長池はそういいながら、火の点《つ》いた煙草を捨てた。腰骨の後ろでベルトに差した手錠を抜く。鎖のこすれる音がした。

川崎と田代が瞬時、睨《にら》み合った。南部の銃口は真っ直ぐ田代に向いている。田代は目を落として回転拳銃を見た。長池が踏み出す。田代は悲鳴とも叫び声ともつかぬ声を発しながら、銃に手を伸ばした。川崎が南部の引き金をひいた。

五十年前の七ミリ弾は開きかけた田代の口から飛び込み、脳下部を破壊して延髄で停弾した。

静寂。

田代が崩れるように後ろへ倒れ、長池が困った顔をして死体を見下ろしていた。

波はゆるやかだったが、それでも身体は二メートル、三メートルと持ち上げられ、そこから落とされた。

那須野はこらえきれずに苦い汁を海面に吐き散らす。

最後の爆発だと思ったのは、高度三〇〇〇フィートで作動したネオ・ゼロの自動脱出装置だった。機体からエジェクション・シートごと放り出され、冷たい大気に触れた時には助かったという思いをしたが、救助船も望めない海の上で波に翻弄されているうち、いっそネオ・ゼロと一緒に爆死した方がはるかにましだったと思いはじめていた。

すでに腕時計をのぞきこむ力も残っていない。水に漬かって二時間。体温と体力は限界まで奪われ、救助胴衣の浮力で漂っているに過ぎない。ライフジャケットについている電波発信装置は作動していたが、自衛隊や海上保安庁が助けに来ることは望めなかった。このまま、衰弱し、死んでいくことになる。

だが、那須野の胸には満足感があった。

死者への借りを返したまでだという思いが胸にある。それに、あの世の方が沢山の友達がいる。

何度も意識が途切れ、水に顔を突っ込んで、吐き出し、激しくむせて意識を取り戻した。その間隔が段々と短くなる。水に沈んでも苦しさを感じなくなってきた。那須野はヘルメットを脱いだ。ヘルメットはすぐに水に沈んでいった。他の装備も取って、すっきりとしたかったが、体力が続かなかった。

目を閉じる。身体にあたる波の音が心地好《ここちよ》い。

黒い船が音もなく、接近してきた。船べりに立った男が波間に漂う那須野を見つけて狂喜する。大声でわめいたが、那須野は何の反応もしなかった。男は那須野の側《そば》に船を停《と》めさせると頭から海に飛び込んだ。すっかり夜があけ、空は明るいブルーに満ちている。那須野を見失う心配はなかった。

那須野は頰を叩《たた》かれ、面倒臭そうに目を開けた。

もう眠りたいだけだ。誰が邪魔をするのか？　幻覚にしても、もう少しソフトなのがいい。目を開けた。

いきなり見慣れた顔が視界に飛び込んできた。濡《ぬ》れた前髪が額にかかっている。白い歯を見せて、笑っている。

「チャン」那須野はかすれた声でいった。

「生きていたか、ジーク」チャンは那須野の肩を抱いた。

「どうして、お前がここへ？」

「ハイファがくれたお護《まも》りがお前のいる場所を教えてくれたんだ。先週、ハイファから連絡をもらった。オレは日本の漁師に金を払って船を用意しただけさ」

「借りができたな」那須野はようやくいった。
チャンは笑って首を振った。
「次の仕事があるだけさ、相棒」
那須野は目を閉じた。
生き残った。
脳裏に浮かんだのは、それだけだった。

参考文献

『ハリアー戦闘機』Ｂ・マイルズ著　山口信行訳（原書房）
『兵器最先端　⑥電子戦力』読売新聞社編（読売新聞社）
『悪夢の北朝鮮』金萬鉄著　柴田穂、全富億共訳（光文社）
『北朝鮮軍――世界最大の特殊部隊』Ｊ・Ｓ・バーミューデス著　高井三郎訳（原書房）
『兵器ディーラー』Ｈ・モール、Ｍ・リーブマン著　近藤和子訳（朝日新聞社）
『ミリテクパワー　究極の日米摩擦』朝日新聞経済部編（朝日新聞社）
『日本と北朝鮮　これからの５年』小此木政夫著（ＰＨＰ研究所）
『ニューズウィーク日本版１９９１』五月二日・九日合併号「金日成の核兵器」（ＴＢＳブリタニカ）

解説

武論尊

マンガは面白くなくてはいけない。
小説も面白ければそれでいい。

異論はあろうが、オレはそれでこの世界を何とか生き抜いて来た。

面白さとは読者との戦いである。

読者は物語《ストーリー》の先を読み自由に想像する。その想像をはるかに超え、唸《うな》らせなければ読者を引き込むことはできない。行き過ぎればただの荒唐無稽に終る。

舞台、登場人物のキャラ、知識、情報、時代性、そして何より読者へのサービス精神が、面白い読物《よみもの》を形成し限りなくフィクションをノンフィクションに近づけるのだ。

この小説が四半世紀前に書かれていることに驚かされる。

今、世界を悩ませている北朝鮮の核——それに対するアメリカ、ソ連（ロシア）という大国の思惑と駆引き、翻弄される日本……。

　作者の想像力、先見性が二十数年後の世界を見据えていたのだ。

　作中に登場する〝スーパービジョン〟は現代の〝VR〟（ヴァーチャルリアリティ）〝AR〟（拡張現実）であろう。オレがまだ携帯電話を持っていない時代に、すでに〝VR〟〝AR〟を具現化しているのだ。恐れ入るしかない。

　他にも緻密な取材によるであろう情報、専門知識が読む者を飽きさせない。

　面白い読物は時代を飛ぶ――。

　これは復刊ではなく、新刊としても何ら違和感のない航空サスペンス小説なのだ。


　そして、もう一つのサービス〝ネオ・ゼロ〟――。

　純国産ジェット戦闘機が大空を舞う……それは、航空ファン、飛行機マニアのみならず、日本の歴史を知る人間にとっては誰もが想《おも》いを馳《は》せる夢なのだ。

　かつてオレは航空自衛隊にいた。

　〝航空自衛隊生徒〟という十五、十六歳で入隊する、いわゆる少年自衛官というやつだ。

　当時の航空自衛隊の主力戦闘機は、F‐104J。細いスマートな機体に矩形《くけい》の主翼、卓越した高速性と上昇能力、〝最後の有人戦闘機〟とまで謂《い》われていた。だが、その一方で操縦性に難があるとも噂《うわさ》されていた。

そのF－104Jの導入を決定したのが当時航空幕僚長だった源田実《げんだみのる》――本編に登場する川崎空将補を彷彿《ほうふつ》とさせる、大戦中に戦闘機を駈《か》り、戦後航空自衛隊に入隊した人物である。

旧海軍史に残る名戦闘機パイロットの源田がF－104試乗の際、マッハ2のGに耐え切れず、小便を漏らしたという逸話は、その時の彼の年齢五十代半ばと聞けば、むしろ称賛に価する。

Gと闘いながらこの歴戦の強者《つわもの》は、ただ速いが意のままにならない機体を禦《ぎょ》しながら、こう思ったに違いない。

『これが国産なら――』

『日本製なら、もっと完璧なものになる！』

かつて自分が操った、当時のゼロ戦に想いを馳せて。

川崎空将補が「ネオ・ゼロ」に並々ならぬ情熱と執念を注いだように。

だが、現実は思うがままにならない。

本編でも「ネオ・ゼロ」のエンジンだけはイギリス、ロールス・ロイス社製を使用している。

現役時代、まことしやかにこういう話を聞いたことがある。

〝アメリカは、日本にジェット戦闘機用エンジンの開発だけは許さない〟

それは日本だけではない。〝戦勝国〟はドイツにも許すことはないだろう。

これがただの噂、デマだったら良い。だがもし事実だとしたら、両国のエンジン開発は、彼らにとって北朝鮮の〝核〟か、それ以上の脅威になるのだ。

かつて、ゼロ戦、メッサーシュミットで戦闘機の歴史を変え、現代では車世界を席巻《せっけん》している技術・開発力が——。

だが、エンジンも含め、純国産ジェット機開発は、源田、川崎の悲願——ただのノスタルジーやロマンだけではない。

「ネオ・ゼロ」は彼らの日本人としてのアイデンティティ、〝誇り〟でもあるのだ。


そして、本編に描かれる、一般の国民には見えない〝すぐそこにある危機〟。

実はオレは自衛隊退職前に貴重な体験をしている。

一九七〇年三月三十一日——

当時、福岡と佐賀の県境にある脊振山《せふりさん》のレーダーサイトに勤務していたオレは、突然の非常呼集によって休暇から呼び戻された。

日本航空よど号のハイジャック事件だった。

給油のため基地のすぐ足元、板付《いたづけ》空港にいったん着陸したよど号は、給油を終えると乗客乗員を乗せたまま、北朝鮮に向かって飛び立って行った。

背振山のレーダーは、朝鮮半島の三十八度線までをカバーしていた。必然的によど号を追尾することになる。

東西冷戦の最中《さなか》、米軍はまだベトナムで戦争中、サイトの指揮所にいた米軍の将校の緊張が手にとるように判《わか》った。

よど号の周囲にＩＦＦ敵味方識別装置の発信するマークを表示した輝点——韓国軍の戦闘機が接近する。

よど号はそのまま北へ向かって飛行を続けている。当然、予想されていた事態が起こる。

三十八度線の北側からＩＦＦに反応しない輝点が数個、レーダー画面に出現する。北朝鮮の戦闘機だ。

このままよど号が北へ向かえば……。

北朝鮮が、よど号を旅客機を装った侵略機と判断したら……。

よど号は撃墜される——、
全員の眼《め》がレーダースクリーンに貼り付く。

息苦しい沈黙……。

だが、三十八度線手前で方向を変えたよど号は、北朝鮮の空港と偽った韓国金浦《キンポ》国際空港に着陸した。

（その後、人質を解放、代わりに人質になった政治家を乗せて、ハイジャック犯は再び北朝鮮に飛び立って行った）

もし、あの時、よど号が北へ直進していたら……もし北の戦闘機に撃墜されていたら……。

日本はどうなっていたのだろう、世界はどう動いていたのだろう……。

一般の眼には映らない現実、危機は今もすぐ側《そば》にあるのだ。

北朝鮮、ＩＳ――

そこに攻めるもの、守るもののエゴがある限り――。

そしてオレの勝手な想い――

純国産ジェット戦闘機「ネオ・ゼロ」が大空に舞った時、ようやく日本の戦後は終る。

（ぶろんそん　漫画原作者）

本文デザイン／成見紀子

本書は一九九二年三月、書き下ろし単行本として集英社より刊行され、
九五年に集英社文庫として刊行されたものを改訂しました。

集英社文庫

ネオ・ゼロ

2017年11月25日　第1刷　　定価はカバーに表示してあります。

著　者　鳴海《なるみ》　章《しょう》

発行者　村田登志江

発行所　株式会社 集英社
東京都千代田区一ツ橋2-5-10　〒101-8050
電話　【編集部】03-3230-6095
【読者係】03-3230-6080
【販売部】03-3230-6393（書店専用）

印　刷　中央精版印刷株式会社　株式会社美松堂

製　本　中央精版印刷株式会社

フォーマットデザイン　アリヤマデザインストア　　マークデザイン　居山浩二

ISBN978-4-08-745662-2 C0193